# MONSTER

### NUEVA EDICIÓN

ANDREA ACOSTA

Monstruo: del latín *monstrum*, influencia de *monstruoso*

Persona muy cruel y perversa.

Título original: MONSTER NUEVA EDICIÓN
© 2018 Andrea Acosta
© 2018 ACOSTA ars
ISBN 978-84-948977-0-2
Diseño de portada y maquetación: Nune Martínez
Texto corregido por: Silvia Barbeito
Impreso por CreateSpace

# Sobre la autora

Andrea Acosta nació en Barcelona una cálida mañana de 1990, hija de padre español y madre suiza. Actualmente es una prolífica escritora de novela romántica, a la que gusta dotar con toques dramáticos sus historias. Cuenta con varios *Best Seller* en Amazon, como NO ME DEJES SER TU HÉROE, que ha obtenido recientemente un rotundo éxito de público y ventas y va ya por su cuarta edición, y también PANNA COTTA, la primera novela de su nueva colección: *Foodies*, que ya ha alcanzado la segunda edición. Además, otras publicaciones en colaboración con otros autores la avalan: ES TIEMPO DE HALLOWEEN y UNA NAVIDAD CON ACOSTA ars.

Es fundadora del espacio web de temática diversa llamado Acosta's Kitchen. Ha trabajado con distintas compañías discográficas en la elaboración de letras musicales y, debido a su maestría y buen hacer en la descripción de escenas sexuales realmente explícitas, actualmente combina la escritura con la realización de guiones de cine para adultos especializados en temática BDSM, que coronan su currículo en el terreno de lo literario.

A pesar de su dislexia, que le provocó un retraso considerable a la hora de aprender a leer, acabó convirtiéndose en una auténtica apasionada de la lectura. La literatura supuso un refugio que la alejó de miedos y malas vivencias. En su adolescencia padeció anorexia, enfermedad que la hizo fluctuar entre distintos estados de ánimo y dependencias. Ahora es madre de un niño maravillosamente activo que le contagia toda su vitalidad y energía. Andrea es hoy una mujer distinta que pisa fuerte, ya que le obsesionan los zapatos. Es gritona y algo excéntrica, pero también es extrovertida y alegre y está abierta a las experiencias que la vida le ofrece cada día.

*A todos aquellos que apostaron por sacar a mi monstruo de su agujero y transformarlo en la novela que es.*

# Nota al lector

Al final de la novela encontraréis un pequeño glosario de terminología BDSM.

Los personajes y hechos retratados en esta obra son ficticios. Cualquier parecido con personas verdaderas, vivas o muertas, o con hechos reales es pura coincidencia.

En esta novela la música es imprescindible, por tanto os recomendamos que consultéis los derechos de las mismas a pie de página indicados con ♫ según su aparición y sobre todo que disfrutéis de ella reproduciendo la *playlist* en Spotify a través del código QR:

# Índice

# Capítulo 1

PIÉNSALO...

—Por favor, Nathaniel, siéntate.

—Sí, señor Ferguson.

Cerró la pesada y trabajada puerta de madera del despacho en Lower Manhattan. Nathan caminó hacia la silla y se sentó.

—Dígame.

—Hace dos meses que mi pequeña Ashley cumplió los diecinueve.

«Como si no lo supiera».

Los verdes ojos observaron la multitud de fotografías de la niña de papá sobre la mesa de caoba. Maldita fuera ella y su perfecto y respingón culo. Le había costado cuatro jodidos años adiestrar a su erección para que no brincara por ella a cada maldito segundo. Nathaniel se dio una sacudida mental y apartó la mirada de las fotografías, la centró en el jefe.

—Sí, señor.

—Ya no sé qué hacer con ella.

Si no le hubiese dado todo cuanto pedía... Incluso antes de que lo hiciera, ya lo tenía. Coches, joyas, vestidos de alta costura. ¡¿Para qué quería ella un diamante azul con catorce años?! Todo cuanto la nena deseaba le era concedido. Hasta tuvieron que adaptarle una habitación entera para convertirla en zapatero.

—Discúlpeme, señor Ferguson, no entiendo qué puedo hacer yo.

—Nathaniel McNamara llevaba trabajando para la familia ocho años. Ashley siempre le había parecido una mocosa impertinente y malcriada. Que fuera hija única no era excusa para consentirle tanto. No obstante, todo cambió cuando, tras cumplir los trece, su padre la internó en un colegio para señoritas en Suiza. Este se desplazaba al país y compartía fines de semana largos y fiestas navideñas con ella—. Entiéndame, solo soy un miembro de seguridad.

—Eres el jefe de seguridad —lo corrigió el señor Ferguson, apartando sus cansados ojos del papeleo. Dejando la pluma a un lado, cruzó los brazos sobre la madera—. Y de las pocas personas en quienes confío.

—Y yo le agradezco enormemente que sea así —respondió McNamara.

«Condenado Dios», pensó Nathan.

Todavía recordaba el día en que ella había llegado tras casi tres largos años sin tener que sufrir sus rabietas. Ashley volvía para quedarse y celebrar dos semanas después la fiesta por sus *Sweet sixteen*. Ese día fue su muerte. La muerte del Nathaniel McNamara cuerdo para pasar a ser Nathaniel McNamara, enfermo de obsesión por una alocada adolescente.

—Pero sigo sin entenderlo.

Seguía sin entenderlo porque, además, estaba recordando a la joven que había vuelto de Europa. Adiós a las dos coletas que siempre había llevado sujetándole el largo cabello caramelo. *Sayonara* a la niña repelente y hola a la rica ondulación de las taquicárdicas curvas.

En aquel entonces, McNamara debería de haber cogido su pistola reglamentaria tantas veces como se había quedado obnubilado por esas nalgas tan redondas bajo los pantalones cortos y haberse volado la tapa de los sesos. Muerto mejor que hambriento por ella. O aún mejor, tendría que haber pedido hora a un psiquiatra y contarle su situación: «Mire, resulta que estoy perdidamente colgado de la hija de mi jefe, que es veinte años más joven que yo. Solo pienso en hacer cosas que... Jesús, me llevarían directamente a la cárcel. Cosas sucias».

Se dio un puñetazo mental.

—¿Whisky?—preguntó el señor Ferguson.

—Sí, por favor.

«La botella», suplicó mentalmente McNamara.

Nathan lo siguió atentamente con la mirada. Quería la botella para ahogarse en ella, para que Ashley no hiciera como los súcubos y lo atacara en sus sueños, que cada vez habían ido a más conforme transcurría el tiempo. Las femeninas caderas se ensancharon, los senos aumentaron ligeramente de volumen. Ella lo iba matando sin siquiera ser consciente de ello.

«La botella, la botella».

—No se ha presentado a varias citas que le había concertado. —Ferguson vertió el dorado líquido en los vasos—. Ella no es una chica cualquiera. Su madre llevaba ya un año casada conmigo a su edad. Una muchacha de su clase social debe casarse con un buen partido, tener hijos e ir de vacaciones a los Hamptons. —Dio media vuelta con los vasos en la mano y estiró un brazo, entregándole el suyo—. Me está obligando a que escoja por ella —sentenció el señor Ferguson.

Algún abogado hijo de puta o tal vez un cirujano famoso tan solo por ser de la familia tal y tener una más que buena cuenta bancaria metería a Ashley en su cama. Nathan lo encontraría y lo mataría, secuestraría a la chica y entonces... «¡Buena idea, lumbreras!», se mofó de sí mismo.

McNamara no saboreó el scotch, lo tragó de golpe.

—Dele un ultimátum. Su hija no es tonta, señor, solo necesita... —lo miró directamente a los ojos— un poco de..., no se ofenda, por favor...

—No, hijo, por favor —Ferguson tomó asiento en el butacón de cuero italiano—, continua.

—... disciplina. —Nathaniel esta vez miró el interior del vaso vacío en su mano—. Siempre podría chantajearla con cortarle el suministro. Eso la haría entrar en razón. —Quedaba una gota. Condujo el vaso a sus labios, su lengua esperó a que esa gota cayera en ella—. Sin dinero no hay ropa, complementos, fiestas...

—Nathaniel, sé lo tuyo con The Pleasure House.

«Obsesionado por una niña de papá bastante menor que tú y en la puta calle. ¡Bravo, capullo!».

—Señor Fergu...

—Déjame acabar.

Ferguson extrajo una carpeta azul de un cajón y de ella un grupo de papeles grapados.

—Sé a quién pertenece ese club y es un señor respetable y de muy buena familia.

«Allí está tu despido. ¿Dónde demonios vas a ir ahora? Puedes volver al cuerpo, la CIA te recibiría con los brazos abiertos. ¡No! ¡Que les jodan, les he regalado diez años de mi puta vida! Antes me meto a peón de obra que volver a trabajar para ellos aunque me estén esperando».

McNamara dejó el vaso sobre un posavasos.

—Usted lo acaba de decir, creo que mis visitas al club nunca me han afectado para hacer este trabajo.

El señor Ferguson le pasó los documentos y presionó un botón en el teléfono de sobremesa.

—Charles, Nathaniel te escucha —dijo.

«¿Charles Guire? ¿El dueño de The Pleasure House? ¿El magnate?», se preguntó Nathaniel.

—Buenas noches, Nathan. Lamento no poder estar con vosotros, negocios.

«¿De qué va todo esto?».

—Una de las proposiciones de matrimonio que tiene la señorita Ferguson es de mi hijo mayor, James. Lamentablemente, ella no parece dispuesta a aceptarla, y tanto para su padre como para mí ese matrimonio sería muy rentable.

—Discúlpenme —interrumpió McNamara, mirando al señor Ferguson ante él y luego al teléfono, como si Charles Guire pudiera verlo a través del mismo—. ¿Qué tengo que ver yo en todo esto?

—Ashley tiene dos remedios: o casarse con mi hijo o quedar fuera de la familia Ferguson. Su vida de constantes fiestas y sin responsabilidad no hace otra cosa que manchar el nombre de su impecable linaje. —Una pausa y, tras ella, un profundo suspiro—. Llevas en mi club más de trece años, me consta lo buen —Guire rio— educador que eres.

—«¡Un momento, un momento! ¿Quieren que discipline a Ashley? Lo que hago es un modo de vida, algo que uno escoge, no que se impone»—. Queremos que la conviertas en una futura esposa obediente y centrada en complacer a su esposo —concluyó James Guire.

Nathaniel McNamara rio. No pudo evitarlo.

¿Tener la oportunidad de zurrar las nalgas que constantemente temblaban a cada azote imaginario que les daba? ¿Alimentarla directamente de su mano? ¿Ordenarle cuándo podía dejarse llevar por el clímax y cuándo no? ¿Poder golpear el fondo de la garganta de Ashley a cada arremetida de sus caderas y luego verla cerrar los ojos mientras se vaciaba en ella?

«¡Acepto, acepto!».

Presionó entre dos dedos el puente de su nariz y se carcajeó.

—¿Podrías conseguirlo en un mes? —preguntó Guire.

¿En un mes? Una vez la tuviera no iba a devolverla. ¿Consistiría eso en educarla para luego devolverla a su familia, entregarla a su futuro marido? ¡Nooo!

—¿Nathan? —llamó el señor Ferguson al ver que este no dejaba de carcajearse como un demente—. ¿Hijo?

—No... —Todavía reía. Las lágrimas se despeñaban de sus salvajes ojos verdes—. ¡No!

—¿Dos meses? —preguntó Charles.

—Ni uno ni dos meses. —McNamara cortó el aire de un manotazo—. No voy a hacerlo.

—Hijo, eres el único en quien tengo confianza para tratar algo tan delicado. Se te recompensará debidamente. —Ferguson recogió el vaso olvidado sobre la mesa. Rápidamente lo llenó de whisky y regresó, tendiéndoselo—. Podrás dejar de trabajar e irte a las Maldivas de por vida.

Nathan se cuadró de hombros en la silla. Bebió de golpe y enseñó los dientes al caer el whisky en su estómago como un pesado plomo.

—¿Tienen idea de lo que me piden? —Dejó el vaso vacío sobre el trozo de corcho remachado en oro que hacía de posavasos—. ¿Me están pidiendo que sea el **Maestro** de su hija y de su futura nuera?

—No. Te estamos pidiendo que seas el **Amo** de Ashley solo por un mes o dos, el tiempo que consideres necesario. Debe aprender rápido, pues la técnica que tú le enseñes deberá practicarla con James, quien se convertirá en su nuevo Amo —sonrió Guire—. Tú solo lo serás temporalmente.

«Nathaniel McNamara, estás soñando. Cuenta hasta diez y despertarás. Uno dos, tres... ¡diez!».

—No. —Se levantó—. Con todos mis respetos, señores, yo no puedo ejercer ese papel. El **BDSM** es para mí una filosofía de vida, no un juego para enriquecer sus negocios. Lo siento. —McNamara caminó hacia la salida—. Busquen a otro que quiera hacerlo.

Agarró el picaporte.

«No. No, no y no. Es tu derecho por todo el sufrimiento que ella te ha hecho padecer. Inconscientemente, pero lo ha hecho y sigue haciéndolo día tras día».

—Va a ser su filosofía de vida, Nathan, por eso debe ser adiestrada —sentenció James Guire.

«¿Sientes cómo duele, cómo te agujerea por dentro?».

—Tal vez ella no lo crea así.

«Un mes con tus dedos tatuados en sus nalgas. Un mes llorando tu nombre mientras un orgasmo tras otro la golpea, haciendo que pierda el conocimiento. Un mes... llevando tu collar de pertenencia, Nathaniel».

—Ashley no puede seguir siendo tan egoísta —añadió el señor Ferguson.

«Duele, duele tanto...».

—¿Y si no consigo que sucumba?

—Todo lazo con la familia Ferguson se cortará —condenó Ferguson.

«¿Cómo puede un padre vender de ese modo a su única hija? Si la señora Ferguson levantara la cabeza, si la leucemia no se la hubiera llevado... Solo Ashley puede anestesiar tu dolor. Si ella está contigo, está dormido y, si no, vuelve el dolor».

Nathan estrujó el tirador de la puerta con la palma y cerró los ojos.

—Denme veinticuatro horas para que pueda pensarlo, solo veinticuatro horas.

«Mejores son unas horas de felicidad que toda una vida sin ella. ¿No?».

—Veinticuatro horas —acordaron los dos al unísono.

—Mañana por la noche tendrán mi respuesta —acató Nathaniel, abriendo la puerta. Sus ojos se agrandaron al verla, al parecer ella iba a entrar justo al tiempo que él abría—. Buenas noches. —«Duele tanto, hace que arda», gimoteó interiormente.

McNamara, el sueño más caliente y musculoso que una chica pudiera tener, hecho carne y hueso ante ella. La respiración se atascó en la garganta de Ashley como una gran bola estropajosa. Ordenó a sus piernas que no temblaran, soltó el pomo de la puerta y se hizo a un lado.

«No, tonta, teóricamente es él quien tiene que cederte el paso».

—Buenas noches —respondió Ashley, dirigiendo rápidamente la mirada al suelo. No podía mirarlo a los ojos, demasiado salvajes. Cinco minutos con aquellos ojazos verdes traspasándola y probablemente convulsionaría en el suelo por culpa del orgasmo disparado en su matriz.

—Por favor —carraspeó Nathan, dándole paso y sujetando la puerta—. Por favor, señorita Ferguson.

Ashley reaccionó. El sonrojo subió a sus pálidas mejillas, dándoles color. Entró en la estancia y alzó los ojos color chocolate, esperando algo. Un parpadeo, un... Como siempre, nada. Indiferencia absoluta.

—Gracias...

—¿Sí? ¿Quería decirme algo, señorita?

Qué bonita se vería la **ball gag** entre los rosados labios femeninos, esos dientes blancos rozando el material de la mordaza. Un escalofrío subió por la espina dorsal de Nathan.

«Sí —pensó Ashley—. ¿Puedo ir a tu habitación esta noche y abrazarme a ti? Solo abrazarme... —Y se mordió inconscientemente el labio inferior—. Vale, vale, prefiero lamerte».

—No —dijo ella forzando una sonrisa. La desesperación conseguía que una hiciera locuras.

Si papá supiera las veces que se había escabullido para ver a esa máquina de hacer pesas nadando de una punta a otra de la piscina del servicio y admirar los poderosos bíceps contraerse y las poderosas piernas golpear el agua… Miró sus zapatos, la punta de sus deditos con las uñas debidamente pintadas de rosa chicle... Su estómago se retorció.

—Entonces, que pasen buena noche. Señor —dijo McNamara,

dirigiéndose al jefe. Luego, clavó su mirada en los ojos de Ashley—. Señorita.

Cerró la puerta y se fue por el pasillo, escaleras abajo.

«Piénsalo, Nathan. Las correas de cuero de la *spreader bar* abrazando las pequeñas muñecas. Los dedos retorciéndose deliciosamente. Piénsalo...».

# Capítulo 2

## ¿CREES EN LOS MONSTRUOS?

La canción *MONSTER*[1] sonaba en la discoteca. El humo espeso envolvía la pista y a todos los allí presentes. El olor a sudor, alcohol y otras sustancias se hacía con el aire. Cuerpos rozándose, golpes de cadera, brazos abrazando espaldas, excitados sexos restregándose sobre la ropa.

—Mira eso... —ronroneó Sabana desde la barra al lado de la pista de baile, señalando a alguien arriba, en las escaleras—. ¿Lo ves?

Ashley la ignoró. Para Sabana todo macho era «Mira eso, ¿lo ves?». Todas las noches era lo mismo, pero a ella ya se le podía aparecer desnudo The Rock, que lo ignoraría, igual que hacía con todo el resto de su especie excepto con Don Indiferente. Chasqueó la lengua y dio un sorbo a su Martini.

—¡Oh, por favor, mira eso! —Le hizo una seña al barman para que le pusiera otro Martini. Ashley estaba cansada de apartar moscones que no dejaban de atacarla desde que había hecho su aparición en el local—. ¡Ashley!

—¡¿Qué?! —gritó esta mientras cogía su cuarto cóctel, recién entregado. Revolvió el líquido con la oliva. Se giró para encararla y puso los ojos en blanco dramáticamente—. ¿Has visto algún hombre que te ha gustado? ¡Vaya novedad! —Tras una sacudida en su brazo que hizo volcar parte de la bebida, miró hacia arriba, a las escaleras, justo donde

---

1 ♫ Canción *Monster* de Lady Gaga. Letra y música de Space Cowboy. Productores Lady Gaga y Ron Fair.

apuntaban los ojos de Sabana.

—¿Cada cuánto ves un espécimen así? —suspiró bajito Sabana—. Creo que acabo de encontrar al padre de mis hijos y también avalista de mis futuras cirugías.

Ashley apuró el Martini como si fuera agua y se lamió el labio inferior.

¿Qué hacia él allí? Y además parecía que buscara a alguien. A ella no, por supuesto.

—Es un poco mayor para ti, Sabana —masculló Ashley sin dejar de mirarlo.

—Quince o veinte años no son nada.

—No es millonario, ni tan siquiera rico.

—Con él y todos sus músculos me conformo, ya pongo yo los millones. —Sabana le dio un codazo, cuidando de que su Cosmopolitan no se derramara—. ¿Y tú cómo lo sabes?

—Se llama Nathaniel McNamara y es el jefe de seguridad de mi padre. —Ashley se encogió, queriéndose hacer chiquitita e invisible a sus ojos. Como si eso sirviera de algo. Cogió del brazo a Sabana. Seguro que él no se había dado cuenta de que estaba ella abajo. Hasta podrías cruzarte con tu madre allí dentro y no reconocerla entre la multitud debido al humo y a la ausencia de luz natural—. Vámonos.

—¡Eh, espera! —se quejó Sabana, dando saltitos tras ella—, ya que lo conoces tan bien, ¡preséntamelo! —Se metieron en el baño de señoritas y Ashley se quedó mirándola—. Yo, Sabana —se señaló el pecho con la mano que sostenía el pequeño bolso de Prada y señaló a Ashley como si fuera él—, tú, Nathaniel, vamos a casarnos y a tener sexo salvaje, nene. —Y sorbió algo del Cosmopolitan.

—¡No es Tarzán! —gritó Ashley y se tapó la boca por las miradas reprobadoras de las que allí se encontraban. Tosió disimuladamente y empujó a Sabana a uno de los baños. Cerró la puerta y dejó el bolso y su Martini sobre el inodoro—. No puede entrar aquí, esperaremos un rato.

Sabana rio, mirándola.

—¿Qué te pasa? A no ser que sea un agente especial de la CIA con rayos X en los ojos, ni te habrá reconocido. Esto está lleno de gente y humo. —Cogió su copa y bebió.

—No te rías, no tiene rayos X, pero sí ha trabajado para la CIA.
—Ashley apoyó la espalda contra una de las paredes y cerró los ojos—.
¿Qué hace aquí?

—¿Tal vez pasárselo bien? —Le estrechó una mano con las suyas—. Cariño, esto es un club para divertirse, bailar, tomar algo...

Ella se liberó de la mano de Sabana.

—O ha venido a llevarme a casa porque... —Sacudió la cabeza de un lado a otro. Se golpeó la espalda contra la pared—. Dios mío, ¿qué hace aquí?

—¿Qué edad tiene?

—Treinta y nueve. Los cumple el uno de noviembre.

—¿Zurdo o diestro?

—Zurdo.

—¿Tableta de chocolate?

—No. La suya es de acero inoxidable e irrompible.

—¿Cuál es la crema que más le gusta?

—Pistachos, siempre edifica cinco pisos de pan de molde integral con mantequilla, mermelada de arándanos y crema de pistacho. —Ashley volvió a abrir los ojos y la miró—. Quita los bordes, no le gustan, se los da a Max.

—¿Max?

—Sí, el pastor alemán que vive en casa.

—¿Le da la corteza al perro?

—Sí, y lo saca a correr.

—¿Es suyo?

—Como si lo fuera.

—Ya veo... Así que tú vibrador lleva el nombre de ese tipo duro. —Sabana arqueó una perfilada y fina ceja—. El que logra con una mirada que chamusques tu ropa interior.

—Te odio y estás loca. Yo nunca, nunca he dicho eso.

Sabana acabó su Cosmopolitan y se recolocó el bolso bajo el brazo.

—Sabes la fecha de su nacimiento, el estado en que están sus músculos que, cariño, al parecer no tienen fecha de caducidad. Incluso sabes cómo le gusta comer la manteca de pistachos —enumeró. Fue a abrir la puerta, pero Ashley se lo impidió—. Y tu vibrador lleva su nombre. —La apuntó con un dedo—. A mí no me engañas.

—Has bebido más de la cuenta. —Ashley presionó la mano contra la puerta—. Lo de la fecha de nacimiento lo he mirado en su ficha y... lo de los músculos pues... —engulló saliva—, alguna vez lo he visto haciendo deporte, igual que he visto cómo se preparaba un sándwich.

—Y cómo le daba la corteza al perro y lo sacaba a pasear.

—Exacto.

—¿Pantalones cortos o largos?

—Cortos todo el año, nieve, llueva o caiga el segundo diluvio universal.

—Mmmm... ¡Aleluya, todavía quedan hombres de verdad! —Pellizcó el dedo meñique de Ashley—. ¿Pertenece al pequeño grupo de los veinte o al todavía más reducido que pasa de los veintidós?

—No te entiendo.

—Cielo... — Sabana puso los ojos en blanco—. ¿La munición es igual de pesada entre las piernas que en los brazos?

—¡Yo que sé! —chilló Ashley, echando humo por las orejas. Se mordió la lengua para susurrar—. No lo he visto tal como vino al mundo.

—Pero te encantaría... —sonrió—. Ten cuidado de no gritar muy alto cuando te corras, porque el superagente de la CIA podría oír cómo dices su nombre y descubriría... —apartó la mano de Ashley y abrió la puerta— el secretito.

—Sabana. ¡Sabana! —gritó Ashley, tratando de impedir que se fuera. Se lamentó, recogió sus cosas y salió de los baños tras ella—. Sabana, por favor.

—Al final, tu agente nos ha encontrado —sonrió, coqueta, y le besó la mejilla cuando Ashley se detuvo a su lado—. Te dejo con él. — Sabana le dijo adiós con la manita que sostenía el bolsito rojo y, al ir a darse la vuelta para alejarse, miró de reojo a Nathan, el irrompible—. Oye, ojos bonitos, ¿sabes que hay un vibrador con tu nombre?

«Te odio, te odio y te odio», la maldijo Ashley.

—Es Sabana Sinclair, hija del fiscal general del Estado. —Alzó la mirada desde los zapatos de él hasta su cabeza—. Está en tratamiento, es ninfómana. —Nunca lo había visto vestido de otra forma que no fuera con traje o ropa de deporte —tragó saliva—... y en bañador—. ¿Te ha enviado mi padre? Porque si ahora también te va a poner de niñera no estoy de acuerdo. —Los simples tejanos y la camisa color borgoña que se adhería a sus bíceps eran demasiado para su libido.

Los ojos verdes brillaban, traspasándola; ojos lobunos, llenos de lascivia. Ahogó el gemido en el interior de su garganta al sentir cómo un cremoso chorro de fluidos viajaba de su centro, directo a su ropa interior. Nathaniel McNamara iba a matarla.


Unas horas antes, McNamara había estado esperando al Señor Ferguson en el lujoso despacho de Madison Avenue.

—¿Ya te has decidido? —preguntó el señor Guire por videoconferencia—. ¿Lo has hecho, Nathan?

—Sí —contestó este, alejándose de la ventana que desde lo alto del inmueble daba a Union Square. Miró la gran pantalla al fondo del despacho mientras tomaba asiento tal como le indicó el señor Ferguson, que acababa de llegar. Agradeció el whisky que le ofreció—. ¿Cuáles son las condiciones?—preguntó Nathan.

Charles rio, asintiendo.

—Por favor, muéstrale el contrato —pidió a Ferguson.

Ferguson, que ya estaba de pie, rodeó la mesa hasta llegar a él, extendió el contrato ante McNamara y, sacándose la pluma del bolsillo de la chaqueta, se la tendió.

—Se te ha preparado una pequeña aunque cómoda casa en West Gilgo Beach con todo lo necesario para lo que se te ha encomendado. No tendrás que preocuparte por nada. Está alejada de la ciudad y allí también te espera un teléfono con el que te comunicarás con nosotros una vez por semana. Todos los sábados queremos saber cómo va evolucionando—explicó Guire.

—Gracias. —Nathan jugó con la pluma entre sus dedos, girándola una y otra vez a medida que iba leyendo atentamente el contrato—. Yo tengo alguna condición, señores.

—Por favor —lo invitó a exponerlas el señor Guire.

Sus ojos verdes fueron del señor Ferguson, sentado de nuevo entre él y la mesa, a la pantalla donde veía a Guire.

—Durante este mes llevará el collar que yo me he encargado de comprar. Una vez esto acabe, su... —Nathan se lamentó— futuro marido deberá ponerle el suyo. —Negó, sin permitir que Charles lo interrumpiera—. Es innegociable, o lo toman o lo dejan.

—¿Qué más?—apremió Guire.

—Si no está totalmente a mi merced no pienso introducirla en **bondage**, **cera**, *fisting*, o **lluvia dorada** y **beso negro**. —McNamara hundió una gran mano en su cabello negro azabache con ligeros destellos plateados y detuvo el baile de la pluma entre sus dedos.

—Entonces...

—Déjenme acabar, por favor. Una cosa es usar un *flogger* y otra muy distinta es abofetear para hacer daño de verdad más allá del juego o la disciplina sexual. —Nathan negó con la cabeza—. Tampoco tengo intención de humillarla verbalmente.

—¿Algo más, señor McNamara? —preguntó el señor Guire.

—Me llevo a Max.

Ferguson rio.

—Sin ningún problema. —Giró en su asiento, mirando a Guire—. ¿Tienes algo que añadir?

—Firma.

La pluma tocó el papel y Nathan firmó. Su nombre quedó plasmado en el contrato.

«Hecho», pensó al despedirse.

Se fue a cenar a Little Italy, su restaurante favorito en la cercana 23rd West, luego recogió a Max en la finca Ferguson y se marchó a casa. McNamara preparó una bolsa con los indispensables objetos personales, se acomodó en el sillón frente al televisor y se quedó mirando el serial de turno sin verlo. Solo veía el futuro más próximo, del que esperaba disfrutar. Al cabo de una hora bajó al garaje con el perro, que no se apartaba de su lado, y se subió al *jeep* para ir al conocido club nocturno de Guire en el Upper Manhattan, bastantes calles más al norte.

—Sabía que estabas aquí y he venido, Ashley —dijo Nathan sin más.

—¿Para llevarme a casa?

—No exactamente.

—No te entiendo.

—¿Te he pedido yo qué lo hagas? —McNamara le quitó la copa vacía y la dejó sobre la bandeja del camarero que pasaba—. Max está en el coche y sufro por la tapicería.

Ella alejó varias hebras de su largo cabello tras la espalda. Se lo repeinó con nerviosismo.

—¿Quieres que vaya contigo? —Sus ojos miraron la gran mano que tendía—. ¿A... adónde?

—¿Por qué eres siempre tan preguntona? No voy a morderte. —«De momento»—. Coge mi mano.

Ashley descubrió que él sabía sonreír. Nathaniel McNamara sabía lo que era sonreír. Sus labios se alargaron, mostrándole el blanco nuclear de sus dientes, y ella tembló. Los dedos le hormigueaban.

—¿Dónde me vas a llevar? —trastabilló ella al tocarse las falanges de ambos.

—Al coche. —Experimentó la textura de los pequeños dedos entre los suyos. Suave y pálida piel fundiéndose con la morena de él—. ¿Recuerdas lo que es un coche? Tiene ruedas, volante... —Nathan atrapó su mano y la atrajo contra sí, arropándola con su cuerpo. Agazapó la cabeza para mirarla—. Sirve para desplazarse. —A pesar de los tacones rompetobillos de más de trece centímetros que ella llevaba, se veía obligado a bajar la cabeza para encararla.

—¿De qué sirve tener dos Lamborghini y un Ferrari si no sabes lo que es un coche?

Era tan cálida y olía tan bien.

—Un bolso, sea Gucci o Dior, sigue siendo un bolso.

—¿Me estás declarando la guerra? Porque vas por muy buen camino. —cuestionó Ashley. El chocolate y el verde se encontraron como en un After Eight. Los latidos del corazón de él traspasaban la caja torácica e iban directos a la suya. La sangre bombeada fluía, tornándose lava incandescente—. No puedes comparar un... Gucci o un Dior con un bolso de mercadillo.

—¿Y eso quién lo dice?

—Cualquiera con un atisbo de buen gusto. —Ashley quiso controlar la sonrisa para que no emergiera, pero era demasiado tarde—. Tampoco es comparable un Ferrari con un Ranger —sentenció.

No le extrañaría nada que él aullara a la luna nada más salir del local. Un nuevo riachuelo se le escurrió por entre los muslos cuando un gran y hercúleo brazo la cercó por la cadera, aproximándola más.

«Sí, sí. Nathaniel McNamara es el mismísimo Ángel de la Muerte, el ángel de tu muerte».

—¿Insinúas que yo no tengo buen gusto? —Su nariz trazó un sendero desde la sien hasta un femenino pómulo—. Porque si es eso, no es lógico que tú... seas de mi gusto. —Acarició su nariz contra la de ella y bajó directo a los rosados labios, donde aspiró aliento, alcohol y enjuague bucal mentolado.

—¿Qué... qué hay de la relación entre empleados y jefes?

Si sacaba solo la punta de la lengua, tocaría el labio inferior de él. Estaban tan cerca que oía cómo los masculinos pulmones trabajaban. La mano que antes había cogido se apoyó suavemente sobre el musculoso pecho de Nathan, buscó piel y la encontró en la abertura de los dos primeros botones de la camisa—. ¿O te... te han despedido? Cosa que no creo demasiado probable.

—¿Te consideras mi jefa? —Su brazo dejó de envolverla. La gran mano se despeñó por la cintura hasta las torneadas nalgas. La tela del vestido rojo no dejaba nada a la imaginación, marcaba cada curva y recoveco. McNamara se condenó por lo que iba a hacer a la vista de tanta gente como había en aquel odioso lugar. Solo quería sentir un poco de carne. Friccionó su hambrienta erección oculta bajo el pantalón contra ella—. ¿Lo haces, señorita Ferguson? —La tela subió al acunar una mejilla contra su palma.

—Nunca lo he considerado, pensaba que era casi inexistente para ti. Estaba bamboleando sus caderas contra él, lo estaba haciendo descaradamente mientras sus dedos jugaban con la elasticidad del oscuro vello pectoral que asomaba por la tela. Ashley los retiró.

—Ferguson. ¿Ashley Ferguson?

La realidad, tan capulla como siempre. Nathaniel la soltó con desgana. La tirantez de su erección hizo que apretara las muelas. Observó al inoportuno, esa nariz, la postura arrogante...

—James Guire —barboteó ella, bajándose la falda del vestido. Le agradeció con una temblorosa sonrisa que recogiera su bolso. Se le había caído no recordaba cuándo. Lo abrió, lo cerró, lo abrió y lo volvió a cerrar—. Tú... por aquí. —Su otra mano alisó el largo cabello que caía despeinado sobre su cadera.

—¿Y él... es?

—Nathaniel McNamara, señor Guire. —«El macho cabrío que va a adiestrar a tu futura mujercita, gilipollas». Nathan extendió la mano, esperando estrechar la de ese estúpido estirado. Mas la retiró rápidamente para introducirla en uno de los bolsillos de su pantalón—. Jefe de seguridad del señor Ferguson.

—¿Sabe que mantener otra relación que no sea la estrictamente laboral con la hija del jefe es motivo de despido? —inquirió Guire.

—James, por favor no es lo que... parece —tosió Ashley y seguidamente sonrió, nerviosa—. Lo he llamado porque... no me encuentro muy bien. Sabana ha desaparecido y no me veo capaz de coger el... —«¿Cómo se llamaba esa cosa con cuatro ruedas y volante? Esto es lo que tiene estar pensando en la poll... ¡Ashley!»—. Quiero decir que... pues...

—Coche.

—¡Eso! —gritó, asintiendo enérgicamente con la cabeza cuando McNamara soltó la palabra—. El coche —más asentimientos y a este paso se quedaría sin cuello—, el... el coche.

Guire frunció el ceño feamente. Parecía que a Ashley fuera a darle un aneurisma cerebral.

—¿Y tu chófer? —preguntó, observando de reojo al grandote.

—He salido sin él...

—¿No había nadie más para venir a recogerte?

—No. —Lo que acababa de crujir era su cuello, sí.

—Sí —apuntó McNamara. No entendía por qué estaba tan nerviosa. Sin mirarla repitió—. Sí.

—¿Sí? —Ashley torció el gesto mirando a McNamara, pero él no la miró—. ¡Sí, sí! —Otras veces mentía sin problemas, pero ahora no sabía controlarse—. Es que... verás, yo...

—Si me permite, señor Guire —se adelantó Nathan, cubriendo con medio cuerpo el de la chica—, suele llamarme a mí cuando... —bajó dos buenas escalas su voz, que ya era decir— ha bebido demasiado. Si su padre se enterase de que bebe alcohol sin tener la edad permitida, se metería en un buen lío. Y me temo que el dueño de este local, buen amigo del señor Ferguson, por cierto, también lo estaría. —McNamara sonrió con una sonrisa cuidada y bien estudiada—. ¿Me entiende?

James apartó la mirada del armario y la puso en ella.

—Yo puedo llevarla a casa, gracias, ¿McNamara? —Este alzó la mirada cuando Nathan le impidió el paso—. ¿Qué está haciendo?

—Efectivamente, Nathaniel McNamara, y la señorita no va a casa. —No tendría mucho problema en arreglarle él mismo la nariz de un puñetazo, seguro que así recordaría su nombre sin ningún tipo de problema. Por detrás sacudió la zurda y se guardó la sonrisa cuando ella la tomó y él le acarició los delicados nudillos—. Hágame el favor de llamar a su padre.

Nathan esquivó a aquel pimpollo y tiró de Ashley. Se abrió paso entre la gente que abarrotaba el local. Sin dejar de avanzar, ladeó la cabeza para mirarla y apretó su mano antes de empezar a subir las escaleras. El aire fresco se filtraba por la puerta de entrada, que se abría y cerraba con las continuas idas y venidas de la gente.

—El abrigo —masculló, mirándola, y cuando ella asintió liberó su mano—. Ve a por él.

A Ashley le costó despegarse y dio cinco pasos sin dejar de mirarlo. Luego se obligó a no hacerlo. Recogió su abrigo y cuando iba a ponérselo las manos de él rodearon las suyas. McNamara le puso el abrigo de zorro rojo, cubriendo así sus hombros desnudos.

—Gracias... —susurró Ashley, girando la cabeza. Los grandes ojos verdes se clavaban en los suyos. Hincó las uñas en el bolsito de mano. Poco después recordaría que se había dejado los guantes en... no, no sabía bien dónde.

McNamara no le dijo nada más, solo volvió a ofrecerle la mano que ella aceptó. Salieron al exterior para dirigirse al *parking* donde estaba aparcado el Jeep Wrangler Moab con Max dentro.

—¿Esperabas una limusina? —Se detuvo al lado del vehículo—. ¿Un Spider Alfa Romeo? ¿Qué digo, Alfa Romeo? Para ti no debería ser menos de un Ferrari, digamos un F430 Spider. —Nathan chasqueó la lengua—. Lo siento, nena, pero yo no gasto de esas cosas. —Ashley sonrió y él la atrajo contra su cuerpo. Sin soltar la mano aún aferrada a la suya, acarició con la otra un lado de la cara de la joven—. Este juguete me ha costado lo mío, así que espero que no lo menosprecies. Vámonos.

Ella levantó la cabeza, labios contra labios.

Nathaniel tiró de Ashley hacia el lado del copiloto al tiempo que presionaba el botón en el mando a distancia. Le abrió la puerta y cuando estuvo sentada, la cerró, cruzó al otro lado, subió y puso en marcha el *jeep*.

—Aún no sé adónde vamos —dijo Ashley poco después de saludar a un contentísimo Max, que ocupaba prácticamente todo el asiento trasero.

—Si no confiaras en mí, no habrías venido.

—Sí, ¿pero a dónde vamos?

—Sigue confiando —respondió, mirándola por unos segundos para después volver la vista a la carretera.

La respiración pausada, tranquila de Ashley llenó el vehículo. No le extrañó que ella se durmiera. Nathaniel condujo relajadamente, le gustaba hacerlo de noche. Cuando llegaron a West Gilgo Beach, todavía no había empezado a clarear. Ashley continuaba durmiendo. Él no paró, no lo hizo hasta llegar a su objetivo. Aparcó, salió del *jeep* y fue en busca de la joven. Abrió la puerta con suavidad. Soltó el cinturón y la prendió en volandas.

—Shhhh... —El pequeño murmullo que Ashley emitió lo hizo sonreír.

Le colocó la cabeza contra su pecho y, como había sacado antes las llaves de la casa, caminó hasta la entrada, giró la llave y una vez dentro buscó el dormitorio. Allí la tumbó sobre la mullida cama, le quitó los zapatos y la cubrió con una manta, antes doblada en una esquina del colchón. Nathan dejó la puerta abierta y salió al pasillo, echó un vistazo a cada rincón y volvió al coche. Bajó a Max, cerró el vehículo y entró en la casita, donde tomó asiento en una silla de la cocina americana.

# Capítulo 3

## EL CONTRATO

Ashley suspiró, ladeándose en el... ¿colchón? Abrió los ojos y, preguntándose dónde estaba, se sentó de golpe en la cama. No tenía ni la menor idea, le pareció oír a Max ladrar. Se destapó, puso un pie desnudo en el suelo y luego el otro. Esto no tenía pinta de ser Nueva York. Se calzó y salió al pasillo; la luz que provenía de la puerta de entrada abierta la hizo avanzar. Sin embargo, se detuvo al ser casi atropellada por Max, que empezó a girar a su alrededor meneando la cola y ladrando: «¡Ya te has despertado, ya te has despertado!».

—Siéntate. —McNamara desplazó una de las sillas de la mesa de desayuno y se la señaló—. Venga, Ashley, siéntate.

—No quiero. —Ella cruzó los brazos sobre su pecho y negó—. No, hasta que me expliques de qué va todo esto.

—Empezamos bien —murmuró él, levantándose para ir hacia la nevera. Sacó una botella de zumo de naranja y con ella en una mano, dejando el electrodoméstico abierto, buscó en los armarios. Sacó un vaso, comprobó que estuviera limpio y lo llenó de jugo. Con un suave puntapié, cerró la nevera. Giró sobre sus talones y, mirando a la joven, dejó el vaso sobre la mesa—. Max se ha sentado. Sé buena chica y haz lo mismo. —Chistó al perro, que, al oírlo, había alzado la cabeza de entre sus patas.

—Es un secuestro, ¿verdad? —Ashley lo señaló con un tembloroso dedo—. ¿Vas a pedir un rescate?

—¿No quieres el zumo? —Cogió la otra silla y se sentó—. Tú misma. —Llevó el vaso a sus labios y dio un sorbo—. Ashley Ferguson, ¿te das cuenta de la gilipollez que acabas de soltar? —Con las piernas abiertas y repanchingado en la fuerte silla de madera, desabotonó algo más su camisa con cuatro botones sueltos. Quedaba mucha más carne bronceada al descubierto. De nuevo, dejó el vaso sobre la mesa. Acarició el borde con dos dedos—. ¿Te sientas, o te siento yo? —Sacudió sarcásticamente la cabeza—. Te recomiendo encarecidamente que lo hagas tú solita.

—¿Vas... a?

—Siéntate —la interrumpió Nathan—. Siéntate ahora mismo.

Ella pegó su culo a la silla y cruzó las piernas, con las manos sobre el regazo.

—Descrúzalas —gruñó, dando otro sorbo al zumo.

Ashley refunfuñó, pero lo hizo; las descruzó, pero no las separó. Se estiró la falda del vestido, porque quería que le llegase a las rodillas. Necesitaría otro vestido para eso.

—¿Qué hago aquí? —Los tacones golpeaban el parqué por el movimiento nervioso de sus pies. Se mordió el interior de la mejilla.

—No repliques. —McNamara se acabó el zumo y se levantó para llevar el vaso al fregadero. Le dio un agua y volvió a sentarse—. Estás aquí a petición de tu padre. —No quiso sonreír, sin embargo, al ver cómo los bonitos ojos color cacao se abrían, no pudo evitarlo—. En el interior de esa carpeta encontrarás un contrato redactado por él. Esperaré a que lo leas. —Ella alargó la mano hasta la carpeta encima de la mesa, la abrió y extrajo los documentos.

—Puedes haber falsificado su firma y hacerme creer que esta es su voluntad, pero en realidad es un secuestro. —Soltó los papeles como si le quemaran—. No voy a leerlo.

—Eres una experta en falsificar su firma, Ashley. —Se inclinó sobre la mesa, recolocando el contrato ante ella. Pasó la primera página, que no tenía importancia—. Lee y fíjate bien en la firma. Estoy convencido de que te darás cuenta de que no es una falsificación. —Clavó un dedo en los papeles—. ¡Lee!

McNamara apartó su dedo y ella empezó a leer. Sus ojos corrieron por las palabras sin poder creerlo. Llegó a la última y su mirada se detuvo en la firma. No había duda, era la de papaíto. Tantos años estudiando y perfeccionando la firma le aseguraban que era real. Obra de su puño y letra.

—Te haré un resumen. ¿Te parece? —No esperó a que ella contestara—. Si no cumples con sus deseos, para ti se acabó. Todo, Ashley, todo. Vestidos bonitos, zapatos de tres mil dólares, bolsos de marca. Tendrás que irte de casa, olvidarte de ser una Ferguson y, lo peor de todo —él acarició entre las orejas al perro, que descansó su cabeza sobre una de sus piernas—, tendrás que trabajar como una vulgar mortal.

—¿Todo? —tartamudeó Ashley, levantando la vista de los documentos.

—Absolutamente todo —encogió los hombros, divertido—, pero tienes la otra opción...

—¿Cuál?

—¿No has leído el contrato? —Sus oscuras cejas se elevaron—. Lo pone muy claro. —Nathaniel apartó cariñosamente a Max, que inmediatamente fue a la otra punta de la cocina y se tumbó en un rincón. Pasó una pierna sobre la otra, descansó una mano sobre su rodilla y golpeó la espalda contra el respaldo de la silla—. ¿Necesitas que te lo explique? —Sonrió tras el asentimiento de ella—. Está bien, en un mes y tres semanas se anunciará tu matrimonio con James Guire. No perderás ni un centavo... ni siquiera un triste par de Manolos si te comprometes a —chasqueó la lengua— uno, después de este mes no anular tu compromiso con ese capullo y dos, aprender tanto como puedas y más de lo que voy a enseñarte.

—¿Por qué?

—Porque papá Guire quiere una esposa complaciente y obediente para su hijo. Otros desean una dulce chica tan virgen como las primeras nieves —rio Nathan—, pero Guire es diferente. —Se inclinó de lado en la silla y miró los pequeños pies de Ashley bajo la mesa—. ¿Qué me dice, señorita Ferguson?

—¿Tengo que tener sexo contigo?

—Principalmente. —McNamara hizo como si la pregunta lo sorprendiera y tuviera que analizarla detenidamente—. Sí —asintió.

«Vaya, vaya, Nathaniel, resulta que dentro de esa cabecita de niña tonta existe un cerebro».

—Tengo que pensarlo.

—Primero escucharás y luego te daré cinco minutos para pensarlo. —Un breve silencio—. BDSM: B de *bondage*, D de disciplina y dominación, S de sumisión y sadismo, M de masoquismo... —Sus ojos verdes escanearon cada movimiento de la joven. El brillo de los de ella mudó a opaco y acuoso por la ráfaga de miedo e interés que los azotó—. Si tu respuesta es sí, dejaré de ser Nathaniel McNamara para ti. Deberás llamarme Señor, simple y llanamente, Señor. Si yo pregunto, tú respondes con un «Sí, Señor» o un «No, Señor» —él sonrió con una poderosa sonrisa maléfica—, siempre y cuando yo te dé permiso para responder. Obviamente, si te olvidas en algún momento de contestar correctamente, serás castigada —precisó sin borrar la sonrisa—. No soy un ser sin alma, tal vez pase por alto dos fallos, tres... no más.

Ella era gelatina a punto de desmoronarse. No apartó la vista de él. De algún modo intuía que todo eso no tendría buenas consecuencias, aceptara o no lo estipulado en el contrato. Ashley tragó saliva seca que inflamó su garganta aún más. La cabeza le daba vueltas, el pulso iba desbocado en su carótida.

—No voy a llamarte esclava ni a vejarte y no te haré daño más allá de lo necesario y consensuado. —Vio la alarma en su mirada. McNamara se levantó, rodeó la mesa y la miró desde su altura—. Tendrás que escoger una palabra de seguridad. No debe contener la vocal i porque es difícil de entender según en qué situaciones. —Detuvo el temblor de la grácil barbilla al sostenerla con dos dedos. La pellizcó cariñosamente—. Este es nuestro propio contrato. Tú la escoges, y si en algún momento hay algo que no puedes soportar porque es demasiado y deseas parar, solo tienes que pronunciarla y me detendré, sin más. —Presionó, no en exceso, sí lo suficiente para captar completamente su atención—. Si la utilizas en vano, todo habrá acabado. No es un juego. —El índice, sin dejar de sostenerla, volvió a acariciarla—. Nena, no voy a hacerte sangrar ni a clavarte agujas.

—¿Y qué será entonces? —preguntó ella.

—Dependerá de lo receptiva que estés. No voy a derramar cera caliente sobre ti si eso va a dañarte. —Llevó sus dos manos a la cara de ella, la enmarcó. Los dos índices se unieron en los rosados labios, los acarició—. Si algo tan bueno para mí se transformara en algo traumático para ti, dejarías de aprender. —Nathan se inclinó hasta que su frente descansó contra la de Ashley—. Y a ti no te conviene en absoluto.

La pequeña lengua de la joven se aventuró a salir de entre los labios y mojó la punta de los dedos fuertes pero tiernos. La sal de la piel bailó en sus papilas gustativas e hizo que un gemido emergiese de sus cuerdas vocales. Ashley cerró los hermosos ojos de largas pestañas.

McNamara se estaba descontrolando. Primero tenían que estar todas las cartas sobre la mesa y más tarde, si ella aceptaba, podría saciarse. Se enderezó.

—Ven. —Le abrazó los antebrazos con las falanges húmedas de saliva. La ayudó a levantarse y la hizo seguirlo pasillo abajo. Había dos dormitorios, dos cuartos de baño y una tercera habitación en la que Nathan encendió la luz y la invitó a entrar.

En la pared del fondo destacaba una gran colección de ¿artefactos? Ashley lo miró y, al obtener su aprobación, se acercó; no tocó, solo miró.

—Cañas, **látigos**, palas, **fustas**... —Nathan se cuadró tras ella, brazos atrás, casi en posición militar—. Puedes tocar. —Estaba demasiado centrada en observar como para también tocar—. Los utilizaré en ti si aceptas. —Rompió la posición, alzó una mano con la que apartó el largo cabello color caramelo para dejarlo descansar sobre el delicado hombro. Sus nudillos acariciaron la piel sensible detrás de la oreja—. Arneses, cuerdas, correas, inmovilizadores, mordazas, pesas... —McNamara inclinó la cabeza y sus labios depositaron un beso en el hueco entre cuello y hombro.

—¿Y... y los muebles?

—Un banco de *spanking*, un potro... —No acabó de enumerar y mucho menos le dio tiempo a explicar. Como el conejito blanco de Alicia en el País de las Maravillas, ella salió corriendo. Sin embargo él no tenía prisa. Caminó tranquilamente tras ella hasta encontrarla detenida frente a la puerta de salida—. Si tu respuesta es no, llamaré a un taxi para que te lleve donde tú quieras. —McNamara se hundió las manos en el pelo y lo sacudió, haciendo que brillos platino y ébano brillaran con la luz del sol que se filtraba por las ventanas del salón—. Obviamente, lo pagaré yo, pues todas esas tarjetas que llevas contigo quedarán anuladas. —Él se estiró desentumeciendo las articulaciones, anduvo hasta la cocina, corrió las cortinas, permitiendo que la luz entrara a raudales y miró a través de los cristales—. En cambio, si tu respuesta es sí, será todo tan sencillo como obedecer cuanto yo diga. En un mes y tres semanas podrás sonreír ante todos los miembros de la alta sociedad de este país y decir lo feliz que eres por ser la futura señora Guire. —Las palmas se incrustaron en el material del fregadero. Nathaniel dio la vuelta y se recostó contra el mueble—. Se han ocupado de traerte ropa y todos los enseres que puedas necesitar. Si aceptas, nadie sabrá de esto excepto los implicados: papaíto, Guire padre, Guire hijo, tú y yo.

—Tetera —dijo Ashley de repente.

—¿Qué?

—¿Sirve «tetera»?

«Tetera, tetera».

McNamara la miró, dudando.

—¿Tetera?

—No contiene la vocal i y no tiene nada que ver con algo sexual.

—Tetera está bien.

Él introdujo las manos en los bolsillos delanteros de sus pantalones.

—¿Tengo que firmar algo yo también? —Ashley quedó con la espalda pegada a la puerta.

—Ya lo has firmado. —Sus grandes manos salieron de los bolsillos donde se calentaban. Le indicó con un dedo que se acercara. Los cortos y tambaleantes pasos de ella lo hicieron reír—. Un poco más rápido.

«Rápido, rápido», se animó ella.

Suerte que Nathan la sostuvo, impidiendo que cayera de bruces al moverse tan de prisa que tropezó.

—Lo siento —musitó, elevando lentamente la mirada—, has dicho más... rápido.

—Más rápido, pero sin tropezar por el camino. —Sus manos, que en esos momentos sujetaban a la chica por los hombros, se despegaron de ella—. Quítate todo excepto la ropa interior y los zapatos. —Al no haber reacción por parte de ella, repitió—: Quítate todo excepto la ropa interior y los zapatos, Ashley.

—Yo...

—No lo repetiré, Ashley —precisó Nathaniel, recostándose contra el fregadero. Con los brazos cruzados, la observó, instándola a que se desnudara. —De repente hacía frío, calor, se congelaba. ¡No!, se abrasaba. Temblaba mientras enganchaba los dedos en los tirantes del vestido—. Estoy esperando y odio tener que hacerlo, Ashley. —Con la mirada en sus pies, ella aflojó del todo las tiras y el vestido de seda rojo cayó al suelo. Se mordió tan fuerte el interior de la mejilla que la hizo sangrar. Sin abrir la boca, saboreó el metal de su propio plasma—. Levanta los pies y quita el vestido de en medio.

—Por favor, ¿no? —susurró, con las rodillas flaqueando y su estómago temblando descontrolado.

Un rojo intenso y brillante, sin nada de encaje en el sujetador ni en el maldito tanga. Él no entendía muy bien la función del mismo, pues no era más que un pequeño corazón que ni tan solo cubría la mitad del pubis y dos ridículas tiras que unidas se perdían entre las regordetas nalgas.

—Hazlo. —Su mirada descendió por toda la pálida piel. Las medias transparentes se sostenían con una suave malla de silicona a la altura de los muslos. McNamara viajó más abajo, hasta los pies bien arropados por aquellos descabellados y provocativos zapatos. Ella no rechistó. De un puntapié mandó lejos el caro vestido de Chanel y se quedó con la mirada en el suelo a la espera de... ¿algo?—. No esperes oír un por favor, porque no lo habrá —sentenció, despegando su cuerpo del fregadero. Dio unos pasos para quedar tras la espalda de la joven—. ¿Entendido? —Con dos dedos retiró la larga cabellera y la colocó sobre uno de los hombros.

—Sí... —Los dedos no tocaban su piel. Aun así, Ashley sintió su calor y con eso bastó para que necesitara algo de consuelo entre sus piernas. Se enderezó y cerró los ojos, mordiendo esta vez su labio inferior.

—¿Sí...?

Ashley se había olvidado algo. La bombilla se encendió en su cerebro y mandó la orden a su boca para que la recitara.

—Sí, Señor.

—Buena chica.

La premió inclinándose para depositar un beso en el hombro despejado. Abrazó la perfecta cadera, posando su palma contra la trémula piel. El beso se convirtió en mordisco, los dientes se hincaron en la carne y la lengua succionó.

Los ojos de Ashley se abrieron como platos. El dolor aguijoneó su interior. No obstante, al mismo tiempo, algo despertó en ella; algo que le decía que no debía o sí.

«¡No, no!».

Como los dientes querían seguir clavándose en su carne, apartó el hombro de esa boca hambrienta y giró sobre sus pies, encarándolo. Los brazos cruzados sobre su pecho trataron de ocultarlo para sentirse menos desnuda, menos vulnerable.

«No quiere, se niega, abandona. El temor martillea sus ojos, los humedece de lágrimas. Tiembla como si acabara de ser arrojada a una violenta ventisca. La destruirás y tú, maldito cabrón, te volarás la cabeza. —Él temía que dijera "tetera". Si ella lo decía, se acababa todo—. ¡No, no quiero que lo diga! Llamaré a un taxi y... no, no, por favor, no».

La zurda de McNamara capturó un buen puñado del largo cabello, lo sacudió y con ello la acercó a su rostro.

—¿Ashley, algo que decir? Allí está tu oportunidad para renunciar, solo tienes que decir tetera.

Ella no entendía por qué reaccionaba al dolor de esa forma. Era dolor, pero, al mismo tiempo, se transformaba en algo demasiado placentero, oscuro. Pestañeó, encontrándose con los ojos verdes, que esperaban una respuesta.

—No. —Se lamió los labios—. No, Señor.

McNamara tiró de la cabellera de Ashley, conduciéndola hasta la mesa de la cocina. Con su otra mano desgarró el sujetador, liberando los turgentes globos. Aflojó la sujeción de su puño al mirar los erguidos pezones, pequeños cual gotitas de sirope y de un hermoso color rosado. El impacto de semejantes perlas y las grandes areolas de los senos lo descolocaron. No es que no le agradaran, sencillamente no los había imaginado de ese modo. Dos dedos los perfilaron, apreciando la textura de la pálida piel.

Empujó el peso de su cuerpo entre las piernas de ella, obligándola a que las abriera. Se acomodó y abalanzó su boca sobre uno de aquellos pequeños salientes, tan pequeños, tan diminutos, y aspiró. A pesar de tener la boca cerrada sobre la carne de Ashley, de alguna forma surgió un hondo gruñido. Esa piel tan fina no era salada como esperaba, era dulce y picante. Aspiró, paladeó, mordisqueó.

Maldita sea, iba a volverse un jodido adepto a esas pequeñas perlas. Podría morderlas, lamerlas, retorcerlas entre sus dedos y atraparlas con unas **pinzas**.

Nathan liberó el pezón, observando su propia saliva reluciendo sobre la piel rugosa. Aquel pequeño saliente había aumentado un poco de tamaño, no demasiado, sí lo necesario para poder capturarlo y ensortijarlo con la pinza. De nuevo al interior de su boca, succionando, succionando, succionando...

Ashley lloró. Literalmente, lloró; las lágrimas emanaban de sus ojos barriendo *eye liner* y máscara a trompicones por sus mejillas. Él no la aplastaba, pero ella sentía su peso, su tamaño latiéndole entre las piernas. Únicamente los separaba algo de ropa. Por la tensión en su cabellera, ella echó la cabeza hacia atrás tanto como pudo. La quemazón del mordisco chamuscó su sistema nervioso, sus muslos se juntaron todo lo que pudieron, tratando de retener la crema que rezumaba más allá de su ropa interior. Levantó una mano y con ella probó la espesura del cabello de él. Siempre había querido tocarlo, apreciar la mezcla entre plata fría y negro azabache.

Sus deditos se enrollaron en algunos de los mechones como probándolos. Lo sorprendió, y él no era hombre al que se pudiera sorprender fácilmente. Mejor dicho, no debía sorprenderse nunca. Formaba parte de su trabajo esperar cualquier cosa en cualquier momento, encajar el golpe y devolverlo casi al mismo tiempo. Nathaniel se preguntaba por qué ella lo sorprendía, por qué no estaba preparado para según qué reacciones.

Ashley debía haber hecho algo mal, pues ya no estaba el afilado placer en torno a su pecho, ni la humedad.

—Lo siento, Señor —musitó, alejando la mano del cabello. La ancló en un borde la mesa—. Lo siento, lo... lo siento de verdad.

¿Lo sentía? No, ella no lo sentía. ¿O sí? La señorita Ferguson hacía que todo en él fuera al revés. A que actuara contrariamente a lo que debía. Con un brazo, McNamara la atrajo más hacia su propio cuerpo.

«¡A la mierda si ella lo siente o no!».

El color de sus ojos cambiaba como un indicador de su estado de ánimo. Lo malo era que ella aún no sabía muy bien cómo iba. A decir verdad, el color del iris que ahora mismo rodeaba las pupilas de Nathan no lo había visto antes. Tragó saliva seca.

—No volveré a hacerlo, Señor.

Nathan aproximó su rostro al de ella y con los ojos cerrados recorrió con un lado de su cara el centro de la de ella, la frente, la nariz. Ashley olía a algo dulce, como a vainilla de Tahití. No era empalagoso ni recargado, era simplemente el olor de Ashley.

«¡Tu primera clase está yendo a la perfección, Maestro! ¿Te has vuelto todo un sentimental o qué te pasa, capullo?».

Abrió los ojos para encontrarse con los de Ashley, sorprendidos o prendidos de curiosidad, y más que asustados, expectantes. McNamara comprimió los labios sobre los de la joven, obligándola a abrirlos. Sintió la barrera de los dientes que poco a poco fue levantándose. La mandíbula se relajó, el cuerpo comenzó a quedar laxo bajo el brazo que lo sostenía bien pegado al suyo. Lo normal en este caso sería que la mordiera y succionara la caliente lengua, pero no hubo nada de eso. La besó suavemente, acariciando su propia lengua con la de ella.

Probablemente, la culpable de todo esto era su imaginación. Nathaniel McNamara no podía estar besándola, no era posible. Su inventiva sería demasiado cruel para ella mientras una de sus manos volvía al caudal de su cabello y la otra, con torpes dedos, quería abrir la camisa que ocultaba el torso musculoso y bronceado.

Habría tiempo para disciplinarla. ¡Ahora no! Ahora solo quería meterse en su calor, zambullirse en ella. Ahogarse... Eso, eso.

Él ingería los gemidos de la fémina que se mezclaban con los suyos. Lamió sus dientes y empujó la lengua tan al fondo como le fue posible. No quería dejar ni un milímetro por saborear. La ayudó a desabrochar el último botón de su propia camisa, que acabó en el suelo.

Jadeó, pues las dos manitas de Ashley peregrinaban por su torso, acariciando el vello que lo salpicaba.

«¡Céntrate, hombre!».

McNamara pasó una mano por debajo de la tira del tanga en un lado de las caderas, empezó a bajárselo y, a mitad del muslo, volvió a subirla y la hundió bajo la minúscula tela. La piel rasurada del pubis le dio la bienvenida, el calor que más abajo se acumulaba le abrasó las yemas.

«Venga, Nathaniel, céntrate...».

Separó los regordetes pliegues completamente recubiertos de la crema que ella rezumaba. Le mordió la lengua y la dejó atrapada por sus dientes al palpar el inflamado clítoris.

Su sexo palpitaba, la musculatura se tensaba y acumulaba más y más jugos que corrieron fuera al meterse dos gruesos dedos en su interior de una sola estocada. Ashley se contrajo, tensionó las rodillas y sus puños se cerraron sobre el pecho de él. Los blancos y rectos dientes de McNamara liberaron su lengua a la par que los dedos se removieron en su interior, añadiéndole un nuevo compañero que hizo que su clímax se disparara y se deshiciera en torno a los tres. Ella también jadeó, arrastrada por el orgasmo, mientras esos tres dedos abandonaban su interior. Abrió los ojos, lo miró.

El hecho de que ella hubiera alcanzado el clímax sin su consentimiento y sin tan solo haber jugueteado un tanto en su interior lo hizo centrarse.

—Me temo que con un mes no vamos a tener suficiente, señorita Ferguson. —Nathaniel alzó el trío embadurnado de gruesa crema para mostrárselo—. Tienes mucho, pero mucho que aprender. —Acercó los dedos a los labios de ella y esperó—. Eres tú, tu sabor. —Los labios de ella inflamados por tantos besos fueron abriéndose—. Bien... —un poco más cerca—, pruébate —la lengua despuntaba ya—, saboréate —gruñó con el primer lametón—. Eso es... —Sus ojos y los de ella se miraban fijamente—. Ahora abr.... —No fue necesario que acabara la orden. Ashley los condujo al interior de su boca y succionó. Le había dicho que tenía mucho que aprender, así que menos hablar y más aprender.

Prendiéndola por la nuca y quitándole los dedos de la boca, adhirió la suya a la de ella. La besó y, sin romper el beso, tiró de ella. Ashley caminó, o mejor dicho, levitó, cuando Nathan se la llevó, todavía pegada a sus labios. Los sabores de ambos latían en sus papilas gustativas.

Nathan golpeó el interruptor de la luz y cuando se iluminó el dormitorio empujó a Ashley hacia la cama. Solo al tumbarla, solo entonces, rompió el beso, sacó la lengua y lamió sus labios, desde el inferior hasta el superior pasando por la boca abierta. No debería haberla traído aquí, sino al cuarto. No obstante, todo tenía un motivo, un sentido. Cogió el tanga por las tiras y lo desgarró. La asió por las pantorrillas, abrió del todo sus piernas, haciendo que las rodillas miraran al techo de madera y aspiró el olor de su excitación al ver que la humedad abrillantaba los rollizos pliegues.

En el vientre de la joven se desencadenó un terremoto y, más aún, en su sexo se formó un tsunami. Boqueó, cerrando los ojos en el instante en el que él comenzó a lengüetear; agarró las sábanas y las asfixió bajo sus palmas. La recia barba de un día rozaba sus muslos, pues él movía la cabeza conforme se la comía, porque eso estaba haciendo. ¡Comérsela, comérsela, comérsela! Ashley se sentía como un hirviente helado de fresa, si es que hay posibilidad de ponerse en el lugar de un helado, sea de fresa o no...

Esa boca voraz subió para morder el monte de Venus, y los tres mismos dedos que antes disfrutaron de su calor volvieron a su sitio. Ashley arrastró la cabeza por el colchón, con su cabello enmarañándose sobre las sábanas.

Cuatro y el pulgar se recogieron en un puño para empezar a pujar e introducirse en el dilatado sexo. McNamara chistó cuando ella alzó la cabeza, medio incorporándose, para mirarlo entre aquella neblina de placer.

—Un poco más... —pidió ella, con la boca formando una O y los ojos ensanchándose.

Nathan no pensó que pudiera hacer esto tan pronto, pero la condenada estaba tan jodidamente lubricada que se veía capaz de introducir hasta el codo en su interior. Movió la mano, la giró lentamente y metió los cinco dedos dentro.

Abierta, esa era la palabra: abierta. La zurda avanzaba en su interior llegando a la muñeca, ya estaba completamente dentro de ella.

Ashley cayó sobre el colchón y lo apretó, haciendo que McNamara maldijera. Cerró los ojos, presionó los parpados. Él comenzó a pujar, la mano embistió y giró en su interior. Eso no lo iba a aguantar mucho, pero sí aguantó la respiración con las lágrimas acumulándose bajo sus largas y maquilladas pestañas.

Nathan quería ver el oscurecimiento en los ojos de ella cuando se corriera. Con su mano derecha tiró de Ashley obligándola a que se sostuviera sobre sus palmas en la cama. Instantáneamente, los ojos chocolate lo miraron y él la apremió, enmarcándole la cara con esa mano mientras la otra se impulsaba en el sexo de ella. Sentía el temblor a su alrededor, la forma en que la musculatura lo aferraba y lo soltaba.

—Dime, ¿quieres acabar? Está bien, hazlo. —La risa de él salió a trompicones, no como el orgasmo de ella, que se disparó, soltando todo alrededor de su zurda. La O en la boca de Ashley se fue al garete al gritar conforme bombeaba todo su clímax. El cacao fue ahogado por el blanco del ojo—. Sabía que eras de las escandalosas —dijo, sin sacar su mano del dilatado sexo. Sin embargo, sí apartó la otra de la cara de ella y alargó el brazo hasta debajo de una almohada, aquella donde aguardaban unas pinzas y... y las sacó. Tenía que acostumbrarla a llevarlas.

No veía, era igual que si él le hubiera colocado una oscura venda en los ojos. Solo sentía todas sus terminaciones nerviosas puestas en marcha y pitando ruidosamente. Jadeó, pues la boca de Nathan estaba otra vez en uno de sus pechos, lamiendo la areola, sorbiendo del pezón que la coronaba y tras eso... otro grito.

—Nada, nada de resistirse, Ashley.

La pinza empezó a morder el rosado pico. McNamara la movió para que lo abarcara bien. Iba a costar que sobresaliera. Por lo tanto, ella tendría que empezar a amar las pinzas hasta que él considerara que los pezones estaban suficientemente salidos. Lo suficiente como para aferrarse a ellos sin problemas. Al tener listo el primero, fue a por el otro. Nathan renegó cuando ella se echó hacia atrás para evitarlo, pero él humedeció el diminuto pezón y la pinza mordió de todas formas.

Nuevo giro suave de muñeca que retrocedió hasta salir.

—Duele, duele, duele —sollozó ella; la presión era horrible, acalambraba hasta su cerebro y, encima, con el abandono de la mano era aún peor. Ashley trató de abrir los ojos aunque se dio cuenta que ya los tenía abiertos, solo desenfocados—, duele mucho, Señor.

Tras deshacerse de su molesta ropa, Nathan volvió a la cama; le acarició el cuello con una mano y besó su mentón.

—Claro que duele, Ashley —las caricias descendieron a un hombro—, deja que hagan su magia.

Ashley recostó su nariz contra un lado de la cara de él, que seguía con los pies en el suelo y medio cuerpo inclinado sobre ella, sentada en la cama. Resopló y aguantó, dándose cuenta que poco a poco el dolor se tornaba hormigueo y el hormigueo una especie de... ¿placer? Su sexo volvió a calentarse y ella suspiró, alzando los parpados que instantes antes habían caído.

Al tirar hacia arriba desde el centro de la cadena los pezones se alzaron tan solo un poco.

—Ah, ah, ah —tarareó Nathan cuando ella se quejó—. Tienes que acostumbrarte.

Él besó los labios que no dejaban de emitir un constante coro de quejiditos. Dejó caer la cadena y elevó a la joven encima de su cuerpo. Llevaba... ¿años?... soñando, fantaseando, imaginando cómo se vería Ashley sobre sus caderas y no estaba dispuesto a esperar más.

Ashley estaba boca abajo, con el pecho balanceándose; el hormigueo era mayor y hacía que la temperatura de su sexo continuara subiendo y tenía que trepar por él. Su cabeza estaba sobre el musculoso vientre, nada de ir arriba... necesitaba ir hacia abajo. No podía esperar.

El cálido aliento de Ashley abanicaba sus ingles, el largo cabello le cosquilleó las piernas. La prendió justo en el nacimiento del pelo, levantándole de esa forma la cabeza, y con la otra mano movió el dedo índice de un lado a otro negando.

—Las cosas se piden, niñita de papá. —Enroscó la mano en la cabellera, atrapando así una buena cantidad de pelo. Con la otra, McNamara la golpeó en un lado de la cara y la mejilla adquirió un tono aún más sonrojado. Siguió con varios toques mientras recitaba—. «Por favor, Señor», así se piden las cosas. —Nathaniel detuvo la mano—. Quiero oírte. ¿De qué forma se piden las cosas, Ashley? —A base de tirones de pelo él la situó justo entre sus piernas, a la altura perfecta—.

No te oigo —roncó, queriendo que ella alzara la voz para oír con claridad la palabrita mágica.

Eran golpes mucho más ruidosos que lastimeros, que enrojecieron un poco más su moflete. Ashley lo sentía palpitar. Conforme la mano lo había ido azotando, ella entrecerraba los ojos, movía la testa y con ella el resto del cuerpo hasta colocarse en la posición que él deseaba. Empezó a musitar el por favor y al poco subió la voz. Su sexo estaba segregando su cremoso deseo, que ya corría libre por sus muslos y manchaba las sábanas al gotear. Con el trasero en pompa y las rótulas sobre el colchón, procuró mirarlo a los ojos mientras McNamara reía.

El último y ruidoso golpe en la mejilla hizo que ella gritara el «Por favor, Señor». Podría torturarla un tanto más, hacer que explicara qué era lo que quería y el porqué. Mas él sabía perfectamente lo que quería y el porqué, por lo tanto, hoy lo dejaría correr.

—Bien, bien. —Distendió el apretón en la cabellera—. ¿Y a qué estás esperando?

«A su aprobación... y él acaba de dártela».

Realmente, Ashley nunca se había planteado que su aroma pudiera agradarle de la forma en que lo hacía. Entrecerró los ojos y, gracias a que el agarre disminuyó, pudo bajar un tanto la cabeza. Su nariz ascendió por el escroto, lo acarició suavemente hacia arriba y vuelta hacia abajo, abrió la boca para lamer primero una bola y cuando la dejó suficientemente húmeda, la aspiró al interior de su boca. La hizo rodar sobre su lengua, dedicó la misma atención a la otra y su pequeña naricita volvió a ascender. Friccionó hacia arriba y aún más arriba, donde la verga pulsaba en el vientre. Se encontró con los ojos verdes y los robustos pectorales alzándose y descendiendo a una considerable velocidad.

—Por favor, Señor —pidió ella al recibir un jalón que la hizo acabar sobre el pecho de él y tras eso una punzante palmada justo sobre los labios.

—Me gusta cómo entonas el por favor. —La verdad era que mantenerse inmóvil mientras ella lo recorría con la lengua casi lo hizo estallar...—. Quiero oírlo más, mucho más. —Tal como la había subido, Nathan la bajó. Agarró su erección justo por el tallo y friccionó un par de veces hasta que una gota preseminal salió de su uretra, viajó hasta el *piercing* que coronaba su glande y giró alrededor del oro—. Repítelo.

—Por favor, por favor, por favor, Señor.

Ashley iba a repetírselo noventa veces al día si era lo que él deseaba. Su lengua había paladeado la primera bola engarzada justo en la unión de escroto y verga, pero quedaban muchas más hasta llegar a la cabeza. La gracia no estaba en que fuera más o menos grande, que vaya si lo era, estaba en el grosor, la anchura que cató cuando su boca se vio llena de repente. Cerró los ojos y respiró con fuerza por la nariz. .

—Más. —Él arrojó las caderas hacia arriba—. ¿Ya lloriqueas? —No tenía ni la mitad dentro de la boca y sus ojos ya lagrimeaban, su garganta se quejaba. McNamara maldijo en voz baja y pujó más—. Cuidado con los dientes, Ashley —advirtió, pellizcándole uno de los mofletes. La sacudió por la cabellera para que acabara de aceptar la invasión. Ella tenía el rímel y el lápiz de ojos completamente corridos hasta el mentón—. Aguanta. —Sentía las arcadas subir por la garganta de la mujer, sus manitas menearse nerviosas en el colchón—. No, no, no —rechistó él. Juntó ambas manos tras la cabeza de Ashley para empujarla hacia abajo y así enterrarse en lo más hondo de su garganta. Retuvo la respiración para mantenerse allí por unos segundos... Finalmente, le echó la cabeza hacia arriba y hacia atrás vaciándole la boca—. Ya, ya, ya —canturreó él, acariciándole la goteante barbilla—, ven aquí.

McNamara la ayudó a subir y le besó los labios. Rápidamente, ella se acomodó en sus caderas y al ritmo marcado lo guio a su cálido interior. Vale, estaba dentro. ¡Estaba dentro! El cabello caramelo de Ashley caía por su espalda, completamente despeinado. Nathan colocó sus manazas sobre el par de nalgas regordetas, salvo por un instante, cuando ambas manos tiraron de las pinzas en los perlados pezones.

—Muévete —demandó con un ronquido. Lo apretaba tanto que le iba a cortar la circulación. Los pechos llenos y blanquecinos se meneaban de forma diabólica conforme lo cabalgaba, adaptándose a los cachetes recibidos en sus nalgas, que la conminaban a aumentar o disminuir el ritmo.

Ashley recostó sus manos en el amplio pecho para tener un punto de apoyo. Ahora subía y bajaba, se inclinaba hacia delante o hacia atrás dependiendo de lo que él deseara y a nalgadas le ordenara. El sonido húmedo de los sexos acoplándose resonaba en toda la estancia.

Ya no se trataba de un deseo, un sueño, esta vez ya era real. Impulsando a la mujer hacia delante y sin llegar a abarcar aquel bendito trasero con ambas manos, presionó su boca contra la de ella. Clavó la planta de los pies en el colchón e hizo fuerza hacia arriba, metiéndose completamente en el calor de ella.

—Escandalosa —rio a mitad del grito que Ashley profirió. Dejó esta vez que la boca de ella vagara por su mentón, cuello, esternón y se perdiera en la espesura del vello que le cubría el torso. En el instante en que la lengua se embrolló en el *piercing* que adornaba su pezón izquierdo, él se relamió los labios y ella tiró un poquito del arete con los dientes—. Basta. —Nathaniel no quería correrse tan pronto. La alzó, saliendo de su sexo, que protestó al quedarse vacío. La colocó sobre rodillas y palmas y él se movió hacia atrás.

Ashley lo siguió con la mirada. Su sexo le dolía de verdad, su matriz se tensaba a causa del vacío, de la lacerante soledad.

—Por favor, por favor, Señor.

Ella tenía la impresión de que la cifra de noventa veces diarias podría aumentar. De vez en cuando, la presión en sus pezones la hacía tiritar y morderse el interior de los carrillos.

Las nalgas suplicaban ser azotadas. Así que él dio unos cuantos cachetes a ese trasero tan redondo que se ofrecía.

—Sí, cariño, me encanta cómo suena ese por favor.

«¿Cariño? ¡Eh, eh, eh! ¿Acababa de llamarme "cariño"? ¿Ashley, has oído bien?».

Abriéndole las nalgas apuntó al interior del dilatado sexo y.... dentro de una sola estocada. Nathan, aferrándose a las amplias caderas, comenzó a pujar pero recordó algo. Alargó la mano hasta la almohada y sacó de debajo de ella lo que sus dedos buscaban. Apartó con el dorso de la mano la larga cabellera de Ashley y rodeó el blanco cuello con el collar. Este tenía anillas de dispares tamaños y colores, plateados y rosas. En un principio había pensado en una simple base de cuero con una única anilla central, sin embargo, al ver este supo que era perfecto para Ashley.

—¿Sabes lo que significa esto? —cuestionó él, tirando del collar.

Ella sentía la boca de él contra uno de sus oídos y el frío metal de las anillas en su cuello.

—No, Señor —respondió, tratando de controlar el orgasmo que amenazaba en su útero, avisándola de que pronto arrasaría con ella.

—Símbolo de sumisión y entrega. —McNamara mordió la punta de la pequeña orejita—. ¿Entiendes lo que eso significa? —añadió, rodeando con la palma la garganta de Ashley. Apretó a la par que su otra mano se ocupaba en azotar la misma nalga una y otra vez—. ¿Lo sabes? —Conforme ella sollozaba, más dura caía su palma en la piel—. ¡Responde!

Las embestidas, las nalgadas, el apretón en el cuello y para colmo su clímax, todos en guerra contra ella, contra su voluntad.

—No, Señor... no, no lo sé. —Ahora mismo Ashley solo sabía que si no controlaba su orgasmo, lo iba a pagar muy caro y él no ayudaba a que lo mantuviera a raya.

—Significa que eres... mía. —Sin apartar su mano del cuello, retrocedió hasta casi salir del prieto sexo para luego empujar de nuevo de tal forma hacia dentro que tuvo que sostenerla para que Ashley no cayera de bruces en el colchón. Otra embestida y otra más y con cada una de ellas repetía el «mía».

«¡Oh, no, pequeña! Nada de eso, aún no, un último esfuerzo».

Salió de ella, la giró y tumbándola boca arriba regresó al acogedor y jodidamente perfecto interior.

—Mírame —requirió. Quería sus ojos chocolate fijos en los de él.

Le costó Dios y ayuda no correrse antes de tiempo. Lo miró, atenazándole las caderas con sus piernas tal como las manos del hombre le indicaban. Una de ellas se clavó en su cuello encima del collar y la otra al lado de su cabeza.

McNamara acometió, se estrelló una y otra vez, y otra y otra contra las anchas caderas.

—Mía y solo mía. —El «Sí, Señor» por parte de ella, por más que saliera en un ronco sollozo, fue suficiente para que él abriera la presa. El esperma estalló en sus testículos y subió por todo su venoso tallo—. Acaba, ¡ahora! —ordenó Nathan, enviando con el último empujón todo su lechoso calor. No se movió cuando empezó a eyacular. Se drenó de una forma como nunca había ocurrido antes, pues ella apretaba como si quisiera asfixiarlo conforme su propio orgasmo la acalambraba.

El hercúleo cuerpo cubría completamente el suyo, la cabeza de Nathan descansaba sobre uno de sus hombros. La noción de tiempo y espacio dejó de existir. Su peso la retenía contra la cama, mas no molestaba, le sentaba bien a su exhausto ser. Ashley entreabrió los ojos al notar las yemas de los dedos que acariciaban su cuello y las piezas redondeadas de metal que por un momento se incrustaron dolorosamente en su piel.

—Simboliza que te... pertenezco, Señor —susurró ella, juntando su nariz con la de él—. Enteramente.

Justo algo semejante era lo que él quería oír y Ashley había encontrado las palabras perfectas en el momento adecuado. Soltó las pinzas de los doloridos pezones y pasó la palma por ellos para calmarlos. Asintió, volteándose sin salir del cálido y acogedor recoveco. Nathan, boca arriba en la cama, la dejó sobre sí. Tenía la respiración aún acelerada y el cuerpo recubierto de una fina y resbaladiza capa de sudor que se mezclaba con la que brillaba en la pálida piel de Ashley.

—Eso es, cariño. —McNamara apoyó sus labios en la delicada frente, la besó y rodeó el pequeño cuerpo con ambos brazos—. Eso es.

# Capítulo 4

## EL DESAYUNO

La cama era tan ancha como para ella y cuatro luchadores de la WWE. Las sábanas de algodón eran cómodas; no eran lo mismo que las de algodón egipcio a las que estaba acostumbrada, pero no había motivo de queja. Ella se revolcó de un lado a otro de la cama, probando el colchón. Nada mal, no estaba nada mal. Se detuvo boca arriba con la mitad de su cabello cruzándole la cara. Lo apartó con una mano y miró al techo, cuya madera daba una sensación de calidez, de comodidad. La casa sería un remanso de paz de no ser por sus inquilinos. Ashley notaba la hinchazón en sus labios, palpó con dos dedos el inferior, lo recorrió y sintió bajo las yemas las grietas que se habían formado en él.

—¿Qué haces?

Ella arrastró las sábanas hasta su pecho anclándolas firmemente allí al sentarse.

—Nada, nada de nada, Señor —respondió abruptamente. Apartó los dedos de su labio y, sustituyéndolos, decidió mordérselo.

—Harás que sangre —refunfuñó McNamara, recostando todo su peso en el marco de la puerta—. Para.

—Sí —murmuró, dentelleando—. Lo siento, Señor. —Y lo soltó, dirigiendo la mirada a sus piernas ocultas bajo la ropa de cama.

—Hay agua caliente, toallas y todo lo que necesites —dijo, apuntando a la puerta del baño—. Tienes diez minutos.

¡¿Diez minutos?! ¿Qué chica medianamente normal tenía bastante con diez minutos? En todo caso esos diez serían para desvestirse. No, en su caso no era necesario, ya lo había hecho.

Levantó la cabeza para mirarlo y... no dijo nada. Muy en el fondo, lo odiaba a muerte. Estaba acostumbrada a ver toda esa aglomeración de músculos en movimiento, carne tostada al sol sin necesidad de tener a mano un buen bronceador.

«Seguro que Apolo debe hacerle vudú. Tú también tendrías que hacérselo».

—Te quedan nueve. —Y Nathan no se refería a sus neuronas, sino a los minutos.

—Necesito que te des la vuelta... por favor, Señor.

A Ashley le dolía la vista de tanto fijarse en aquellos pectorales al desnudo y se sentía como una vieja urraca por querer enrollar la lengua en el dorado arete del pezón derecho. No podría llevárselo a su nido si no se daba prisa, porque tal vez le quedaban solo unos ocho minutos.

—¿No has comprendido todavía la dinámica de esto?

El parqué crujió bajo sus fuertes pies desnudos. Al llegar a la cama, él tiró de las sábanas y, arrancándoselas de los deditos, las hizo a un lado.

—Te quedan ocho minutos y medio para ducharte y luego ir a la cocina. Si no es así, como todo en esta vida, tendrá consecuencias, buenas solo para mí. —Su boca se alargó en una malévola sonrisa—. No tan buenas para ti, cariño. ¿Entiendes?

«Entendido, absolutamente comprendido, jefe».

La chica se movió cuidadosamente para salir de la cama, el pecho cubierto con los brazos y parte de las nalgas por su cabello. Caminó y torció a la derecha para entrar en el cuarto de baño. Ni se le ocurrió cerrar la puerta. Por alguna extraña razón, sabía que eso tampoco sería una buena idea.

—Siete minutos, señorita Ferguson.

«Siete minutos, siete minutos, ¡corre, tonta!».

Ashley se metió debajo del agua y sin casi poder enjabonarse salió con cuidado para no resbalar. Seis, cinco... Se frotó la piel con la toalla. ¿Y ahora? Cuatro... Corrió hasta la habitación y agarró lo primero que encontró. Una camisa larga de estas que solía ponerse sobre *leggings*.

Tres... el pelo le chorreaba y los húmedos pies dejaban un rastro conforme corría hacia la cocina. Dos... llegó y sus tripas rugieron con fuerza. Aspiró el aroma de buena melaza, café y picante zumo de naranja recién exprimido. Sus ojitos debieron agrandarse, porque lo oyó reír, pero ella estaba demasiado embelesada mirando las ricas tostadas francesas, las fresas que caían sobre ellas al igual que las rodajas de plátano y la mantequilla. Y... con un poco de sirope.

«Sí, por favor», pidió mentalmente.

—Has sido muy rápida, pero... —McNamara chasqueó la lengua, ese sonidito chulesco que tan bien aprendido tenía—. ¿Qué pinta la camisa? Además, está tan mojada que transparenta. —Nathan caminó hasta la mesa, retiró su silla—. Nada de eso, señorita —advirtió cuando ella se disponía a sentarse—. Ven aquí. —La calefacción estaba a tope y la chimenea consumía grandes troncos. No hacía nada de frío y, teniendo en cuenta que él no pensaba llevar mucho tiempo la ropa, solo los pantalones abrazaban su cintura. Solo los pantalones—. Ya te dije que no quiero ropa, solo cuando yo te pido que te la pongas. —McNamara alargó la mano hasta la esquina de la mesa y recogió unas ataduras de pies, o eso semejaban a primera vista, también otras de manos ¡y, y, y! Aparecieron las brillantes y metálicas pinzas. No obstante, no las cogió—. Me temo que tú tardarás algo más en desayunar, Ashley.

Cuando ella se aproximó, sencillamente le indicó que le diera la espalda. Debido a la diferencia de estatura, para Nathan no supuso ningún problema el quitarle la camisa y tirarla lejos, aun sin necesidad de ponerse en pie. Las ataduras de cuero se cerraron alrededor de las muñecas de ella, colocadas tras los riñones.

—Parece que tienes mucha hambre porque oigo tus tripas rugir desde aquí. —Ahora él sí se levantó y la alejó pero solo unos pasos para que, una vez sentado, pudiera verla sin problemas. Se puso en cuclillas para cerrar las sujeciones en los tobillos, la ayudó a arrodillarse y luego se levantó, se metió diestra y siniestra en los bolsillos de los pantalones y la miró—. ¿Sabes? Esto lo tenía pensado para después del desayuno, pero teniendo en cuenta que no vamos a tomarlo a la vez, mejor será que sea ahora. —Sacó algo semejante a un huevo por su forma, un huevo metalizado—. ¿Sabes qué es esto?

—No, Señor —respondió Ashley.

Las sujeciones hacían que sus hombros se echaran para atrás y mantuviera una postura bien recta. Ahora mismo estaba pensando en las dichosas pinzas, malditas fueran. Con un poco de suerte, él se olvidaría de ellas... aunque... si le diera un pedazo de tostada, un pedacito tan solo, ella también trataría de olvidarse de ellas.

Nathan, recogiéndose los pantalones antes de acuclillarse, se lo mostró más de cerca.

—Esto, cariño, es un huevo vibratorio. —Lo giró entre sus dedos—. Funciona por control remoto. —Aquellos reglones que tenía McNamara por dientes brillaban tanto que a ella le dolían los ojos—. ¿Y dónde está el mecanismo que lo pone en marcha? —Acercó su cara a la de ella y bajó el tono de voz—. ¿Lo adivinas?

«¿Adivinar? No, no, acertijos no, Señor».

Ashley se crispó cuando el huevo entró en su canal sin ningún tipo de consideración ni humedad lubricante. Sin embargo, luego respondió al frío beso que llegó justo antes de que los recios dedos se apartaran de ella. Lo siguió con la mirada, temiendo que ahora iba a verlo comer mientras ella se moría de inanición.

—Bueno, con un poco de suerte recordarás así que no quiero que lleves ropa a no ser que yo te diga lo contrario.

Él se sentó, repanchingado, con las piernas abiertas y las rodillas separadas, aunque antes sacó otra cosa de sus mágicos bolsillos...

«¿Por qué puñetas nos vuelven tan locas los chulos?».

McNamara cogió la taza de café y dio un trago, pero con el segundo...

Ella gritó, un grito entre sorpresa y... no sabía qué más. Esa cosa en su interior dio una especie de sacudida, zumbó y paró. Con sus ojos chocolate bien dilatados, grandes, lo miró.

—¿Otra vez? —inquirió él. Hacer la pregunta a la par que apretaba el botón del mando a distancia era tan divertido... Presionó largamente para aumentar la vibración, así que ella tembló de la cabeza a los pies, con los pechos meneándose cual cremosos flanes. Nathan se relamió mientras dejaba el café sobre la mesa y, al agarrar un pedazo de tostada, se llenó la mano de mantequilla y sirope; subió las dos piernas a la mesa y las cruzó sobre la esquina—. Las prefiero de *brioche*, pero no me dejas demasiado tiempo libre para ponerme a hacer uno. —Soltó el mando para darle un poco de tregua—. ¿Decías, tesoro? —Y vuelta a empezar.

Miraba los rosados labios abiertos en busca de aire. Qué bonita se la veía así, amarrada y retorciéndose. Un pececito fuera del agua.

Era como si esa cosa fuera adentrándose cada vez más y más dentro de ella, la vibración trepaba por su carne, marchando directa a la matriz. Apretar muslo contra muslo era un infierno, separar las piernas otro aún peor. Sus jugos se arremolinaban, fluían y se amontonaban abundantemente en el suelo. Ashley ya no tenía hambre o, mejor dicho, eso había pasado a segundo plano.

—¿Nada? —Nathan enarcó una ceja—. Me dio la sensación de que ibas a decirme algo. —Acabó la tostada y chupó la mezcla de mantequilla y sirope entre sus dedos. Presionó aún más el botón—. Oh, oh, oh, perdón, era gritar, no decir algo —asintió, y dejó de apretar—. Lo siento. —Sonrió y de nuevo la presión, pero al máximo nivel—. Puedes seguir gritando, cariño.

Resoplido, aullido, resoplido. El cuero de los arneses en sus pies crujía en torno a sus tobillos, el de sus muñecas, lo mismo. Aullido, resoplido, aullido.

«Hola, orgasmo, ¿estás aquí?».

—Por favor, por favor, Señor.

Resoplido, aullido, resoplido y además, ahora..., sollozo. De pronto, cuando Ashley pensó que no sería capaz de aguantarlo más y que acabaría deshaciéndose allí, la vibración paró. ¡*Kaput*! Adiós... ya no estaba. Cerró los ojos, se relamió los resecos labios y gimió por el dolor. El dolor recalcitrante que causaba la no liberación de todo su deseo. Deseo hecho líquido que abrasaba su interior porque ella trataba de no dejarlo salir.

—Estás poniendo el suelo perdido, cariño. —El calor que emanaba del parqué sentaba bien a las plantas de sus pies. Con la taza de café en la mano, Nathaniel bebió, se agachó y le alzó el mentón con dos dedos—. Podría hacer que lo limpiaras a lengüetazos. —Acercó la taza a sus labios y dio el último trago—. ¿Qué opinas de eso?

—¿Cuándo cuenta mi opinión, Señor?

Él de por sí ya olía a algo comestible, pero ahora se le añadía el aroma del café. Café, *aftershave* y la esencia propia de su piel.

—Justo lo que quería oír —declaró, mirándola. Sujetando la taza en una mano, la alzó con la otra. Sosteniéndola por un codo y asegurándose de que no se iba a tambalear, la condujo hasta la mesa. Dejó la taza y cogió las pinzas—. Ohhhhhh... enséñame ese pucherito otra vez. —Iba a ser una tarea muy difícil lograr que los pequeños y retraídos pezones sobresalieran lo deseado, pero muy difícil no era sinónimo de imposible—. Es mejor para ti aceptarlo, voy a ponértelas sí o sí.

Su mano izquierda jugueteaba con la primera pinza mientras su gemela colgaba de la otra punta de la cadena. Una pérfida idea cruzó su mente. La diestra mojó dos yemas en la mezcla de mantequilla y sirope que había en el fondo del plato y repartió la pegajosidad por toda la extensión de la aureola, trató de atrapar el saliente y al conseguirlo tiró de él.

—Quejica —rio McNamara entre dientes. Abrió la pinza para luego cerrarla alrededor de la punta—. Shhhhh... muy doloroso al principio —chistó él, besándole la frente. Apoyó un lado de su cuerpo contra ella para que las rodillas no le flaquearan y si así fuese que pudiera recogerla—. Ahora se hace más soportable. —Sonrió, al oírla deglutir; la tensión bajó ligeramente en ella, se relajó un poquito—. Ashley no te hinques las uñas. —No se las veía, pero oía cómo ella peleaba con el cuero de sus amarres y se clavaba las uñas de una mano a otra—. Eso es. —Otro beso, aunque esta vez sobre un párpado cerrado—. Vamos a por la otra.

Ashley comenzó a suplicarle entre resuellos.

«No, no, no, lloriquear por algo que no va a cambiar es una gilipollez, pequeña».

Nathan atrapó el otro pezón sin ayuda de algo pringoso. Los dos estaban ahora besados por el brillante metal.

—Sé que sientes dolor, solo déjalo fluir. ¿Vale? —Esperó un poco antes de agarrar la tira por el centro y auparla, haciendo que las tenazas tiraran de los pezones hacia arriba—. Está bien, está bien.

La soltó y pasó la mano por las mejillas de la mujer, borrando los regueros de lágrimas.

El dolor la acalambraba. Al garete la dignidad, de alguna forma precisaba liberar todo lo que se acumulaba en ella y si era llorando, pues lloraba. Ashley abrió los ojos cuando todo fue más tolerable. La gran mano se llevaba sus lágrimas y le alzaba el mentón. Cuando los labios se juntaban, todo lo malo se disipaba, tornándose agridulce. El oscuro dolor adquiría una nota placentera.

—¿Lo ves? —Tragó parte de la densa respiración de ella al besarla. Restregó sus labios sobre los de la mujer y finalmente descansó su frente en la de Ashley—. Un instante, nada más. —La movió, guiando sus manos hasta las de ella, maniatadas en la espalda. Las envolvió con las suyas—. Buena chica. —No había más lágrimas.

Mierda, era tan moldeable, tan insuperable que le parecía de mentira.

Lo que anteriormente había sido un beso suave, amoroso, mudó a uno voraz, explosivo. Los atenazados pezones se le hincaban a la mitad del tórax.

A cada enlace de lengua, McNamara se llevaba parte de su alma, así que en pocas semanas a Ashley ya no le quedaría ni una pizquita. Debería retenerla pues era suya, o... no, ya no lo era, ya no era suya. Le pertenecía por completo a él.

—¡Al suelo! —ordenó él, acabando el beso. Con ella otra vez de rodillas, tomó asiento y guio la cabeza de Ashley a uno de sus muslos. Con la izquierda le peinó el largo cabello mientras la diestra cogía otro pedazo de tostada—. ¿Hambre? —Mordió, y acercó un trozo que no había llegado a masticar pero sí que estuvo en sus fauces—. ¡Come! —Igual que si estuviera alimentando un pajarito—. ¿Tratas de convencerme para que te dé más? —rio Nathaniel. Ella lamía la mezcla de sirope y mantequilla que goteaba ligeramente de sus dedos—. Me estás volviendo un blando, ¿lo sabes? —Y otro pedazo para el hambriento piquito—. Buena chica —apremió cuando ella iba a terminarse la tostada junto a alguna que otra fresa y dos o tres rodajas de plátano—. ¿Sed? —Acercó el vaso de zumo, lo inclinó hacia los rosados labios y le permitió beber.

—Sí, pero tengo más hambre —respondió ella, pero... ¿hambre de qué? Elevó la cabeza, ya que una mano acarició su coronilla y ejerció presión en su nuca indicándole que lo mirara. Ashley se relamió, haciéndose con todo rastro dulce en sus labios—. Más, por favor, Señor.

—¿Más? —preguntó, admirando la traviesa lengua y a la traviesa dueña de ella. Nathan se echó hacia atrás en la silla—. ¿Cuánta hambre más? —Desabotonó el pantalón y presentó armas—. Puede que tengas mucha aún o tan solo un poco.

Dos dedos le acariciaron ahora la cara mientras su otra mano removió la tela del pantalón para que no molestara, abrazó el venoso tallo y friccionó hacia arriba liberando así el saco testicular que ahora estaba a la vista. Llegó al glande y empujó hacia abajo la poca y suave piel, ventajas de estar circuncidado.

—Mucha, muchísima hambre, ahora bastante más que antes. —Y eso que tenía el estómago casi lleno, pero hay muchos tipos de hambre—. Mucha, Señor —susurró mirando como hipnotizada aquella mano, a pesar de que él no le había dado permiso para que dejara de mirarlo a los ojos. Esa mano subía y bajaba por toda la carnosa extensión. Las venas repartidas por ella se inflamaban y hacían que las perlas doradas insertadas en la piel destacaran aún más.

—¿Mucha? —Esta vez pasó por alto que había dejado de mirarlo a los ojos. Solo esta vez—. Acabas de comer bastante, no puedes tener mucha. —Él ahogó el gruñido que se había estado gestando en su caja torácica—. Un poco, no diré que no.

—Pero yo tengo mucha, Señor —murmuró, moviéndose inquieta sobre sus rodillas mientras él iba cada vez más rápido, masturbaba con más intensidad y se detenía unos segundos en el glande que estrujaba en el calor de la palma. Tras eso, los ojos de Ashley vieron el brotar de presemen que abrillantaba la perla engarzada poco más allá de la uretra.

—¿Tanta? —gimió él sin poder evitarlo. Era hasta infantil esa forma de mirarlo, los ojos bien abiertos.

—Sí, Señor.

—Olvidaba algo —dijo Nathan. Buscó el mando y al verla removerse apretó el botón—. ¿Y qué quieres que te dé para que dejes de estar hambrienta? —Se mordió el interior de una mejilla, pues sus pelotas le estaban avisando que debían vaciarse. Tenía que darse prisa—. Responde —urgió, aumentando al máximo la fricción. Regueros preeyaculatorios corrían por su tronco y morían, amontonándose para dar brillo a sus testículos.

—Lo que tú, Señor, quieras darme —gimoteó Ashley, luchando

para no cerrar los ojos. Se tensó por la vibración en su interior y se medio encorvó un par de veces, pero no podía dejar de mirarlo y menos ahora, que había visto saltar algún que otro hilillo preseminal a causa de la rabiosa fricción—. Lo que tú quieras darme, Señor. —Ella estaba casi con la lengua fuera.

«Solo unas gotas... algo de ti en el interior de mi boca, no pido tanto».

Otras hubieran respondido de otra forma, pero ella no. Ella... Nathaniel la encontraba perfecta, jodidamente perfecta. Era como para comérsela. Ashley no podía dejar de mirar su atareada mano y él, por el contrario, no podía dejar de mirarla a ella, a esa mirada chocolate tan fija.

—¡Jo... der! —gruñó y regruñó y volvió a gruñir cuando el esperma hirvió, subiendo a borbotones por toda su verga—. ¡Esto! —rechinó mientras la espesa simiente era bombeada furiosamente por su zurda—. Esto, mierda, joder... —Fue incapaz de decir nada más. Sin embargo, ella lo había entendido perfectamente. La boca de la mujer se posó sobre él y fue sorbiendo y capturando todo el contenido que provenía de los duros testículos—. Joder, mierda, estoy mareado. —Se tensó tanto al eyacular que su nuca acabó enquistada en el respaldo de la silla. Desfilaban lucecitas de colores bajo sus parpados cerrados, sentía la lengua de Ashley como fuego recorriéndolo. Recolectaba golosamente todo lo que él había liberado—. Esta es mi chica —masó, permitiéndole lamer las manchas de esperma en su mano—. Muy buena chica. —Le costaba articular y el porqué era más que obvio. Una caprichosa lengua lamía las gotitas perladas en su vientre. La mano ya limpia pasó a acariciar la suave cabellera—. Si sigues hambrienta, siempre te queda comer algo de fruta.

McNamara sonrió, dejando la cabeza hacia atrás para que ella continuara borrando cualquier rastro de semen de su cuerpo.

# Capítulo 5

## LO DE ENAMORARSE NO ESTÁ PERMITIDO, ¿VERDAD?

*Unas semanas más tarde.*

Ashley lanzó la pelota al agua y Max corrió en su busca. Se frotó los hombros con el grueso material del jersey y el chal. Corría una brisa muy fría en la costa y no era la primera vez ese otoño que la nieve cubría algo la arena y empolvaba Ocean Parkway. Movió los pies resguardados en las botas y extendió la mano, recibiendo en ella la pelota totalmente babeada.

—¿Otra vez? —Debido al ladrido rio y la lanzó un tanto más lejos.

Conforme avanzaba por la playa, McNamara la veía lanzar y relanzar la pelota al excitado Max. Un mes más… Pensaba decir que era muy testaruda, que necesitaba más tiempo. Se detuvo al lado de la bolsa que ella había dejado en la arena. Pediría otro más, un mes más. ¡Más tiempo, más tiempo! El cigarro colgaba de sus labios. Las gafas de sol lo protegían más de los nubarrones que ocultaban el sol aquella mañana que del astro rey. Una y otra vez admiró el largo cabello color caramelo flotando en la salada brisa marina y el gorro de lana enmarcando las bonitas facciones.

«Más tiempo».

Apartó el cigarrillo de sus labios y dejó salir una pequeña cantidad de humo por sus fosas nasales cuando ella lo miró. Suspiró, metiendo la mano derecha en un bolsillo del pantalón. La chaqueta de cuero encima del cuello vuelto crujió y la dichosa canción de *Bleeding love*[2] se puso en marcha en su cerebro como si hubiese metido un centavo en la ranura de una *jukebox*.

A ella no le era familiar esa sensación, la de que el corazón sube hasta la garganta y palpita allí, justo allí, que las rodillas pierden estabilidad y el estómago se anuda dejando en su interior una nube de mariposas que revolotean, aceleradas. Ashley se aferró al robusto pescuezo y lio las piernas en torno a las fuertes caderas. Hundió la nariz bajo el cuello vuelto que el hombre vestía.

—Venir a la playa en botas de tacón es de lo más adecuado... ¿verdad? —La alzó en brazos, descansó una mano en el amplio trasero y la otra removió el gorrito hasta que ella se quejó. Cierto, la despeinaba. Nathan ladeó la cabeza para depositar un beso en una de las frías mejillas—. Vas a tener que sacudir esas botas antes de subir al coche.

Bien. No era una idea brillante, pero...

—No sé ir sin tacones —rio—. ¡Es verdad! —Acabó en su regazo cuando él tomó asiento en la arena. Olía a tabaco negro y al probarlo sabía aún más fuerte de lo que olía—. Eso mata —afirmó Ashley.

—Y tú también, y no por eso te dejo. —Retiró varios mechones que iban directos a la cara de ella—. Compraré parches de esos para dejarlo.

—¿Tú dejando de fumar? ¡Será en sueños!

Él la giró para que su espalda quedara contra su propio pecho, le sacudió las rodillas repletas de arena y la envolvió con los brazos no sin antes asegurarse de que el blanco chal la cubría bien.

No es que besarlo fuera como besar un cenicero, pero si se suprimiera el sabor a cigarrillo, estaría mucho mejor.

—Te pondrás de mal humor. —Ella frotó sus manos metidas en los mitones rosados contra las grandes manos de él—. No creo que los parches esos sean milagrosos.

—Nada en este mundo lo es, cariño. —Habían surtido la casa de toda clase de cosas, pero ni una simple caja de aspirinas, así que deci-

2 ♫ Canción *Bleeding love* de Leona Lewis. Letra y música de Ryan Tedder y Jesse McCartney. Productor Ryan Tedder.

dieron subirse al coche y al cuarto de hora llegaron a una farmacia de Babylon cerca de otra playa donde Ashley se quedó con Max. McNamara entró a comprar lo básico. También haría falta un tubo de crema antiinflamatoria. La estuvo mirando todo el rato desde las cristaleras de la farmacia. La idea de dejarlos solos no le gustaba un pelo, aunque solo fuera unos minutos—. Tal como te decía en Gilgo, yo nunca estoy de mal humor. —Nathan le mordió una de las ruborizadas mejillas—. Si soy un amor.

Le gustaba la forma alocada en que Ashley se reía. Lo llenaba de ñoñería, pero se decía a sí mismo que a la mierda con el tipo duro, a la mismísima mierda... solo mientras ella reía.

Ashley le ofreció los labios. Sus bocas encajaban como si estuvieran hechas una para la otra. Exhaló, cerrando los ojos. ¿Cómo iba a concebir su vida de otra forma que no fuera esta? Era como si su vida anterior fuera un mero sueño, o una pesadilla, más bien. Vivir sin él era completamente inimaginable. Si en su día le hubiesen planteado la obligación de hacer algo tan simple como la compra, su respuesta habría sido: ¡Jamás! Tan inimaginable como eso. ¿Ella hacer la compra de... alimentos? Zapatos, bolsos, por supuesto, pero... ¿comida? ¡Ah! y mucho menos cargarla en el *jeep*.

Sin embargo, lo acompañó a un 7-Eleven, un supermercado de Babylon.

Terminaron la compra y en el *parking* Ashley atrapó justo a tiempo una naranja que iba a fugarse de la bolsa de papel cebolla para rodar por el suelo.

—No, no... se me van a caer —tartajeó ella intentando no reír.

Nathan pegó la boca a su nuca y bajó hasta las anillas del collar.

—La naranja... fruta cítrica obtenida del naranjo dulce y del naranjo amargo y alguna que otra especie de híbridos —explicó McNamara.

Pero a ella poco le importaba la lección sobre cítricos mientras él tuviera sus anchas manos meciéndole las caderas.

Él volvía de dejar el carro, estaban prácticamente solos en el *parking* y el *jeep* cargado hasta los topes salvo por la bolsa de naranjas que seguía en brazos de ella. Estirar el contenido de la alacena, nevera y congelador había sido la norma general durante varias semanas.

Aprovechar al máximo el tiempo en aquella casita era su prioridad y no se planteaba el devolverla a papá Ferguson.

Con la ayuda de los dientes, Nathan tiró de las anillas y deslizó las manos por los muslos apretados bajo los tejanos que la mujer vestía.

—Somos el segundo país productor de naranjas en el mundo. —Hizo rotar a Ashley en sus brazos, quien seguía sin soltar la bolsa; estaba aferrada a ella—. Estas son naranjas California.

Tres escapistas lograron salir de la bolsa y rodar pavimento abajo, pero nadie corrió a por ellas. Nada de eso, estaban demasiado entretenidos besándose. Él la alzó y colocó su trasero en mitad del maletero, o en un cuarto de él, ya que las bolsas parecían ocuparlo todo. La de naranjas acabó añadiéndose a otras muchas y Ashley jadeó, hincando el tacón de una bota sobre algo, alguna zona del todoterreno, mientras los labios de Nathan aspiraban los suyos. En ese instante, ambos compartían pensamientos.

¿Y qué si alguien pasaba por ahí? Que pasara, que se diera una buena vuelta o que se comiera una de las naranjas rodantes.

# Capítulo 6

## JAQUE MATE

*Unos días más tarde.*

Nathan dejó la aspirina en la lengua de Ashley, le tendió el vaso y empujó el culo del mismo para que ella se acabara su contenido.

—Te sigue tocando. —Ella frunció el ceño y apretó los morritos; él, por el contrario, le sonrió ampliamente, dejando el vaso vacío en la madera de la mesa baja del salón—. ¿Vas a mover o no? —dijo él, mirando el tablero de ajedrez. La chimenea rugía, consumiendo grandes troncos y llenando la estancia con su aroma—. Venga. —Con ella tumbada sobre sus piernas desenroscó la tapa de la crema y vertió una pequeña y fría cantidad sobre la enrojecida pompa. La piel era tan clara y sensible que con dos azotes ya enrojecía como el infierno—. ¿Seguro que quieres mover esa? —Nathan se tragó la risa al verla resoplar—. Es tu jugada, no la mía, solo pregunto. —Cada uno de sus dedos estaba impreso en las nalgas de ella y la silueta del *flogger* dibujada en la piel. La sonrisa torció su boca, repartió la crema—. Mi turno. —Y justo cuando decía eso, sonó el teléfono—. Haré como que no he visto nada, piensa mejor tu movimiento, Ashley.

La dejó sobre el sofá y se fue a la habitación, cerró la puerta y descolgó.

—Tienes que darme una fecha, hijo —dijo el señor Ferguson al otro lado de la línea.

McNamara se pasó una mano por el cabello al comprobar que la realidad siempre llamaba a la puerta, por mucho que uno quisiera huir de ella, la muy perra... Miró al suelo.

—Señor Ferguson... no puedo entregársela a mitad de camino. —La idea de tirar de sus contactos y hacer algo al respecto bramaba cada vez más fuerte en su cabeza. Quería llevársela, subirla al *jeep* y... desaparecer—. Concédame un mes más. —Nathaniel sacudió la cabeza y miró por la ventana—. Tres semanas más. —Era tiempo suficiente para tramar algo, calculó.

—No está hecha para ti, Nathan.

Era imposible que él, todo un Ferguson, heredero de un noble linaje escocés, acérrimo protestante, calvinista por más señas, concediera su hija a un católico, apostólico, romano y encima... napolitano.

—Perdóneme, señor Ferguson pero no sé qué tiene eso que ver con la conversación que estamos teniendo. —Agarró una de las cortinas y presionó la tela en su palma, cerró los ojos y contó hasta diez. ¿Qué no estaba hecha para él? ¿Qué mierda era esa? Ella estaba hecha a medida para él, la pequeña piececita del *puzzle* que le faltaba por completar—. Le pido tres semanas más y la tendré lista.

—Tres semanas, nada más.

—Entendido, señor. —Iba a colgar, sin embargo...

—La harás desgraciada. —Ni que supiera que él tramaba algo—. Piensa en ella, en su bienestar, no en el tuyo junto a ella, porque no existe.

Tras decir eso, Ferguson colgó, dejando en la línea el tan conocido pit pit pit.

McNamara lanzó el aparato a la cama por no hacerlo contra la pared y romperlo. Una vez más, se pasó ambas manos por la cabeza, echando hacia atrás el pelo que tras el arrebato telefónico homicida se había despeinado.

—Mierda —masculló cubriéndose la boca con la palma. Cerró los ojos recostando la frente contra la pared al lado de la ventana.


Esta era la buena. Ashley movió la torre y aguardó a que él volviera, pero estaba tardando demasiado. No podía sentarse en el sofá, ya que lo llenaría de crema, así que estiró el cuello tratando de ver por encima del mueble. Al oírlo salir de la estancia, lo estiró aún más. Lo vio y, al principio, sonrió aunque la sonrisa se disipó ante la mirada de él.

—¿Todo bien? —preguntó a media voz.

No, nada bien. ¿Iba a pagarlo con ella, que no tenía la culpa? ¡Oh, sí que la tenía, lo había hechizado!

Con los brazos en jarras, Nathan inhaló aire, lo soltó y cambió la cara.

—Nada de qué preocuparse, nena. —Caminó circundando el sofá—. No me mires así, te he dicho que no es nada. —Tomó asiento y miró el tablero, rascándose una mejilla—. Eres un desastre, la jugada de antes era mejor. Además, se suponía que yo no la había visto.

Ella se tragó una grosería y lo observó largo rato. Estaba distraído y obviamente preocupado. Cuando la crema penetró por completo se vistió y volvió al sofá para acurrucarse a su lado hasta que una de las grandes manos la atrajo contra el cálido y duro regazo.

—No quiero volver. —Ashley entrecerró los ojos, frotando su mejilla contra un pectoral—. No pueden obligarme. —Las caricias en su espalda le ponían la piel de gallina—. Que se lo queden todo, no lo quiero.

—¿Quieres pasar de vivir como una reina a hacerlo como una pueblerina? —De hecho no había vivido como una reina ese último mes y medio y no parecía molestarle. Cuestión de costumbre y aprendizaje. Ante el asentimiento de ella le depositó un beso en la cabeza—. No voy a poder gastarme dos mil dólares en unos zapatos, Ashley, ni dos, ni uno. —Ella encogió los hombros, le daba igual.

McNamara suspiró, había cobrado la mitad del trabajo y ya lo había sacado en efectivo, lo tenía a muy buen recaudo. Eso les daría para vivir durante bastante tiempo si se montaban las cosas bien. Sin embargo, nunca les llegaría para vivir de la forma a la que ella estaba acostumbrada. A él tantos años de servicio le podían dar alguna ventaja. Si hablara con quienes en su momento fueron sus superiores, tal vez le echarían un cable, como una nueva identidad y... sí, sí, por suerte para sus pelotas, Ashley era mayor de edad. Negarse a la boda con James y buscarse la vida por su cuenta era una cosa y quedarse con Nathan era otra muy distinta. Por allí tanto la familia Guire como Ferguson no iban a pasar. Mejor desaparecer del mapa.

—Nena, puede que incluso tengas que trabajar.

—Seré como la Cenicienta, pero a la inversa —susurró ella, agarrándose a la camisa de él. El trasero le pinchaba, aún le dolía tras la azotaina—. Cenicienta pasó de ser la sirvienta de sus hermanastras y madrastra a conocer al príncipe y convertirse ella en princesa. Pues yo pasaré de ser princesa a... —Detuvo el discurso, movió los dedos de una mano por encima de su collar y, levantando la cabeza, lo miró. El verde de los ojos de McNamara llameaba—. Dijiste que esto significaba que te pertenecía. ¡No dejes que se me lleven!

Estaba decidido, no iban a llevársela, no iban a quitársela.

—¿Por qué no pones la tele? —Sí, ese aparatito que habían ignorado durante tanto tiempo—. Tengo que hacer un par de llamadas. —Le alzó la barbilla con una suave sacudida. Los bonitos ojos chocolate lo miraban de nuevo—. Para poder marcharnos tengo que cerrar varias cosas y preparar otras. —La dejó en el sofá y se estiró a por una manta de lana con la que le cubrió las piernas—. Seguro que dan algo. —Se levantó y caminó hacia el mueble de la televisión. Sacó el mando a distancia de un cajón para encender el aparato—. Entro a Max, luego estaré en el dormitorio. —Le entregó el mando y fue a por Max, que esperaba fuera, tras la puerta de la cocina—. Max, nada de subirse al sofá —advirtió él, moviéndose hacia la habitación... Renegó antes de cerrar al oírla susurrar mientras subía a Max al sofá junto a ella.

—Ya puede ser importante, porque no llamas en buen momento —se oyó al otro lado de la línea cuando hubo conexión—. ¿Todo bien?

—Tú puedes ayudarme a que vaya mejor. —McNamara se acercó a la ventana y corrió la cortina—. Quiero sacarla de aquí y necesito algún que otro cable. No llegaré a cobrar la otra mitad por el trabajo, pero con la primera parte hay un buen pellizco. Nos dará para poder asentarnos y los jefazos llevan lamiéndome el culo desde que me marché. Creo que podría volver.

Dijo «creer», porque Nathan jamás había pensado que volvería a plantearse esa posibilidad.

Iba a necesitar trabajar y la CIA pagaba bien a pesar de que el trabajo que en su momento tenía era de lo más peligroso. Sin embargo, ahora debían contar con Ashley, por lo que posiblemente le ofrecerían algo donde conservar la vida fuera más importante que jugársela a diario.

—¿Piensas que los jefazos te van a apoyar en un secuestro? —cuestionó el otro entre dientes—. Porque es un secuestro o, mejor dicho, ella se deja secuestrar voluntariamente, si es que eso tiene sentido. ¿No es mucho más fácil que ella renuncie a todo y así os largáis?

—Alex, ¿tienes las neuronas acumuladas en la polla o qué? Si ella hiciera eso sin tener nada conmigo, la dejarían tirada hasta que volviera arrastrándose. Probablemente le abrirían la puerta, pero mientras tanto, Ashley tendría que joderse. Sola allí fuera estaría completamente desvalida. ¿Comprendes? —Giró sobre sus pies—. Pero si cuenta la verdad no se lo tomarán a la ligera. Irán a jodernos. El señor Ferguson no me preocupa demasiado, quienes sí me preocupan, y mucho, son tanto papá Guire como su hijo. —Reunió aire para seguir hablando—. Es mucho mejor empezar de cero, un nuevo comienzo, sin ataduras ni jodiendas de ese tipo.

—¿Yo tengo todas las neuronas en la polla? Mac, eres tú el que no piensa con claridad. —Resopló y tras un breve silencio añadió—: Te ayudaré o, más bien, haré lo que pueda. ¿De cuánto tiempo disponemos?

—Tres semanas.

—¡Joder!... Pensé que sería algo más. —Alzó una mano mientras la otra sostenía el teléfono contra su oreja—. ¡Vale, vale! Tengo que mirarme la carpeta que me enviaste y... —era todo tan justo —la semana que viene, a mediados, te llamaré.

Nathan ni se despidió, colgó. Guardó el teléfono y se marchó de la habitación. Al final del pasillo se quedó mirándolos. Su altura le daba la ventaja de tener mayor campo de visión. Ashley estaba recogida en el sofá mientras Max dormitaba recostado en los cojines y sobre las piernas de la mujer. No quiso reír tras el bote que esta dio al ver una atrocidad en una película de terror. Él no entendía por qué ella las miraba si luego le iba a costar dormirse. Claro que aun habiendo pasado miedo, se dormía gracias a esa paz gozosa que él le hacía sentir, que la hacía descansar ocurriera lo que fuera en el exterior. Creer en sus palabras era equivalente a un dogma de fe, a lo de un creyente para con su Dios

Durante un rato estuvo acurrucada contra su cuerpo, envuelta en su confortable calor.

# Capítulo 7

## HASTA LA ÚLTIMA GOTA DE VENENO...

*Casi una semana más tarde...*

Ashley cerró una bolsa más, no sabía ni cuántas, no las había contado. McNamara tenía reunida toda su ropa en dos y ella... en fin, una de tantas *fashion victims*, de las que necesitan saber lo que dice la Cosmo para decidir qué o qué no ponerse.

—Vives casi desnuda, ¿para qué quieres toda esta ropa? —Era gracioso cómo todavía se asustaba cuando él se le acercaba por detrás sin aviso previo—. Aunque hoy hace más frío que otros días... pero siempre hay otras formas de calentarse, ¿no?

Todo en orden, casi habían terminado de empaquetar. La dejaría descansar hasta media mañana mientras él cargaba el *jeep* para luego conducir hasta el punto de encuentro con Alex. Allí entraría en funcionamiento el plan.

Ashley oyó algo al ir a rotar entre los nervudos brazos... una melodía conocida. Se zafó del agarre ante la mirada incrédula de él y corrió fuera del dormitorio directa al salón. Había puesto la tele, ya que la noche anterior habían anunciado la emisión de *Moulin Rouge*. Teniendo en cuenta que Nathan no llevaba muy bien lo del romanticismo, debía ponerlo ella, aunque fuera a través de una película.

Una de las desventajas de perder la noción del tiempo consistía en olvidarse de eventos tales como el que presentaba el anuncio: la semana de la moda en Nueva York. La mujer gimió sin despegar sus ojos de la pantalla. Se recostó contra el marco de la puerta.

¿Pueblerina en vez de reina? No... ¿Cuándo podría volver a visitar uno de aquellos desfiles a los que tan asidua era? ¿Cuándo volvería a participar en uno de esos encuentros que organizaban los de Cosmopolitan, su revista de cabecera, su guía mundana? Con él, desde luego que nunca.

Nathan la oyó gemir y se pasó una mano por la cara como si quisiera borrar el dolor que se reflejaba en ella.

No podía retenerla, obligarla a acoplarse a una vida que nunca sería capaz de disfrutar. Esto había sido una especie de campamento y hasta con *gincanas* recordando lo que era ir al supermercado con ella. No funcionaría, no, señor.

Salió del dormitorio y se metió en el otro cuarto con su teléfono en la mano. Marcó.

—Anúlalo todo, voy a devolverla.

Para no perder la costumbre, colgó antes de obtener respuesta y poco segundos después llamó a... papaíto.

—Está lista. —Cuanto antes viniera a por ella mejor. Negó ante la opción de recogerla el viernes—. Mejor mañana, mañana mismo. Perfecto, buenas noches, señor Ferguson.

A mitad del spot publicitario, Ashley se dio cuenta de que había salido corriendo para ver aquello. Caminó hacia el dormitorio, donde esperaba encontrarlo sentado en la cama. No obstante, al llegar se dio cuenta de que no estaba. Salió de la habitación y en el pasillo miró a uno y otro lado. Le habían repetido millones de veces que escuchar tras las puertas estaba muy feo, pero la puerta del otro cuarto estaba entreabierta y... si no quería que le oyera, pues ¿por qué no la cerró, como en otras ocasiones? «Está lista..., señor Ferguson...», eso sonaba a que iba a devolverla.

Nathan decidió no pensar más, lo hecho, hecho estaba. Volvió al salón. La tele estaba encendida, pero no había ni rastro de Ashley. Negó, moviéndose hasta la chimenea. Abrió la caja de cerillas y con una prendió el papel hasta que la leña también prendió. Se incorporó y llamó.

—¿Ashley? —Se preguntó qué estaría removiendo ahora. Hacía mucho ruido como para estar llenando unas bolsas de ropa. Puesto que la chimenea ya ardía bien, se levantó y se encaminó hacia el dormitorio, se detuvo ante la puerta, que estaba entreabierta, y con un puntapié terminó de abrirla—. ¿Qué haces? —Había varias piezas de ropa y calzado sobre la cama deshecha, hasta cepillo de dientes, de pelo y un bote de champú. Ella iba de aquí para allá, al cuarto de baño, a cada armario...—. ¿Qué coño estás haciendo, Ashley?

—No pienso esperar a que me vengan a buscar —negó ella sin detener sus idas y venidas. A toda prisa lanzaba las cosas al interior de dos maletas todavía sin llenar que había recuperado de encima de los armarios. Eran Louis Vuitton, luego habían cargado con sus cosas, no con las de él—. Te he oído hablar por teléfono y no pienso quedarme a esperarlos. —El largo cabello castaño sin la sujeción de la trenza o la cola de caballo revoloteaba a su alrededor—. ¡No, no y no!

—Basta, Ashley. —Ella estaba demasiado histérica para prestar atención—. ¡Ashley! —Ante el medio grito, ella se detuvo, mirándolo. Para captar su atención, Nathan alzó las manos, no le quedaba otra que mentir—. ¿Crees que iba a hablar por teléfono sabiendo que podías oírme si yo quisiera que te fueras? ¿Tan gilipollas me crees?

Ella dejó la pila de jerséis de cuello vuelto sobre la cama. Tenía los ojos vidriosos y las mejillas prendidas de un profuso bermellón.

—¿Entonces por qué lo has hecho?

¿Por qué no había llamado en otro momento, cuando estuviera seguro de que ella no oiría nada?

—Tengo mis motivos. —Y para sus adentros: «Mentiroso, mentiroso». El grueso jersey blanco que vestía lo hacía parecer aún más robusto de lo que ya era. Encogió los hombros—. Así que deja todo como está y vamos a pensar qué hacemos para cenar. —La veía tan dulce con sus mallas azul claro con motivos de copos de nieve y encima aquel corto vestido de punto blanco... Le estaban entrando unas ganas tremendas de trenzarle el pelo para tirar con dureza de la trenza y obtener así un beso—. ¿No me has oído?

—¿Qué motivos son esos? —No lo entendía y necesitaba entender, lo necesitaba—. Dímelos, por favor.

—No.

—¡Pues no lo entiendo! —Ashley sacudió la cabeza de un lado a otro y el brillante collar tintineó ligeramente a causa del movimiento—. ¿Ahora me sueltas, después de todo? ¿Te limitas a cumplir con el contrato y me devuelves a mi padre como si tal cosa? —El chocolate se vio anegado por el agua—. ¡Ese es el problema, que no me quieres! —Volvió a sacudir la cabeza, bajó la voz—. No me quieres, no lo haces.

*Poison*[3] sonaba como banda sonora para Nathan.

—¿Qué coño sabes tú? —Estaba sobre Ashley, su zurda la prendió por el collar y tiró con fuerza de él, haciendo que sintiera la falta de aire—. No sabes nada. —La diestra pasó la palma desde un pómulo a la sien retirando el cabello del bonito semblante y de paso alguna que otra lágrima—. ¿Qué sabes tú de cuánto te quiero? Tú, tan bonita, tan jodidamente mía. Shhh... —chistó, observando su habitual mordisqueo del labio inferior. Aflojó la fuerza pero no dejó de sostenerla por el collar.

—¿Por qué no quieres decírmelo? —Él escondía algo, lo había oído hablar como si realmente no supiera que ella estaba escuchando—. ¿Cómo quieres que te crea? —El metal del collar lamía fríamente su piel. Otro tirón y su nariz quedó pegada a la de él cuando Nathan agachó la cabeza.

—No dudes de mí —conminó él, dando otro tirón que a ella la hizo sollozar—. No dudes ni un jodido segundo de cuánto siento por ti, de cuánto te quiero. —Le hincó los dedos en el cráneo—. ¿Me oyes?

—¿Por qué has hecho la llamada si sabías que yo estaba escuchándote?

—Por la sencilla razón, señorita «quiero saberlo todo», de que me importa una mierda que lo oigas, ya que no estarás aquí cuando vengan a por ti. —Lo ponía enfermo, enfermo de una forma total y absolutamente extrema. Estaba obsesionado, obsesionado por ella—. ¿Crees que voy a dejar que se te lleven, siendo mía? —Giró la cadena en torno a sus dedos haciendo, ahora sí, que le faltara realmente el aire. La jugosa boquita se abrió en busca de oxígeno—. ¿Eso crees? —renegó Nathan. Las lámparas sobre ellos hacían que los pocos reflejos plateados de su pelo resaltaran sobre el negro azabache del resto—. Qué tonta eres.

Cierto, había sido una estúpida por haber dudado de él. El aire faltaba en sus pulmones, un sonidito de ahogo real emergía de sus cuer-

---

3 ♫ Canción *Poison* de Alice Cooper. Letra y música de Alice Cooper, John McCurry y Desmond Child. Productor Desmond Child.

das vocales, pero por fin el aire entró raudo y llenó su caja torácica. La piel ligeramente lacerada por la presión del collar le escocía un poco.

—Lo siento, no… No dudaré nunca más de ti, Señor. —Los labios trémulos se unieron a los de él y el dolor en su gaznate se mezcló con la dulzura al contacto de sus labios. Sin lengua, dientes u otra cosa… solo labios y nada más. La presión en el cráneo se volvió caricia. Tiernamente recorría el largo cabello suelto.

«Valiente hijo de puta. ¡Judas!».

El beso se tornó mordisco al igual que la miel se transforma en hiel. Probó el sabor a hierro de la sangre.

—¿Te crees que vas a librarte de un castigo? —soltó McNamara con la boca sobre la de ella. Alzó más la cabeza—. ¿Has dudado de mí y piensas que lo tomaré como si tal cosa? —La miró y atrapando una buena cantidad del largo pelo tiró de ella, él delante y ella siguiéndolo, dolorosamente retenida por su cabello—. No pienso consentirte que dudes de mí.

Ashley gimió, moviéndose tan rápido como le fue posible. Le estaba cortando la circulación en el cuero cabelludo, pero su ropa interior ya estaba repleta de los jugos que se amontonaban infernalmente en su canal y al no tener cabida se veían obligados a salir.

–Lo siento, lo siento, lo siento, Señor. —Recorrieron el pasillo para ir directos al… cuarto—. No lo haré más, no lo haré más.

—Por supuesto que no lo harás más.

No le iba a dejar margen de duda. No solo la quería, lo que sentía no era solo amor, era algo más; o sí, era amor, pero llevado a un extremo que lo hacía arder. Nathaniel abrió la puerta, encendió la luz y todo lo hizo sin soltar la presa del cabello caramelo. La empujó contra el potro y allí la soltó. McNamara se quitó el jersey. Estaba empezando a sudar, y pasó una mano por su pelo, echando hacia atrás los mechones rebeldes. Aquí estaba, con sus robustas botas negras a conjunto con el oscuro pantalón de piel.

—Quítate la ropa, toda. —Aguardó, observando con cuánta rapidez se desvestía—. Bien. —Le indicó con un movimiento de cabeza dónde debía dejarla. Cuando Ashley regresó, él mordió—: Ni te muevas.

—Tenía claro que ella no lo haría, que si le ordenara que no respirara, aguantaría. Caminó hacia una de las muchas cajoneras donde se quedó observando el surtido de cuerdas. Cuerdas de esparto, de algodón trenzado... No, quería dejar buena marca. Nathan eligió cuerda de algodón torcido, sacó una y cerró el cajón—. Extiende las manos. —Una vez ante ella comenzó a atarle fuertemente las muñecas—. No quiero oírte —espetó. En el instante en que estuvieron unidas la miró—. ¿Duele?

—Sí, Señor —respondió Ashley. Él le empujó la barbilla hacia arriba, indicándole de esa forma que lo mirara a los ojos.

—Sí, duele. —Le quemaba la piel, pero siempre quedaba decir «tetera». No, sabía que no lo diría—. O no, no duele pues a lo mejor esto no es nada comparado con lo que sí va a doler. —Con otro tirón de pelo la arrastró hasta la cama. Nathaniel la lanzó bocabajo al colchón y una vez caída la elevó por las caderas para que se arrodillara, le separó las rechonchas nalgas y allí estaba el rosado y virginal huequito—. Ashley, encuentra el equilibrio.

Sabía que era difícil estar sobre las rodillas maniatada pero esto era lo que había. Con el dorso de la mano golpeó el vibrante clítoris, haciendo que ella gritara; la zurda sujetó las pompas y la diestra pellizcó entre índice y pulgar el nudoso botón.

Ashley se tambaleó, se movía de lado a lado tratando de encontrar la posición correcta aún con las manos tan juntas por la atadura de la áspera soga. Se apoyó en ellas con su pecho, el trasero bien en pompa. Ahogó el sollozo tanto como le fue posible cuando la hábil lengua se metió directa en su sexo y giró y giró. Tras lamerla interiormente salió para morder uno de los hinchados labios y la boca trepó por su perineo directa al ano, en el cual la lengua empujó. Ella resopló.

«Nada de correrse sin permiso».

Fácil decirlo, pero hacerlo era otro mundo.

Él irguió la cabeza, ella temblaba demasiado y eso no era bueno para sus propósitos. Por lo tanto, prendiéndola por los hombros la hizo girar en la cama y de esta la colocó en el suelo, donde fue a parar de rodillas.

—Ábrelo, Ashley —demandó él, llevando las grandes manazas a sus caderas un tanto por encima del pantalón—. Y solo dientes. —Ella había aprendido muy, pero que muy rápido. La ávida boca desabotonó la prenda, bajándola solo un poco, ya que la dura verga brincó, golpeando el bonito semblante. La yema de un dedo recogió la gota preseminal que acababa de surgir por la fina uretra e iba a posarse sobre la bola dorada que coronaba su glande. Nathan acercó esta a los labios de ella, que la introdujo en la boca y probó.

«Muy rápido y muy bien».

—Espabila —espetó, dándole una sonora cachetada en una de las mejillas, más ruido que otra cosa.

Ashley ladeó la cabeza y posó la boca sobre el primer *piercing*, ese colocado en el escroto y al que el resto seguía por todo el venoso tronco. Succionó la perla suavemente; cuando quedó bien embadurnada de saliva, fue a la siguiente y así hasta llegar a la llorosa cabeza, que iba escupiendo hilitos de presemen. Lentamente, los fue lamiendo.

—Sí, Señor —respondió ella a la propia invocación de su nombre. Preparó la garganta y tragó tanta carne como físicamente le era posible. Logró enterrar la nariz en el oscuro pubis.

Era para volverse loco. La deseaba, quería, amaba tanto que temía perder del todo lo poco que le quedaba en la sesera. Le abrazó la cabeza con las palmas, los pulgares acariciándole las sienes. McNamara engulló saliva. Nadie iba a quitársela, nadie, nadie y nadie, no podían hacerlo. El sudor resbalaba por su espalda con gotitas colándose también en el vello negro de su torso. Quería dañarla tanto como amarla, besarla tanto como morderla. Su placer más absoluto, su dolor más intenso, todo eso le pertenecía, cada partícula de ella, todo. De igual forma que él era suyo.

Nathan dio un empujón con las caderas, provocándole una arcada que ella a duras penas pudo controlar. Tras eso la obligó a sacarlo de su boca, una boca de labios dilatados, escarlata y chorreantes de saliva y líquido preseminal. Ashley cerró los ojos cuando él la alzó por las pompas e impactó su boca contra la de ella. El beso hambriento la consumía, quemándola hasta los tuétanos.

—¿Recuerdas que te he dicho que aún no dolía? —Ante el asentimiento de ella, la devolvió a la cama, se arrancó las botas y el resto de ropa, y la ladeó en el colchón. Abrió las blancas piernas y acceso directo. Con el brazo diestro la rodeó por el vientre y la mano zurda entreabrió los cachetes. No lubricó. Solo pujó con las caderas en el tierno y estrecho huequecillo. Ella lo había dejado goteante de saliva y con eso sería suficiente—. Ahora entenderás por qué. —Pujó, pujó, pujó hasta hacerse camino. A cada gritito y sollozo de Ashley aumentaba la intensidad, ella tan pequeña y él tan grande.

«Tetera, tetera, tetera. ¡Tetera!».

Ashley resopló, creyendo que iba a desmayarse, pues la estaba estacando, agujereando, traspasando. Sentía que le faltaba el aire, todo se iba con sus gritos. El sudor caía sobre sus parpados casi como lluvia. Tenía que recibir un poco de tregua, algo de respiro. Ya ni sentía la piel quebrándose bajo el material de la soga, solo existía el horrible dolor que la estaba partiendo por la mitad.

«¡Tetera, tetera, tetera!».

—¿Sientes ahora cuánto te quiero? —masculló él, con la mitad de su erección ya hundida en el estrecho esfínter—. ¿Lo sientes? —Y otro empujón un tanto más adentro—. ¿Tanto me duele cuando me quieres así? —Un último empujón y el duro escroto hizo de tope. Se removió y pegó su boca a la oreja de ella—. Te duele justo así. —Cerró los ojos, los oídos aun le pitaban por los chillidos de ella. Alzó la zurda y acarició con el reverso la empapada mejilla. Chistó, esta vez sin moverse—. ¿Ahora lo entiendes? —Besó de lóbulo a hombro—. ¿Entiendes ya cuánto te quiero? —Sintió cómo ella flojeaba y cómo durante un par de segundos perdía completamente el norte, el conocimiento—. Shhhh... —Nathan volvió al oído, al igual que ella regresaba en sí—. Ahora ya no dolerá tanto, lo prometo.

Ashley abrió los ojos lentamente, él latía allí detrás o más bien, latían ambos. El pecho se alzaba y se dejaba caer sin cesar debido a la frenética respiración. Poco a poco, comenzó a calmarse. Tanta crueldad y ternura juntas, con los susurros para tranquilizarla y los besos alimentando su piel...

Al notar que ella se relajaba, McNamara retrocedió lenta y suavemente.

—Shhhhh —chistó de nuevo, con la mitad de su erección todavía enterrada—. Ya está, ya está —susurró entre dientes y salió—. Lo sé, sé que ha dolido. —Por la forma en que ella había gritado podía hacerse una pequeña idea de cómo debió de doler. La giró para que le diera la cara y se colocó encima. Sus rápidas manos soltaron los amarres de las muñecas, besó las rojas marcas y lamió algún que otro hilillo de sangre—. No vuelvas a dudar de lo que siento por ti, no lo hagas más. —El oscuro cacao ahora frente a su verde.

Ashley lo miró y asintió.

—No lo haré nunca más, Señor. —Extendió los brazos sobre el colchón, las negras sábanas se le pegaban a la sudorosa espalda, el pelo se esparcía por aquí y por allá—. Nunca más.

Nathan descendió por el pálido cuerpo y llegó a los pies. Besó un empeine, luego el otro y subió a besitos por espinilla, rodilla y muslo hasta el pubis, debidamente rasurado. Acampó durante unos minutos sobre el vientre. Lo mordisqueó, lamió y besó. Probablemente se leían la mente o, mejor dicho, ya habían adquirido aquella conexión entre Dom y Sumisa, porque las pequeñas manos de Ashley se liaron en su pelo, lo acariciaron. Justo lo que él deseaba.

Otro incendio se declaró en su matriz, aquel fuego que solo Nathan, su particular pirómano, podía prender. La punción entre las nalgas aún le hacía temblar los sesos, pero la dosis de placer que ahora sentía iba de la mano del dolor que pocos segundos antes había sufrido y que ahora latía en menor medida en su pobre canal. Sin una cosa no existía la otra, de igual forma que el Amo sin el Sumiso no es nada y viceversa.

McNamara dejó el vientre para subir al pecho. Los pezones, desafiantes ahora después de aquellos tres meses en los que día a día habían sido trabajados para que hoy lo saludaran de esta forma, allí estaban, erectos y dilatados. Acogió el primero en su boca, junto a la extensa areola. Mamó de él con suavidad, sin prisa. Dio el mismo trato al compañero del otro lado mientras los finos dedos de ella se entretenían con su cabello, bajando después a su nuca y a continuación plantando las palmas de las manos en sus omóplatos. Nathan liberó su boca y levantó la cabeza. La miró sin decir nada; no dijo nada y tampoco aplastó la boca contra la de ella.

La reacción fuerte, huracanada del principio y después esa especie de calma. Ese veneno lo tenía inyectado en vena. En adelante estaría condenado a beber de la misma fuente.

¿Cómo había sido capaz de vivir sin él? Lo había tenido así tan cerca sin más, sin nada más...

Ashley desconectó, pero sus manos seguían acariciándolo. A ambos lados de las duras mejillas la barba despuntaba ligeramente. Alzó las piernas y las enredó en las recias caderas. Lo atenazó, pero sin presión. De la unión de las bocas se filtró un suspiró. Él entró sin problemas en su sexo, sin acometidas agresivas, solo lenta y profundamente, llenando su carne, inoculándole su calor.

Los verdaderos hombres no cierran los ojos, no lloran, no sienten nada semejante al amor y se suponía que él era de esa clase de hombres, de los verdaderos. Afianzó las piernas de Ashley en sus caderas con la diestra mientras la zurda ahuecaba un lado de su semblante. Besarla era como sumergirse en uno de esos sueños que un verdadero hombre no debería tener, un sueño cálido, húmedo y tremendamente bueno.

Había tobillos sobre nalgas, rodillas presionadas contra caderas, senos cosquilleados por oscuro vello. Estaban los dos unidos por los vértices de sus muslos.

La acumulación de oxígeno ensanchaba sus pulmones. La fina película de sudor de ambos cuerpos se mezclaba. Un ritmo lento se apoderó de sus caderas, no salía de ella del todo, tan solo un poco. Sumergido en Ashley, Nathan no se sentía huérfano, no se sentía desamparado, cuando se suponía que él era quien debía protegerla. Sí, lo haría y lo seguiría haciendo, pero tenía que sentirse arropado por ella y a la vez ser necesario para ella. De ser así, entonces todo estaría bien, todo sería perfecto.

Las caderas se Ashley se bamboleaban al ritmo que él había marcado, escuchaban la misma música, estaban en completa sintonía. La boca de McNamara rompió el contacto con la suya y fue a su sien. Ella lo sentía palpitar, agrandarse un tanto más entre sus pliegues.

—Por favor, Señor. —Ella no podía retener mucho más el orgasmo, empezaba a doler, a urgir, debía dejarlo detonar.

—Espera, espera —roncó, haciéndose con un ritmo más rápido, así que el chapoteo entre los muslos aumentó, llenando la estancia con su sonido. Nathaniel siguió impulsando las caderas hacia delante, arremetió con algo más de fuerza dentro de ella. Las uñitas se hincaron esta vez en sus omóplatos, las caderas seguían balanceando y los calcáneos clavándose en sus nalgas—. Todavía no, aún no.

Ashley presionó la frente contra un esternón de acero.

«Por favor, por favor, por favor, acaba, termina, córrete ya».

Lo necesitaba, pues el orgasmo le iba subiendo en espiral..., iba subiendo, subiendo, subiendo.

—Jo...der. —Él hubiera querido alargarlo más, pero no pudo, no fue capaz—. Ahora —rechinó, tensándose. Bajó la cabeza para morderle el cuello, justo por encima de donde el collar adornaba la blanca piel—. ¡Ahora!

El cuerpo de Ashley se incorporó violentamente para detonar. Gimió larga y audiblemente. Los embistes golpeaban sus caderas y el esperma lo hacía en su interior. La cabeza cayó a un lado de la almohada, las manos se desplomaron, se quedó con los ojos cerrados y la respiración entrecortada. Los blancos dientes ahora le marcaban dulcemente el cuello.

La bombardeó hasta que no quedó munición, las mandíbulas soltaron y besaron las marcas de sus incisivos. Para no dejar caer todo su peso sobre ella, McNamara la rodeó con los brazos y se levantó de la cama, llevándosela consigo. Caminó sin salir de ella, caminó directo a su cama, la de ambos.

—Shhh... —chistó al llegar, tumbándola en el único rincón libre de cosas. Ahora sí retrocedió hasta salir de su interior. Dormida como estaba, solo pudo gimotear. Besó una de sus sienes por enésima vez y se quedó de pie, mirándola.

¿Cómo iban a dejarla con él? ¿Para ver cómo pasaban los años y ella maduraba mientras él empezaba a decaer? No, Ashley no sabría vivir de otro modo, un modo que él no podía proporcionarle, no porque no quisiera, sino porque no estaba a su alcance.

Él cumpliría su palabra, pondría la felicidad a los pies de ella y él... ¿qué más daba? Hay quien sobrevive a la ingesta de fuertes venenos, con secuelas, pero lo logra, y si no, Ashley sería feliz por ambos. Era hora de arrancarse la aguja de la vena, de dejar de beber de ella. Este sería su último trago de veneno por más que le pesara.

# Capítulo 8

## LE PRENDISTE FUEGO A LA LLUVIA...

Incluso en sueños se lo oía repetir. «No dejaré que te lleven, nadie te separará de mí. Voy a cuidar de ti, nena». Ashley despertó enredada a él. Brazos cruzados con piernas, boca contra cuello. Que ella despertara antes que él era de lo más inhabitual, pues él salía a correr muy tempano. A pesar de que necesitaba dormir más, se levantó para darse una ducha. Al salir del habitáculo de cristal se fijó en la hora: las cuatro de la mañana. Se secó y regresó al dormitorio, donde se vistió; luego se deslizó en la cama.

—¿Dónde cojones estabas?

—Me he duchado —murmuró ella, respondiendo a Nathan. Sonrió, dejándose aplastar por uno de los grandes brazos y al ser arrinconada contra el cuerpo ladeado de este. Él siempre la tildaba de marmota, y para honrar dicho título debía dormir de nuevo. El día sería largo, y disfrutar de la cama donde nunca volvería a dormir no era mal plan.

*Set fire to the rain*[4] sonaba para ambos.

McNamara extendió el brazo; dos dedos apartaron un largo mechón que cruzaba la cara de Ashley. Suspiró de forma pesada a la vez que retiraba el brazo tras la pequeña oreja de la muchacha. Quizás llevaba media hora allí sentado, en el *puf* de cuero, viéndola dormir. El jersey gris la mantenía tan calentita que él no había pasado la manta por encima de las caderas envueltas en leotardos. Los ojos color chocolate se abrieron para mirarlo y una mano de ella fue en busca de la suya para

---

4 ♫ Canción *Set fire to the rain* de Adele. Letra y música de Adele Adkins y Fraser T. Smith. Productor Fraser T. Smith.

colocarla en la calidez de su mejilla.

—¿Ya nos vamos? —Él estaba vestido y con las maletas hechas, así que probablemente no tardarían mucho en irse, el tiempo que le llevara a ella cambiarse y subir todo al *jeep*. Ante el asentimiento de McNamara, empujó la cara contra el calor de la palma—. ¿No ha dejado de llover? —Por el sonido goteante de allá fuera debía seguir lloviendo. Adiós a la nieve que había caído hacía un par de semanas—. ¿Dónde está Max? —Normalmente acababa durmiendo en un rincón de la cama a pesar de lo que abultaba, pero ella misma lo había malacostumbrado y «señora, aquí mando yo» se lo consentía. No era lógico que Nathan lo hubiera llevado ya al todoterreno. Ashley ladeó la cabeza sobre la almohada. Lo oía ladrar en el baño, con sus robustas patas rascando la madera de la puerta—. ¿Por qué está encerrado? —Acabó de despejarse, algo muy raro ocurría—. ¿Qué pasa? —No conocía esa mirada en él.

—Tienes que ser una buena chica —presionó Nathaniel sin hacer daño, solo para resaltar lo dicho—. ¿Me oyes? Tienes que ser una buena chica, Ashley.

Alzó la mirada hacia la puerta, allí estaban. Nathan acarició por última vez la mejilla de la joven, que se irguió en la cama.

Ella se sentó en el colchón.

—¿Qué? —Unos pasos se acercaban, voces conocidas—. No..., no —negó, sacudiendo con tal fuerza la cabeza que la trenza medio deshecha le azotó la espalda. No podía dejar de mirarlo, los ojos chocolate fijos en los salvajes ojos verdes—. Lo prometiste, lo juraste. —Ella se sacudió cuando un par de brazos la agarraron por la espalda y el *aftershave* de Guire entró en sus fosas nasales—. ¡No! —Pateó, haciendo que un calcetín de gruesa lana saliera volando—. ¡Lo prometiste, me lo juraste!

Pero él, él no hacía nada, nada...

McNamara deseaba tanto arrancársela de los brazos y resguardarla entre los suyos, mecerla mientras la besaba a la vez que le pedía perdón por haber permitido que aquel hijo de puta la tocara. Decirle que jamás dejaría que se la llevaran, que siempre la tendría consigo, que la cuidaría, que la protegería de todos y todo, pero no podía hacerlo. Solo quería lo mejor para ella y era lo que le estaba dando por mucho que doliera. Porque a ella le dolía ahora, mañana tal vez ni recordara; él sería historia, historia sin importancia alguna.

Ashley se sacudía, pateaba y gritaba, haciendo realmente difícil que Guire pudiera cargarla en brazos y sacarla de la habitación.

—Me lo prometiste, me lo juraste. Eso hiciste ayer mismo.

«Bastardo hijo de puta, debería volarme la sesera. Necesito que seas una buena chica. Vamos, pequeña, has de ser una buena chica».

Nathan se movió directo a ellos. Si la llevaba él al coche, con dos minutos para hablar tal vez lograría tranquilizarla.

El señor Ferguson estaba en la puerta del salón y a su lado papá Guire. Aquello parecía un cortejo fúnebre, los trajes oscuros, las caras serias, eso sí, botones brillantes y caros zapatos de piel italianos. Finalmente, James logró retenerla unos segundos y comenzó a tirar de ella, pero Ashley consiguió desasirse y le soltó un fuerte manotazo en toda la cara. Se giró, mirando a Nathaniel.

—Dijiste que no dejarías que hicieran esto —se lamentó ella, meneando la cabeza, con el cabello revuelto, completamente despeinado, y el semblante repleto de lágrimas, enrojecido y tembloroso—. Juraste que no dejarías que se me llevaran.

Cuando las manos de Nathan se aproximaban a ella dándole la sensación de que iba a prenderla en un abrazo una garra desde atrás la hizo girar. El bofetón que impactó en su cara la hizo caer duramente al suelo.

Las manos de McNamara fueron al mismo objetivo, aunque más abajo. Se acuclilló para ayudarla a sentarse. Alzó el mentón de Ashley y descubrió el labio inferior partido. Sí, le había pegado. No fue una asquerosa imaginación suya. Guire acababa de pegarle a ella, a ella que era suya y solo suya. Apartó la mano, haciendo ademán de levantarse para atizar a aquel cerdo, pero ella lo detuvo. La miró a los ojos y lo que susurró entre aquel mar de lágrimas lo hizo sentirse el ser más ruin y detestable del universo. Nathan se levantó y prendió a Guire por las solapas del abrigo.

—Tócala otra vez. —De haber sido un perro, habría estado echando espuma por la boca—. Si tienes los cojones de volver a pegarle, te mataré. —Lo sacudió como si fuera una alfombra polvorienta—. Te mataré.

—Lleváosla —dijo Ferguson al par de muchachos que corrían a liberar al primogénito de los Guire. Ahora harían que McNamara lo soltara, pero antes ella tenía que estar fuera de aquel cuarto. Con los gritos de fondo de Ashley se aproximó a Nathan—. No compliques más las cosas, suéltalo.

Que lo demandaran, no, mejor, que lo metieran en la cárcel por esto, pero no volvería a tocarla, no de esa forma.

—¿Me has entendido, capullo engreído? —Otra sacudida hizo que los pies de Guire sobrevolaran el suelo, porque la corbata ejercía de soga en su cuello—. Si le pegas, te mataré. —Nathaniel la oía gritar a pleno pulmón, oía cómo se aferraba a todo mueble que encontraba en el camino de salida. Él aflojó hasta soltar las solapas y el niño de papá cayó sobre sus pies, tambaleándose—. Te mataré, lo haré.

—¿Quién coño te crees para amenazarme?—inquirió el primogénito Guire. —Retrocedió unos pasos, se adecentó la camisa y, por supuesto, la corbata—. Haré lo que quiera con ella, que para eso va a ser mi mujer y tú me la has entrenado muy bien. —Dos pasos más hacia atrás—. ¿O es que crees que es tuya? ¿Piensas que tienes derecho a amenazarme? ¿Mmmm? —En medio del salón, donde Ashley estaba aferrada al mismo sofá donde hizo que la inmovilizaran por los brazos, le levantó la cabeza, bajó el cuello del grueso jersey, y sin consideración alguna arrancó el collar del cuello de la mujer—. ¡Es mía ahora! —ladró Guire, mirando a su padre, a Ferguson y a McNamara y lanzando el collar a los pies de este último—. ¡Mía!

A medio paso de distancia seguía brillando el collar rosa y plateado, pero ahora roto. Con todo lo que había significado cuando rodeaba el cuello de Ashley y ahora... muerto. Nathan alzó la vista hacia Guire, pero cuando iba a cargar contra él, la anciana mano del señor Ferguson se posó a media altura sobre su pecho y entonces no avanzó. La miró a ella, que gritaba y extendía los brazos hacia él como si fuera su única salvación. Chillaba su nombre, suplicaba su ayuda. Uno de los muchachos se la cargó al hombro y se dio cuenta de que lo pequeño a veces tiene más fuerza de lo que parece. Frente a la puerta de acceso a la casa, un par de hombres más esperaban resguardándose de la lluvia con paraguas negros. La metieron en el oscuro Lincoln junto a Guire hijo.

—No lo pongas más difícil, hijo —dijo el señor Ferguson con una palmada en el pecho—. Cuidaremos de ella, como siempre.

—¿Qué no se lo ponga más difícil? —McNamara lo miró a los ojos—. ¿Cuidar de ella? ¿Abofetearla es cuidar de ella? —Se atrevió a apartar la madura mano de su pecho—. Si me entero de que la golpea, no dudaré en matarlo. Si le vuelve a poner una sola mano encima...

—Será golpeada si es necesario, antes lo ha sido —interrumpió Guire padre. El cigarro recién encendido en sus labios liberó un fuerte aroma—. No hará nada que tú no hayas hecho ya. —Y mirándolo con aquellos helados ojos suyos añadió—: Comprueba tu recompensa y olvídate de ella.

Dio una nueva calada y se alejó.

—Yo nunca le he pegado. ¡Jamás! —No de aquel modo, no con aquel fin.

Antes se arrancaría la mano de un mordisco, nunca la golpearía fuera del juego sexual. Tampoco tenía que justificarse por algo que él nunca había hecho ni haría, y le daba mucho coraje el que Guire se atreviera a escupir semejante infundio sobre él.

—Haz lo que te ha dicho, hijo. Ashley estará bien, te lo garantizo. —Esta vez fue él quien le dio la espalda para empezar a caminar, pero se detuvo, torció el cuerpo y lo miró de lado—. El amor es para los necios, McNamara. No lleva a ningún sitio y solo provoca dolor.

Ferguson continuó su camino hacia la salida. La lluvia caía rabiosamente, pero el paraguas lo resguardó de ella. Entró en el segundo Lincoln y cuando cerró la puerta, el primero, donde iba Ashley, se puso en marcha. El otro lo siguió.

Nathan recogió el collar, lo acarició en su palma. Max había logrado abrir la puerta del baño y pasó rápido a su lado, muy rápido. El perro corrió tras el segundo coche hasta que pudo, luego se quedó quieto allí, ladrando bajo la lluvia. McNamara caminó hacia la puerta, descendió los dos escalones y también los vio alejarse bajo el aguacero.

«No me abandones», le había suplicado, pero él la había abandonado.

Ya no arde, ya no abrasa, ya no quema. Nada quedaba por mucho que quisiera, solo frío, frío helado y lluvia.

# Capítulo 9

## LA CARTA

—¿Por qué? —*Los finos y blancos dedos de la mujer paseaban por la tatuada piel del fuerte y musculoso brazo.*

—Porque así soy por dentro —*respondió Nathan, observándola. De hombro a muñeca, en tonos negros y grises, se expandía el dibujo de la tinta. La idea, muy bien conseguida y plasmada en la epidermis de McNamara, representaba una disección que mostraba el entresijo de músculos y tendones.*

—¿Te gusta recordarlo? —*Ella levantó la mirada, topándose con la de él. En el costado derecho, unos centímetros por encima de las caderas, Nathan tenía un hueco en el que cabían casi cuatro dedos de Ashley, un recuerdo de los tiempos al servicio de la CIA—. ¿Saber cómo eres por dentro?*

—¿Y tú? ¡Siempre quieres saberlo todo!

—Pues sí, todo lo que pueda —*asintió ella, deteniendo las caricias encima de los nudillos—, y más si son cosas sobre ti.*

—La curiosidad mató al gato, cariño —*dijo, mirándola y moviendo los dedos para liarlos con los de Ashley. La elevó, la puso agarrada a su torso y se la llevó para tumbarse bocarriba en la cama.*

—Y el gato murió —*asintió ella, cobijada allí, en el pecho de Nathan—, pero murió sabiendo.*

*Mas ella no era un gato, nunca fue gato.*

Esos recuerdos hostigaban su alcoholizada mente. ¿Qué ocurre cuándo parte de uno muere y más cuándo es la más importante de todo su ser? Estar viva era mejor que estar muerta a pesar de que no estuviera con él. Desde luego ella habría estado mejor viva que muerta y él... él no debía haberle prometido nada, no tenía que haberle mentido, haberla vendido y dañado tanto.

McNamara cerró los ojos, el alcohol le venía bien a su sistema, lo adormilaba, lo inducía a soñar. Soñar con ella viva de nuevo y durmiendo acurrucada a su lado, riendo atolondrada a causa de las cosquillas, mirándolo fijamente y finalmente sonriendo. ¡Cómo echaba de menos esa sonrisa! Gimió, ya no podía llorar, no le quedaban lágrimas. ¡¿Y qué si había llorado como un niño?! Eso no la haría volver. No, ella no volvería, no lo haría. En el momento en el que la bebida dejaba de hacer efecto tenía que golpear algo, sentir dolor para darse cuenta que este era su castigo. Ella muerta y él dolorido, sangrante, agonizante, un muerto en vida. Él era un zombi, sin más, sin alma, si es que alguna vez la había tenido. Ashley se la había llevado cuando su tembloroso cuerpo cruzó la puerta de salida. Abrió los ojos, en su mente la oía suplicar, suplicar que no se la llevaran, que él la protegiera.

Las llamadas a la puerta, junto con el ya mustio sonido del timbre, no parecían captar la atención de quien estaba en una nube de alcohol. No obstante, sí la del perro, que brincaba contra la puerta, ladrando con fuerza.

Si ella viviera, Nathaniel se las habría arreglado para verla. Desde donde fuera, hasta desde la ventanilla de un coche mientras ella cruzaba la calle con sus bamboleantes caderas, haciendo de su alrededor una insignificante imagen, imagen a la cual no cabía prestar atención, ya que Ashley pasaba por ahí.

Los recortes de prensa habían anunciado la boda. Tal vez otro anuncio a los pocos meses habría publicado que ese bastardo había logrado lo que él jamás se podría haber llegado a permitir. McNamara empezó a reír como un verdadero lunático. Sí, ella podría haberse quedado embarazada de ese cabrón y él... Nathan, hijo de la gran puta, se habría volado los sesos.

«Y sí, todo el mundo sabe cómo se hacen los jodidos bebés», y...

y él la veía bajo el cuerpo de su marido, con los bonitos ojos cerrados mientras ese cerdo la embestía.

No, ya no, estaba... muerta. Muerta.

Max corrió a su lado y comenzó a girar a su alrededor, ladrándole para que le prestara atención.

—¿Es usted Nathaniel McNamara?

—Usted ha entrado en su casa —articuló él con severa dificultad—, pero él está muerto.

—Más que muerto, como una cuba —sentenció el tipo, acuclillándose para acariciar a Max—. Me envía la señorita Sinclair, Sabana Sinclair.

—¿Sin... clair? —Le sonaba. Tras la nube espesa del alcohol buscó la información en su cerebro sobre esa mujer. Sabana... ¡Sí, la recordaba! Una amiga de Ashley, era la hija del fiscal general del condado.

—Quiere verlo, pero antes tendrá usted que serenarse.

—¿Y para qué quiere verme? —De un manotazo, Nathan apartó a Max, que lamía una de sus mejillas nerviosamente—. ¡Para, para!

—Eso no me lo ha dicho.

—No quiero perder el tiempo.

—¿Es que tiene algo mejor que hacer?

—Sí, pensándolo bien, creo que suicidarme.

—Pues de ser ese el caso, puede esperar unas horas más.

No sabía por qué demonios había accedido. McNamara estaba en un coche, vestido con lo primero que había encontrado y dirigiéndose a no tenía ni puñetera idea de dónde. Maldijo entre dientes, rascándose la nuca.

—Por la información que me habían dado, la dirección y demás, al verlo pensé que era usted otra persona —declaró el chico que conducía, observándolo por el retrovisor.

—¿Por qué lo dice? —espetó él, mirando la ciudad a través de su ventanilla.

—No tiene la apariencia de bomba sexual que me habían dibujado.

—Gracias.

—¿Gracias? —Alzó las cejas—. Estoy haciendo de todo menos

piropearlo.

—A usted le han pagado para que venga a por mí y me lleve hasta la señorita Sinclair, ¿cierto? —preguntó, apartando los ojos del paisaje repleto de acero y cristal—. Así que haga su trabajo y cierre la puta boca.

—De acuerdo, señor McNamara.

—¿Dónde coño me ha traído? —interpeló poco después, saliendo del coche antes de que el chofer pudiera dar la vuelta para abrirle la puerta—. Esto es un hospital.

—Así es.

—No lo entiendo.

—Acompáñeme —dijo, presionando el botón del mando a distancia para cerrar el coche—. Por favor.

En los pasillos se entrecruzaban médicos, enfermeras, batas verdes, azules y blancas. Siguió de cerca al hombre que lo había llevado hasta allí. Nathaniel miró a su alrededor cuando se detuvieron delante de una puerta.

—¿Aquí? —Tras el asentimiento, entró primero.

—Señorita Sinclair, le he traído a... —se apresuró a entrar tras él— como usted me pidió. —Sonrió, quedándose junto a la puerta.

Las máquinas que suministraban oxígeno y las que controlaban las constantes vitales de quien se encontraba postrado en la cama producían un discreto ronroneo y leves pitidos. McNamara avanzó hasta quedar a los pies de la cama, tieso como una vela, con la vista al frente.

¡Joder! ¿No podría olvidar nunca esas costumbres?

—Ojala pudiera quitarme esto de encima con un buen revolcón.

Nathan recordaba esa voz, ahora apagada y trémula. Ella sentía dolor.

—Señorita Sinclair, me gustaría saber qué hago aquí —carraspeó sin todavía mirarla.

—Soy yo la que se muere de cáncer, vaquero, no tú, así que aquí la que tiene más prisa soy yo.

—Sí, señorita. —Él se cuadró un tanto más—. Pero de todas maneras, repito que me gustaría saber qué hago aquí.

—No me siento la mujer más *sexy* en estos momentos, pero me gustaría que me miraras.

Sus ojos verdes enfocaron poco a poco a la mujer postrada en la cama. No, no era la imagen de la sensualidad. Cables por aquí y por allá, facciones demacradas, delgadez extrema.

—Un día apareció un pequeño bulto en mi axila, pensé ¡bah! —alzó las manos haciendo aspavientos con ellas—, pero luego salió otro, justo al lado. Ese día decidí ir al médico y aquí estoy —sonrió— con una mastectomía y como mucho dos meses más de vida, y... a mi edad.

A él no lo alegraba, sin embargo, tampoco lo entristecía. En fin, ya sabía que la vida es así de jodida. Carraspeó alzando las cejas.

—¿Y?

—Me gustaría que... George por favor. —Llamó al chico que estaba junto a la puerta ya cerrada y le señaló la mesita de noche a su izquierda—. Primer cajón, el sobre fucsia.

«Siento que se esté muriendo, pero me está haciendo perder el tiempo y quiero irme a casa para volarme la tapa de los sesos y esparcirlos por el salón».

Nathan siguió al chico hasta la mesita. Este sacó el sobre del cajón y extendió la mano cuando ella le pidió que se lo entregara al visitante.

—¿Rebeca? No entiendo. —McNamara no conocía a ninguna Rebeca, por lo que no entendía qué quería la dichosa mujer.

—Necesito que vayas hasta Fe, un pueblo de Texas, y entregues esa carta a la persona a la que va dirigida, si la giras verás la dirección. También están las coordenadas geográficas para que localices fácilmente esa población.

Se acabó. La carta planeó por los aires tras lanzársela.

—Mira, no tengo tiempo que perder con chorradas. —Hundió las manos en su ya no tan corto cabello, mucho más platinado que hacía casi un año o año y medio, tal vez más o quizás menos. No llevaba la cuenta—. ¡No soy un puto mensajero!

—¿Y quién ha dicho eso?

—Tú, dándome esa jodida carta —espetó Nathan, tirando de algunas hebras—. No soy el cartero y no tengo por qué hacerte ese favor por muy enferma que estés.

—Si tratas de volcar tu odio y frustración conmigo, no funciona.

—Con la ayuda de George se sentó en la cama—. No tienes trabajo, aunque sí tienes una cuenta repleta de billetes que podrías gastar. —El muchacho le colocó un cojín tras la espalda y ella se lo agradeció con una sonrisa. Se recostó y siguió hablando—. Por supuesto, a esa cuenta se le añadirían unos cuantos miles de dólares más en compensación por el viaje y la entrega de la carta.

—No.

—No te cuesta nada, te aireas, haces una buena obra...

—Me importa una mierda esta buena obra u otra cualquiera —añadió, dándole la espalda—. Me largo.

«¡Qué te den muchos y diversos calmantes o bien pide ya la inyección letal! Será más rápido».

Al abrir la puerta, McNamara se topó con dos gorilas que antes no estaban.

—¿Me vas a obligar a ir? —preguntó, mirándola de reojo.

—No —aseguró ella—, por supuesto que no, puedes marcharte pero creo que podrías hacerme este favor.

Él rio y volvió rabiosamente a los pies de la cama. Con las manos apretando el frío metal, gritó.

—¡No quiero hacértelo, métetelo en esa cabeza loca!

—Ella lo haría.

Aquello entró en sus oídos, penetró como flechas en su mente justo cuando iba en dirección a la puerta dispuesto a salir.

—¿Qué? —susurró como si realmente no la hubiera entendido.

—Ashley lo haría, ella llevaría la carta.

—No la nombres, no delante de mí —mordió sin moverse un ápice.

—¿Por qué? ¿Te reconcomes por la culpa? Sí, sin duda lo haces. —¿Dos meses? Podían quedarle dos segundos en vez de dos meses de vida, solo tendría que romperle el cuello y podría hacerlo sin mucho esfuerzo con una sola mano—. Tuviste la opción. Tienes suficientes contactos y dinero para habértela llevado y fingir un fatídico accidente de tráfico, pero preferiste venderla, entregarla a su padre como si todavía estuviéramos en la Edad Media.

—Cállate.

—¡A la tercera siempre va la vencida! Todo fue un montón de problemas. Primero las pastillas. La encontraron justo antes de que llegase a sobredosis y le lavaron el estómago. Después los cortes para abrirse las venas. Por suerte, los tajos no tuvieron suficiente profundidad y pudieron suturar. —Él recordaba cómo la tumbaba sobre su pecho y la levantaba al igual que hacía con las pesas y ella reía y reía. Cerrando los ojos la veía recogida en una esquina del sofá, tapada hasta la barbilla con la manta a cuadros y sobre sus pies la cabeza de Max. Los ojos de Ashley agrandándose impresionados al contemplar la macabra escena de la película—. Al final se publicó un anuncio en el periódico informando del suicidio. Con el cuerpo flotando en la bahía, para la policía no había duda: suicidio. Ya ves, a la tercera lo consiguió. Los pulmones se le llenaron de líquido y se acabó. Hay que estar muy seguro de que realmente se quiere morir para tirarse a la puñetera bahía y simplemente dejar de respirar.

Nathan abrió los ojos.

—¿A qué viene todo esto, quieres que pida perdón, que me suicide yo también? Supongo que desde que leí en el periódico lo ocurrido tendría que haber hecho justamente eso. Quitarme de en medio yo también. —Metió las manos en los bolsillos del pantalón. La ira se había esfumado sin saberse cómo o por qué—. Creo que, sencillamente, no lo creía. A veces quiero convencerme a mí mismo de que es solo una pesadilla, que despertaré, que Ashley estará cepillándose el pelo una y otra vez en el cuarto de baño. —Sonrió, mirando las puntas de sus zapatos y por última vez se acercó a la cama para recoger la carta—. Como sé que la realidad es mucho peor que la ficción, habría sido mejor romperle el cuello yo mismo. ¿No crees que habría preferido leer eso en los periódicos?

—¿Sí? ¿Y tú? ¿Estarías entre rejas o en busca y captura?

—¿Muerto se puede leer?

—No lo sé, pero pronto te lo podré decir.

—Si aparte de leer fueras capaz de mandar mensajes de algún modo, ruego me lo hagas saber. —McNamara metió la carta en un bolsillo interior de su americana—. Entenderé que sí es posible y será tu maldita forma de agradecerme la entrega.

Sin esperar a que ella dijera nada más, salió de la habitación. Caminó sin prisa por los tristes pasillos del hospital y volvió a casa andando. Una hora de paseo a lo mejor lo ayudaría a despejar la mente. En las calles de Nueva York, el alboroto multicolor y las brillantes luces mataban la oscuridad.

—Hola, chico —saludó al entrar en su apartamento. Acarició la cabeza del perro, que vino a festejar su vuelta. Se dio cuenta de la delgadez del animal. ¿Cuántas veces le había dado de comer o sacado a correr?—. Bueno, chico, un viajecito puede que nos siente bien.

Se acuclilló para seguir acariciando al perro, que se había sentado meneando el rabo de un lado a otro. No hizo planes, sencillamente preparó todo lo necesario para Max. Llenó el coche con unas seis mudas y demás cosas personales. Abrió la caja fuerte y sacó todo el efectivo. Lo guardó en el tejano limpio que acababa de ponerse y silbó para que el animal lo siguiera. Después de llevarse a Ashley nadie vino a por el perro y no lo iba a abandonar. Nathan cerró la puerta del apartamento.

—Vámonos.

# Capítulo 10

## EL MENSAJERO

Le gustaba conducir. Sabía que había gente a quien eso la ponía nerviosa, pero a él no, era una de las cosas que más le gustaban en la vida. No le quedaba otra verdaderamente buena. Media hora al volante y sonrió, mirando de reojo a Max que, sentado en el asiento del copiloto, parecía observar atentamente la carretera. Alargó una mano, controlando con la otra el volante, y acarició al perro entre las orejas.

—Fe, Texas. ¿Te suena de algo? —preguntó, dejando de acariciarlo y sacando de su chaqueta la carta que antes había llevado en la americana—. No, ya somos dos.

Condujo hasta que forzosamente hubo que parar. Estiró las piernas, hizo que el perro correteara y llenó el estómago con porquerías del área de servicio. Luego conectó su portátil y localizó Fe en la parte más oriental de Texas, allá en el Deep South, casi en Luisiana. Tomó otro café y volvió a ponerse en marcha. Hizo noche en un motel en las afueras de Memphis.

Al día siguiente, después de muchas más horas al volante, el cartel de madera de «Bienvenidos a Fe» los saludó. Mejor dicho, lo saludó a él, ya que Max dormía con medio trasero fuera del asiento. Nathaniel ojeó el sobre de color fucsia que desde que había vuelto al volante llevaba sobre las rodillas y anotó la dirección en el GPS. La siguió y aparcó justo en esa calle.

—Tú te quedas aquí, Max. —Sacó las llaves del contacto, cogió la cazadora de piel y se la puso. Cerró la puerta y, posicionando bien las RayBan en el puente de su nariz, estudió el entorno.

Era una calle con poco transito; a la derecha observó casas a las que había que acceder subiendo unas escaleras, a la izquierda, más casas y alguna que otra tiendecita en lo que antes había sido una vivienda.

—Trescientos veintidós. —La encontró a pocos pasos del *jeep*. Pensó en dejar la carta en el buzón, pero cambió de idea. No le costaba nada llamar y entregarla en mano. Abrió la verja de madera que separaba el jardín de la calle y subió las escaleras hasta el porche de madera blanca, llamó al timbre y esperó. Nadie salió a abrir, así que volvió a llamar.

—¿A quién busca?

Nathan miró hacia la izquierda. Desde el porche de la casa colindante, muy similar al que él pisaba, lo observaba una señora bien entrada en los sesenta, con grandes gafas de cristales redondos y expresión adusta.

—A Rebeca... —él echó un vistazo al apellido— McInri.

—No está en estos momentos, trabaja.

—Tengo que entregarle algo importante.

Él frunció el entrecejo, ya que la mujer que había dicho aquello se metió en la tienda de muebles. «Muebles y Antigüedades Larsson», leyó en el cartel sobre la puerta por donde se había esfumado la señora. Renegó al oír a Max, que no paraba de ladrar en el interior del coche.

Qué se fueran al infierno la mujer y su mal humor, él tenía suficiente con lo suyo y la carta, aunque...

McNamara decidió observar a su alrededor. Había varias macetas de flores en el suelo de madera del porche que dominaba el pequeño jardín. Bajo la ventana habían colgado unas cuantas más con sus flores. Se inclinó para escudriñar a través de los cristales, pero un gran sofá colgante cubierto con una infinidad de cojines de distintos colores y tamaños se balanceaba ante él, interponiéndose en su vista.

—¿Cuándo volverá? —preguntó a la mujer que acababa de reaparecer. Se guardó la sonrisa, sabiendo que ella tardaría en responder pues no esperaba que él la hubiese oído salir—. La he oído —añadió, incorporándose para mirar a la mujer, sorprendida al principio y luego algo más malhumorada que antes.

—¿Es usted policía?

—¿Qué le hace pensar tal cosa?

—Solo que me recuerda a uno de esos cabrones armados de la ciudad, poli.

Nathan omitió aquel comentario y forzó una sonrisa en sus labios.

—No me ha dicho cuándo volverá.

—Entre —ordenó más que pidió ella—, venga.

Él estaba algo enojado y pensó que sería mucho más rápido dejar la dichosa carta en el buzón y largarse. Sin embargo, bajó los escalones y apuntó a Max con un dedo, indicándole que dejara de ladrar. Abrió la verja de la casa colindante y subió las escaleras. La mujer ya no estaba en la puerta, así que entró. Le agradó el aroma a madera y a limpio del interior.

Muebles restaurados ocupaban todo el espacio, jarrones con flores sobre mesas y mesitas de té. Ese sitio daba gusto. Él estudió su alrededor moviéndose por el piso, ahora sin rastro de la mujer.

—Señora —dijo en voz muy alta—, le recomiendo no mezclar cabrón y policía en la misma frase, pero sobre todo le agradecería que me dijera cuándo podré encontrar a Rebeca. Me urge entregarle una carta y marcharme lo antes posible. —Alargó una mano hacia el elemento que desentonaba en todo aquello. Era el típico cubo donde los niños introducen piezas con formas de estrellas, triángulos y cuadrados. Nathaniel lo levantó para mirarlo. La mujer tenía edad suficiente para ser abuela—. ¿Me ha oído? —Él sí podía oírla al fondo de la casa. Probablemente había una habitación justo al lado de la cocina. Se había tirado el resto de tabiques para dejar un espacio diáfano, adecuado para una tienda de muebles y antigüedades.

—Oiga, bajo, ya voy, suavice el tono. —Se plantó ante él con las manos en las caderas—. ¿Qué me ha dicho que quiere?

McNamara sonrió, podría pisar a la señora, le sacaba dos buenas cabezas.

—Me gustaría saber cuándo puedo encontrar a Rebeca —bajó el tono y la cabeza—, solo eso.

—Bendito Dios...

Nathaniel, de reojo y tras oír la puerta abrirse, había dirigido la vista al que entraba. Chasqueó la lengua.

«Lo que me faltaba», pensó.

—Dios mío, Dios mío —dijo el recién llegado, rodeando al luchador profesional que se había colado en la coqueta tienda de Margaret—. ¿Todo bien? —susurró, dando un brinco tras ella.

—No he venido a violarla —escupió McNamara, pasando una mano bajo su mentón para palparse la barba. —No tenía nada en contra de los homosexuales, es más, The Pleasure House estaba lleno de ellos, pero los tan amanerados lo ponían nervioso—. Necesito que esta buena mujer me dé... —Para su desgracia solo faltaba ahora un jodido bebé llorando.

—¡Natty! —exclamó la mujer, perdiéndose entre los muebles.

—¿Qué le dé qué? —preguntó el otro, enredando un dedo en uno de sus engominados rizos que caían nada descuidados sobre su rostro—. Tal vez yo pueda serle de ayuda. —Sonrió, apoyando la zurda sobre el brazo derecho en alto cuya mano jugueteaba con los tirabuzones.

—Haga el favor de decirle que dejo la carta en el buzón de Rebeca, parece que el contenido es importante. —Había llegado ya a un extremo insoportable. Estaba en un pueblo de Texas, buscando a una mujer que no conocía para entregarle una carta que no tenía ni idea de lo que contenía y justo delante de él había un hombre que lo estaba mirando demasiado interesado. ¡Santo cielo! Iba a subir al coche y conducir hasta la tienda más cercana donde vendieran cuchillas, se afeitaría y con un poco de suerte olvidaría esta experiencia. ¡No era ningún *bear*! Antes abusaría del pobre perro—. Dígaselo.

—Espere —pidió la mujer.

—Mire, señora, no tengo tiempo que perder.

Con la mano en el pomo de la puerta ladeó la cabeza, mirándola. El bebé que había oído llorar estaba ahora en brazos de la señora. McNamara soltó el picaporte.

—Deme la carta, yo se la entregaré —ofreció ella. La pequeña llevaba coletas sujetas por gomitas rosadas que recogían su negro pelo y lo estiraban hacia arriba en dos pequeñas fuentes. Sus enormes ojos verdes se veían ligeramente inflamados por el llanto, incluso sus largas y oscuras pestañas estaban mojadas.

A él le recordaba a uno de esos bebés de calendario, rechonchos y comestibles. Comestible por lo bonita que era. Una pequeña mano se alzó en el aire, se cerró y volvió a abrirse mientras de los regordetes labios salían unos ruiditos incompresibles.

—¿Se encuentra bien? —preguntó la señora al desconocido, mientras pasaba la criatura a los brazos de Justin.

—Por supuesto —contestó Nathan, preguntándose desde cuándo le gustaban los niños. Estaba claro que no debía haber salido de su apartamento de Nueva York. Nunca le habían gustado particularmente los niños, por lo que se obligó a dejar de mirar a la pequeña. Sacó el sobre y lo entregó—. Tenga pues.

Natty daba tirones para pasar de los brazos de Justin a los del desconocido antes de empezar a llorar, intuyendo que no obtendría lo que quería del luchador profesional. Justin, resignado, miró a Margaret como pidiendo permiso y pasó la niña a los brazos de Nathaniel. También estaba seguro que ese tipo tan grandote no iba a hacer ningún daño a Natty.

McNamara se preguntaba por qué esa cosita le llamaba tanto la atención. Era solo una niña, había visto otras. La observó a través de sus gafas de sol, ella movía la mano de arriba a abajo y balbuceaba como si cantara.

—¡Ah! ¡*Twinkle, twinkle little star*! —De alguna extraña forma ella debió entenderlo, porque juntó las dos manitas y aplaudió. O sea, que estaba cantando *Brilla, brilla, estrellita*. Lo hizo sonreír, se veía tan graciosa con sus *quiquis* en la cabeza, su boca con una pequeña cadena de dientecitos en la mandíbula inferior y sus regordetas piernas al aire, ya que el vestido le llegaba justo a las nalgas donde ahí podía vislumbrarse una pequeña braguita de estampado rosa con flecos que tapaba el pañal—. Eso es, ¿verdad? —preguntó Nathaniel. La zurda que antes sostenía la carta, ahora en manos de quien debía ser la dueña de la tienda, cosquilleó un pequeño pie al aire de la niña.

En otra ocasión se hubiera negado a coger a un niño en brazos, pero ella no lo molestaba, tenía algo distinto que le llamaba la atención.

McNamara no se resistió. Cuidando de que una mano asegurara a la pequeña contra su torso, acercó la otra a la carita y con el reverso de dos de sus dedos acarició delicadamente un moflete. Qué suave, qué blanca y delicada era la piel.

—No deberías quitarle a nadie las gafas sin pedir permiso, aparte de que... —movió la cabeza para que ella pudiera hacerse con las Ray-ban— se te pueden caer y romperse.

—¿Estás viendo lo que yo, o es que estoy alucinando? —murmuró Justin, intentando rodear la cintura de Margaret con un brazo y anclándolo ahí—. Porque, créeme, si esto es producto de la gomina, pienso desintoxicarme.

Nathan rio, atrapando las lentes justo a tiempo, antes de que cayeran de la mano de la niña y se hicieran añicos en el suelo. Las fijó sobre su cabeza.

—Natty de Natasha, supongo —dijo él, dejando que esta manoseara su cara con las dos manos. Todavía rio más con las burbujitas que ella creaba entre sus labios de bebé.

Margaret no contestó a las preguntas con que Justin seguía bombardeándola. Sus ojos miraban a la niña y luego al policía. Ese tipo era policía o por lo menos tenía algo que ver con ello. Natty le había quitado las gafas. El verde de los ojos del desconocido despertó una vocecita de alerta en el interior de la buena mujer.

—Tiene que comer. —Extendió los brazos y movió los dedos para que se la devolviera.

—Claro —corroboró él, saliendo del ensimismamiento. La apartó de su pecho y la dejó en los brazos de la mujer. Carraspeó—. Dele la carta, por favor.

—Lo haré —contestó ella secamente, meneando a la niña que extendía sus bracitos, comenzando a lloriquear—. No se preocupe.

—Gracias. —Sin siquiera comprender qué era lo que le pasaba, Nathan se dio prisa en salir de la tienda. Mientras bajaba las escaleras oía el llanto desconsolado de la pequeña que pocos minutos antes casi había enviado sus gafas de sol al garete—. Nathaniel McNamara, necesitas hacer algo con tu puta cabeza —se dijo a media voz, sacando las llaves del *jeep* y caminando hacia él—. Trepanártela por ejemplo. —Entró en el todoterreno, se sentó, cerró la puerta y puso las manos sobre el volante. Estuvo reflexionando sobre lo ocurrido allí arriba hasta que el ladrido de Max lo despertó—. Sí, ya vamos.

# Capítulo 11

## TORTITAS, SIROPE Y CAFÉ

—Me marcho —anunció, deshaciendo el nudo del delantal.

—Hoy se te ha hecho tarde, supongo que no podías resistirte a la visión de estos músculos —insinuó Bob, dando la vuelta a las hamburguesas sobre la plancha.

Colocó la loncha de *cheddar* sobre una de ellas y con un giro de muñeca la recogió con la espátula para servirla sobre la primera rebanada de pan; añadió dos rodajas de pepino, alguna que otra de cebolla, lechuga y bacón crujiente, la otra rebanada de esponjoso pan y lo envolvió todo, metiéndolo en la bolsa de papel que ya tenía preparada. La cerró y se la extendió por encima de la mampara baja que separaba a poca altura el pasillo de la cocina.

—Gracias —dijo ella, cogiendo la bolsa.

—¡Eh, eh! Antes...

—Gracias y... —Besó la negra mejilla y añadió—: ¿Y exactamente dónde dices que están tus irresistibles músculos?

—Eres mala. —Bob hizo un puchero y recostándose en la mampara la siguió con la vista—. Vamos, nena, teniendo ese culo yo lo menearía todo el día. —Silbó riendo cuando ella hizo justamente eso, las nalgas grandes y bien altas moviéndose bajo la blanca falda del uniforme.

McNamara se pasó una mano varias veces por mentón y mejillas. Después de dar vueltas y vueltas por el pueblo con el *jeep* entró en una tienda a comprar cuchillas y espuma de afeitar, desodorante y huevos, una docena. Pagó y pidió la dirección de algún motel o similar donde estar durante un par de días. No tenía prisa, esto podía tomárselo como unas vacaciones.

Al llegar al sitio indicado y ver que no estaba mal, pagó por adelantado la habitación del albergue: una cama y un cuarto de baño con plato de ducha, más que suficiente. Incluso le dejaron subir a Max. Lo acomodó en la estancia y fue a afeitarse, se dio una ducha de agua fría y con la toalla fijada a sus caderas miró por la ventana, cascando los huevos sobre su boca y tragándolos uno a uno hasta acabar con la docena.

—¿Señor?

Aún sin estar de lo más presentable, abrió la puerta.

—¿Sí?

—Le traigo más sábanas y toallas y quería decirle que... —la chica apartó la mirada tras darle la ropa— al final de la calle está la cafetería del tío Bob. Si quiere comer como Dios manda, puede ir ahí.

Nathan había dejado caer las cáscaras de huevo al suelo antes de abrir la puerta. Le agradeció la ropa y la entrecerró algo más, no por ser descortés, sencillamente, lo único que le ocultaba de los ojos de la muchacha era la toalla y no era demasiado cómodo para ninguno de los dos. No es que la chica no fuera interesante, la mayoría lo eran, siempre tenían algo pero... «Ashley». El famoso dicho que un clavo saca a otro clavo era para él el embuste más grande la historia.

—Lo tendré en cuenta. Gracias. —Se despidió, cerrando la puerta. Recogió los cascarones de los huevos y los tiró a la papelera del baño. Se cambió y salió de la habitación, dejando a Max dentro. Hacía calor a pesar de ser principios de primavera. McNamara se quitó la chaqueta de cuero mientras caminaba, quedándose en camiseta de tirantes negra. Colgó la chupa sobre un hombro y, dando un golpe a las gafas que se le escurrían por la nariz, entró en la cafetería.

Tarta de manzana, hamburguesas, tortitas, huevos revueltos y ¡ohhh!...oscuro y potente...

—¿Café?

—Gracias —respondió él.

Ya antes de sentarse vio cómo una camarera alta y rubia colocaba una gran taza en la mesa. El chorro negro y aromático cayó al estómago de la taza blanca.

Colgó la chaqueta de la silla y miró a su alrededor. Aquella cafetería se había detenido en los sesenta, solo faltaba que las camareras fueran en patines, tanto la que tenía delante como la otra que también servía café en la mesa a su izquierda. Lástima, desgraciadamente no era así.

—Encanto —dijo ella, señalándolo con un lápiz que había sacado de su moño—, supongo que para mantener todos esos músculos necesitarás un buey para empezar, ¿no?

Dejó la jarra de café humeante sobre la mesa y de su delantal sacó una libretita, dispuesta a tomar nota.

—Tengo hambre, pero no la suficiente ahora mismo como para comerme un buey.

—Haremos una cosa, cariño, tú ve a lavarte las manos y yo, Brenda, te preparo algo que estoy segura de que te va a gustar. —No le estaba dando opción. Eso era lo que había que hacer y si al forastero no le gustaba, podía salir por donde acababa de entrar—. Vamos.

—Sí, señora —acató él, divertido. Confiado, dejó la chaqueta en la silla y permitió que ella lo escoltara hasta el baño. Entró y, después de lavarse las manos, creyó oír una risa más que familiar—. Basta, jodido paranoico —espetó, mirándose al espejo. Sin embargo, él conocía aquella risa.

Empujó la puerta del baño sin secarse las manos y asomó algo la cabeza con curiosidad expectante.

—Hasta mañana.

—¡Espera!

—¿Qué es? —cuestionó la chica morena, mirando la bolsa que Brenda le tendía. Su hombro se apoyaba contra el cristal de la entrada. La campana sobre ella tintineó otra vez al cerrarse la puerta cuando la mujer volvió atrás para coger la bolsa.

—Estuve haciendo limpieza en los armarios de las niñas ayer por la noche y reuní ropa que a Natty le puede ir bien.

—Ya veré cómo te la pago. Ahora mismo... —bajó la voz— no ando demasiado bien y...

—No te la estoy vendiendo, te la estoy regalando. Ellas ya no la necesitan. —Brenda abrió la puerta y la empujó fuera—. Vete, que ya llevas demasiado tiempo aquí, y haz el favor de cenar —gritó, viéndola alejarse calle abajo.

Llevaba el pelo negro y corto por la nuca. No podía ser Ashley, ella lo tenía largo y castaño claro, caramelo, no corto y negro. Un montón de cosas bombardearon su mente, como ese perfil, la pequeña nariz, los protuberantes labios... No, no. Nathaniel cerró los ojos, recordando la conversación entre esa sospechosa chica y la camarera que le había ordenado lavarse las manos y que había mencionado a Natty, el nombre de la niña que horas antes él había sostenido en sus brazos.

—¿Todo bien? ¡Te has quedado pálido!

Nathan en su mente la veía, la sentía. Veía cómo Ashley lanzaba la pelota a un Max fuera de sí que saltaba al agua donde ella la había arrojado para que él la atrapara. Veía los abultados labios susurrándole «Te quiero». La oía en su cabeza.

—Brenda, Rebeca se ha dejado su chaqueta.

—Bob, se la llevaré cuando acabe el turno, no te preocupes. —Cogió por el antebrazo al grandote ante ella y susurró—: ¿Te encuentras bien, tipo duro?

Rebeca, Natty, la carta, la maldita carta. Todo lo acontecido esa mañana corrió por su mente.

—Sí, sí, solo necesito algo más fuerte que el café.

Liberándose del agarre, Nathan fue a su sitio, se sentó y llevó la taza a sus labios. Tragó de golpe el oscuro líquido. Luego engulló un par de tortitas, apartando el resto.

—¿Whisky o whisky? —Brenda le mostró las dos botellas—. Tienes donde escoger, encanto.

—Whisky. —Él mismo cogió una de las botellas y ante la mirada de la mujer vertió el alcohol en la taza del café—. Gracias.

—¿Mal de amores, cariño?

—Sí, algo así. —Él forzó la sonrisa y se acabó el contenido de la taza. Se irguió, algo rígido, y de su bolsillo extrajo unos billetes que dejó sobre la mesa—. Gracias.

Cogió su chaqueta, se la puso y salió de la cafetería. Al llegar al motel abrió la puerta de su habitación y, sentado en la cama, cogió el teléfono de la mesita de noche. Marcó.

—Póngame con Alexis Marshall.

—¿De parte?

—Nashiville.

—Espere.

—¿Mac? —inquirió una voz sorprendida—. ¿McNamara, Nathan McNamara?

—Alex, busca todas las Rebeca McInri de Fe, Texas. Una vez lo tengas, llámame a este mismo número. Me corre prisa.

Colgó antes de que este pudiera preguntar nada más. McNamara se dejó caer en la cama y miró el techo. No sabría decir cuánto tiempo continuó haciendo eso, mirar el techo sin verlo, hasta que el sonido del teléfono lo alertó. Sin incorporarse, pegó el auricular a su oído.

—¿Qué tienes para mí?

—Solo hay una Rebeca McInri Richardson residente en Fe, Texas.

—¿Qué más?

—Aparece como soltera y madre de una niña llamada… espera. —Nathan oía el sonido de los papeles crujiendo bajo las manos de su ex colega—. Natasha McInri Richardson. De modo que la niña, al tener los dos apellidos de la madre, entiendo que legalmente no tiene padre. Está dada de alta en una cafetería llamada El tío Bob —rio Alexis—. Los Estados Unidos profundos, ¿eh?

—Continua.

—Me he hecho con los datos del certificado de nacimiento. La madre está muerta, tampoco tiene padre identificado por estos documentos y estuvo en un orfanato hasta que se trasladó de Oklahoma a Fe con la mayoría de edad. —Mascó ruidosamente el chicle que tenía en la boca—. No veo nada anormal.

—¿La niña nació aquí, en Fe?

—Está censada allí. El pueblo no es tan pequeño, pero no hay hospital, es decir que... bueno, tómalo como un sí. Debió contar con un médico que atendiera urgencias, pero tales cosas como partos u operaciones de cualquier tipo se atienden a unos quince kilómetros, en Jones, una población más grande dónde sí hay hospital. —Hizo un globo con la goma de mascar que chascó en el aire—. ¿Se puede saber qué te pasa, qué estás investigando?

—Consígueme documentación que me acredite como policía en este maldito pueblo.

—¿Tú estás loco? —gritó Alexis, atragantándose con el chicle. Tosió y entre palabra, tos y más tos consiguió articular—: ¿Cómo esperas que logre eso?

—Pues haciéndolo. Habla con Cooper y que lo arregle, prometisteis estar siempre ahí por si quería volver. Es más... —Nathan se sentó de un salto en la esquina de la cama—, trabajé en narcóticos cinco putos años y no fueron muy memorables.

El orificio en su costado daba fe de lo que decía. La bala no llegó a salir, ya que quedó incrustada en su cadera y eso haría llorar hasta a un tipo duro como él.

—Lo dejaste.

—Quiero volver.

—Voy a intentarlo...

—No, no lo intentes. ¡Hazlo! Hazlo ya y cuando tengas respuestas quiero que me llames al móvil con el que voy a hacerte una llamada perdida. —La luz del atardecer se filtraba por la ventana—. ¡Muévete! —Golpeó el teléfono al colgar. Pasó los dedos entre su cabello, ocultando la cabeza entre las rodillas.


El sol desaparecía más allá del horizonte. En casa de Margaret encendieron las luces.

—¿Necesitas que te ayude con algo más?

—A decir verdad, sí... —dijo la dueña, saliendo de la habitación con Natty en brazos—. Llévate a tu monstruito. —Se la tendió, mirando los números apuntados en las hojas sobre el mostrador, junto a la caja registradora—. Ya está bien por hoy.

—Mañana trataré de liquidar la cuenta, es que tengo la cabeza que... —ella sostuvo la niña y besó una de las rechonchas mejillas— no da para más.

—¿Y cómo lo harás?

—Trato de poder pagar todas las deudas, pero es más complicado de lo que pensaba. Todavía te debo dos meses de alquiler.

Con Natty en brazos recogió su bolso, así como la bolsa que Brenda le había entregado en la cafetería.

—Las pagarás cuando te hagas millonaria —decretó Margaret, empujándola hacia la salida—. Me duele la cabeza y de un momento a otro tu adorable monstruo de las galletas comenzará a berrear —le abrió la puerta—, así que vete.

—Un día te compensaré todo esto —le aseguró. Si ella supiera...

—Las dos sois peores que un grano en el culo —sonrió. Cerró la puerta y corrió la cortina que cubría el cristal de la misma—. ¡Que dos granos en el culo! —se la oyó gritar.

—No sé si te has dado cuenta de que nos han echado. —Sonrió a la niña mucho más despierta y, volviendo a su juego de manos—. *Twinkle, twinkle, little star, how I wonder what you are* —le cantó mientras bajaba la escaleras.

Cruzó el jardín y entró en el suyo tras abrir la verja de un puntapié. Subió las escaleras y logró abrir la puerta con el codo. Una vez dentro, dejó bolso y bolsa sobre el sofá. El movimiento nervioso junto con el lloriqueo de la niña indicaban hambre.

—Natty, espera un minuto —pidió, aunque no sirvió de nada, más bien todo lo contrario pues el llanto aumentó—. Vale, vale —suspiró ella, volviendo al porche. No hacía frío por lo que se sentó en el sofá colgante y acomodó a Natty sobre un cojín rosado entre sus piernas. Sosteniéndola con un brazo contra su pecho, desabotonó todo lo que la parte superior del uniforme le permitía—. *Twinkle, twinkle, little star, up above the world so high, like a diamond in the sky* —canturreó, sonriendo por la respiración agitada y las manos ansiosas que presionaban su pecho. Bajó el encaje del sujetador, no tenía que hacer más. Rebeca cerró los ojos y descansó la nuca en el montante del sofá—. *How I wonder what you are.*

Ya no se trataba de una succión suave, los dientecitos del maxilar inferior le pellizcaban el pezón y, demonios, en ocasiones era realmente molesto... o no. Era beneficioso para la niña, por lo que no habría dejado de darle el pecho, pero la succión sin piedad y el roce de dientes le recordaban demasiado a... No, no quería recordar. Tampoco podía ir al pediatra para explicarle que ese dolor la excitaba y que su gusto por el sexo tenía un lado oscuro. Ardería por lasciva en la hoguera de la vergüenza.


—Mac, tienes la gran suerte de que el *sheriff* ya se jubila, así que podremos arreglar algo coherente.

—Alex, ¿Cuánto tardaré en recibir todo lo necesario? —Al final de la calle, McNamara, sentado en la parte trasera de un taxi, miraba el porche donde podía discernirla sentada en el sofá—. Avance un poco más —pidió al taxista sin despegar de su oído el auricular del teléfono móvil.

—Podría llevártelo personalmente a finales de semana.

—Oye, que solo estamos a miércoles.

—Bueno, vale, el viernes por la mañana estaré ahí y pondremos todo en orden.

—Bien —dijo, y colgó—. Pare. —Estaba lo bastante alejado y bien a cubierto como para que ella pudiera reconocerlo desde allí arriba. Sin embargo, él sí podía verla con bastante claridad—. Aparque justo ahí —indicó Nathan al taxista—. Eso es, justo aquí.


—Natty, se supone que no puedes depender de esto —dijo Rebeca mientras la pequeña, bien adherida a su pecho la miraba sin dejar de tragar—. Natty, Natty —añadió, moviéndose un poco para sacar del bolsillo de la falda un chupete, lo destapó y con él rápidamente sustituyó su dolorido pezón en la ávida boca del bebé—. Si no te engaño de esta forma, es imposible que te sueltes. —La levantó, colocándole la cabecita en su hombro para así poder acariciar la espalda de la criatura, que no estaba especialmente contenta con el cambio—. ¡No se acaba el mundo! ¿Nos vamos dentro? —susurró al oído del bebé dándole besitos en el cuello mientras se levantaba del sofá.

—¿Esperamos a alguien, señor?—preguntó el taxista.

—No.

—¿Quiere que lo deje aquí?

—No.

—¿Entonces?

Nathan la vio entrar y cerrar la puerta.

—Lléveme donde me ha recogido.

Apartó la mirada de la casa y asintió al hombre que lo observaba a través del retrovisor.


La noche se cernió sobre el pueblo. Esto no era Nueva York con sus luces, su barullo y aglomeración de gente. Esto era silencio y placentera tranquilidad.

Ashley se quitó las sábanas de encima para disfrutar de la agradable brisa que entraba por la ventana. Suspiró, cerrando los ojos y tratando de volver a dormir. No, no iba a poder dormir. No con las punzadas en sus pezones ligeramente agrietados. Se moriría de vergüenza si tuviera que admitir que no se había untado la piel con la crema porque le gustaba el dolor lacerante que provocaba el encaje del sujetador rozando sus hipersensibles salientes. Sus pezones, antes pequeños y retraídos, habrían dificultado el poder amamantar. Este habría sido su caso, pero Natty había tenido suerte. Gracias a las dolorosas pinzas, a otros dientes y otros labios, lo que antes eran pequeñas protuberancias, actualmente eran dos malditos focos de placer doloroso que respondían a cada pequeña succión o roce. Si un psiquiatra supiera que ella preferiría tenerlos agrietados a sanos y sin sensibilidad, la encerrarían. Añoraba el mordisco de las pinzas presionando cada vez más su carne, marcándola y dilatándola. Recordaba cómo la barba dura puntiaguda de dos días raspaba la delicada piel de sus nalgas.

Era enfermizo. Amar a alguien tan profundamente hasta el punto de solo desear sus dientes mordiendo, sus dedos pellizcando y amoratando la piel. Parecía algo inverosímil el querer tanto caricias como estocadas inmisericordes que provocaban instantes de placer y de dolor, gritos y desmayos. A cada nalgada más amor. A cada tirón de pelo más convencimiento de no poder vivir de verdad sin eso, de no poder vivir sin su Amo.

«¿Por qué todavía haces que llore por ti? ¿Qué hace que ame tanto tus golpes como tus besos? ¿Por qué, por qué? ¿Por qué te has metido tan dentro de mi piel que todavía ardo con solo rememorar el sonido de tu voz? Aprieta mi cuello, arrebátame el aire de los pulmones y todavía mis labios continuarán diciéndote cuánto te quiero. ¡Porque te quiero, te quiero! ¿No me oyes, maldito bastardo? ¡Vuelve para poder volver a sentir cuánto me quieres tú! Porque me quieres, sí que lo haces. ¿Cómo podrías no hacerlo, tú que conoces tan bien mis límites? A cada mordisco, arañazo, estocada, nalgada solo dejabas claro hasta qué punto me querías, tanto que necesitabas dejarlo escrito en mi piel...».

Las manos cubrieron su rostro, impidiendo que las lágrimas vagaran mejillas abajo.

«Átame de nuevo, golpéame tan fuerte como consideres. Trabaja mi cuerpo a tu antojo. Solo aparece tras mi espalda y atrapa mi cuello bajo una de tus manos y...y...».

—¡Aprieta! —imploró ella. Con los ojos cerrados y cubiertos por sus manos vio claramente los enormes iris verdes de Nathan, mirándola—. Aprieta —susurró en un sollozo.

# Capítulo 12

Y UN DÍA LOS MUERTOS SE LEVANTARÁN...

*El viernes de aquella misma semana...*

Los dos amigos, pues eso eran además de jefe y subordinado, iban acercándose a la cafetería El tío Bob el viernes acordado.

—¿Esta locura tiene algo que ver con esa chica?

—¿Quieres un café, Alex?

—¿A ver, te dignarás contestar en algún momento a mis preguntas..., señor *sheriff*? —replicó, parándose en mitad de la calle.

—No empiezo a ejercer hasta la semana que viene. —Nathan sonrió, abriéndole la puerta de la cafetería. Lo invitó a pasar primero—. Por favor.

—Debe ser de las pocas que quedan donde todavía se permite fumar —masculló Marshall, sentándose tras haberse hecho con una cajetilla de tabaco y dejarla sobre la mesa. Sacó un cigarrillo, lo encendió y aspiró el humo—. ¿Qué tiene ella de especial?

—Creí que no volvería a verte, encanto —sonrió Brenda, poniendo dos tazas sobre la mesa. Sirvió el potente café y se dispuso a apuntar el pedido—. De la manera que estáis los dos me parece que nos vamos a quedar sin suministros. ¿Y este de ojos azules es amigo tuyo?

—Conocido —respondió el propio Alexis, ya que McNamara parecía distraído buscando algo con la mirada—. ¿Qué quieres tú, Mac?

—Lo mismo que vayas a tomar tú —escupió él, crispándose porque no lograba encontrarla.

—Lo siento, lo siento —se disculpó Rebeca, atándose el delantal a la cintura. Miró a Bob—. Natty ha pasado mala noche y yo no he oído el despertador. —Se mordió el interior de la mejilla—. Recuperaré esta hora, te lo prometo.

—Has hecho bien en entrar por detrás, estamos hasta los topes y ya sabes que por aquí la gente piensa mal enseguida.

El buenazo de Bob hizo como si nada y colocó sobre el mostrador dos platos listos para que las camareras se los llevasen.

—Ponte a trabajar y lo olvido.

—¡Gracias, gracias! —Rebeca cogió los dos platos y antes de mirar el número de mesa, se estiró para besar la mejilla de Bob—. Cada día te pones más atractivo.

—¡No tientes tu suerte! —amenazó él con la rasera, viéndola menearse en dirección a las mesas.


—¿Todo el género femenino está así de bien proporcionado en este lugar? —Alexis Marshall rio. Frunciendo los labios por la temperatura del café, sopló. Miró a McNamara, esperando algún comentario jocoso. Al no obtener respuesta, dejó la taza sobre la mesa—. ¿Nathan?

Se fijó en una chica de espaldas a ellos unas mesas más allá. Estaba sirviendo dos platos y reía por los comentarios más que halagadores que los clientes, un par de vejestorios, le hacían. Alex volvió a mirar incrédulo a Nathan al comprobar que el perfil de la mujer era igual al de...

—No me jodas. ¿Ashley Ferguson?

Él mismo había arreglado documentación falsa y otra serie de asuntos cuando McNamara le había pedido ayuda para desaparecer de West Gilgo Beach. ¡¿Era ella?!


—Voy a por él —respondió Rebeca a la petición de sirope de arce— y enseguida vuelvo. —Se movió hacia la despensa de la cocina, allí cogió un bote nuevo y le quitó el precinto—. Estamos algo faltos de sirope, yo no esperaría a final de mes para hacer el pedido. ¡Sí, sí! —contestó a la risa de Bob. Rápidamente regresó a la mesa donde entregó el sirope—.

Llamadme si os falta algo más. —Y se dirigió a otra mesa—. Hay dos opciones en la vida —contestó Rebeca.

—¿Solo dos? —preguntó el hombre más joven del grupo de cinco al que ahora estaba sirviendo.

—Quedarse soltero y sentirse desgraciado, o...

—Casarte y desear estar muerto —respondió este, adelantándose a ella.

—¡Oh, vamos no será para tanto! —replicó Rebeca—. Sois unos exagerados.


—¡¿Qué coño haces?! —gritó Alexis al niño que había tropezado con su silla. Dio un salto atrás para evitar que le cayera más café hirviendo sobre la pierna—. ¡Joder, cómo quema! —rugió sacando una servilleta tras otra para secarse.

—¡Yo estoy más cerca, Brenda! —gritó Rebeca, girando sobre sus pies. Se acercó rápidamente al lugar del incidente dónde había trozos de taza esparcidos por todo el suelo—. ¿Se han quemado?

—¡Claro que me he quemado! —bramó Alexis, frotando la mancha de café en sus pantalones—. Pero no es culpa de nadie, el pobre niño solo ha tropezado, señorita, así que... ¿Señorita?

«¡Mierda, definitivamente es ella!».

Otra habría gritado o llorado, ella no. No era capaz de reaccionar. McNamara tenía sus ojos sobre ella y Ashley era incapaz de mover ni un solo músculo. En vez de acelerar, su pulso disminuyó.

«¡Reacciona, reacciona, reacciona!».

El rostro antes siempre perfectamente maquillado lo llevaba ahora limpio. La ropa demasiado provocativa había sido sustituida por el uniforme de trabajo y los pies, siempre sobre altares de más de diez centímetros, iban ocultos en unas sencillas zapatillas deportivas de color blanco.

—¿Qué tal eso de estar muerta, nena?

No era un espejismo, estaba aquí, ante ella, sentado de aquella forma tan chulesca, con su cabello negro y platinado peinado hacia atrás, las gafas de aviador descansando sobre la cabeza y sus ojos quemándola. Ashley tragó saliva seca. El café goteaba de la mesa hasta los pantalones de McNamara, manchando el tejano pero no fue eso lo que captó su mirada, sino... Sabía que lo que abultaba justo entre sus muslos él lo utilizaría contra ella una vez la atrapara. Estaba enfadado. No, enfadado, no. Volvió a mirarlo a los ojos. Estaba peligrosamente cabreado.

# Capítulo 13



Ashley huyó y en su carrera chocó con Brenda. Los platos que esta llevaba en las manos volaron por los aires. Salió por la puerta trasera y de ahí a la calle, desoyendo gritos y llamadas para que se detuviera. Corrió sobre el asfalto con el corazón en su garganta; solo tenía que ir a la tienda-casa de Margaret, coger a Natty y subir ambas al coche. Entonces conduciría, conduciría para alejarse de él y de todos los peligros que representaba. Corrió, corrió como alma condenada al patíbulo y preguntándose cómo diablos la había encontrado. Los ojos le lagrimeaban por el esfuerzo; un poco más y llegaría... Por fin allí, empujó la verja, subió las escaleras y golpeó la puerta para abrirla.

—¿Dónde está Natty? —preguntó casi sin aliento.

—Durmiendo. —La mujer ocupada en colocar lirios violetas en un gran jarrón sobre la mesa se quedó mirándola sin comprender—. ¿Qué pasa, Rebeca?

—Tengo que llevármela, tenemos que irnos. —Corrió tienda adentro, sorteando muebles y algún juguete de la niña que se encontraba en el suelo. Entró en la estancia seguida por la mujer, que trataba de entender lo que ocurría, pero no respondió a ninguna de las preguntas. Ashley sacó a Natty del parque, la sostuvo en brazos y con ella todavía medio dormida salió del cuarto—. Cuando pueda te haré llegar noticias, no sé, te llamaré o algo. Sosteniendo la niña casi como si fuera a asfixiarla, fue dirigiéndose a la puerta—. Te lo prometo.

—¡Nada de eso! —Margaret forzó sus viejas piernas a moverse con más rapidez hasta quedar tras Ashley y extendió una mano, dejando que uno de sus dedos fuera aferrado por una manita de la niña que ya empezaba a lloriquear—. ¿Qué pasa? —Sacudió la cabeza de un lado a otro. Ashley se volvió a mover, alejándose. El miedo emponzoñaba el aire y ese miedo surgía de ella. El aire apestaba literalmente a miedo—. No puedes despertar a la niña y correr de este modo sin darme una explicación coherente —protestó Margaret.

—Te prometo que me pondré en contacto contigo cuanto antes.

Sujetó fuertemente a Natty, con la cabeza recostada en uno de sus hombros, abrió la puerta y los rayos del sol dieron directamente en su cara, casi cegándola.

—¡Rebeca, haz el favor de decirme qué pasa! —Fue tras ella, retuvo la puerta y, colocando una mano sobre sus ojos para tratar de resguardarse algo de la fuerte luz solar, discernió la enorme figura que subía por las escaleras—. ¡Rebeca, contéstame!

Ella estaba ahí de pie, completamente parada, helada, mirando al gigantón que no dejaba de avanzar.

Dos escalones los separaban, solo dos. En sus brazos, Natty dejó de reposar la cabeza sobre su hombro y se irguió, abrió los brazos y movió las manitas con el gesto de «aúpame, aúpame». Ashley negó, presionándola contra su pecho, y retrocedió. La niña no podía saber que había consanguinidad, era la genética, el lazo invisible.

El suelo de madera del porche crujió bajo el peso de Nathan.

—Deja que la señora Larsson coja a la niña y acompáñame —ordenó él, introduciendo ambas manos en los bolsillos del tejano. No pedía, él nunca lo hacía, y eso Ashley lo sabía muy bien—. Vamos, se está poniendo nerviosa. Dásela. —Rebeca llevaba el cabello corto, teñido de un negro intenso, casi azulado. Estaba ligeramente más rellena, sobre todo sus piernas, sus muslos. No es que ella hubiera sido poquita cosa, pero ahora se veía más contundente, más mujer. Él bajó las oscuras lentes de sus gafas y miró de reojo a Natasha, que se agitaba ya en pleno llanto tratando de que él mismo la cogiera—. Dale a la niña. ¡Ahora! —Mejor con la señora Larsson que con él. Ashley la separó de su pecho, torció el cuerpo y se la entregó. Ese «¡Ahora!» ponía en marcha un automatismo, una acción-reacción instantánea a la que ella se resistía—. Acompáñame, Natasha se quedará con la señora Larsson. —Extrajo una mano del bolsillo y sus dedos la citaron—. Vamos. —

Pero ella ni parpadeó—. ¡Vamos! —Ashley meneó la cabeza de un lado al otro enfatizando un decidido «no» que no articuló, pero aquellos movimientos eran suficientes. No quería ir con él, no sabía adónde ni para qué. Nathan inhaló sonoramente—. La niña no se moverá de aquí, estará completamente segura con la señora Larsson —afirmó con un movimiento de cabeza. Sacó la otra mano para apuntar con ambos índices—. Tú te vienes conmigo.

—No... no. ¡No! —farfulló, ya agarrada por la muñeca—. ¡No!

Al forcejear para liberarse el apretón subió a ambos brazos. Los grandes dedos se clavaron en su carne y sus mismos pies volaron otra vez sobre el suelo.

—Sí, corra a llamar a la policía —soltó McNamara tras el coro de amenazas proferido por la mujer que sujetaba a la niña hecha un mar de llantos. Cargó con Ashley como si fuese un saco de patatas escaleras abajo. Salió del pequeño jardín para entrar en el otro, cruzarlo, subir el nuevo tramo de escaleras y detenerse en el porche—. Quieta. —Sin soltarla sacó un extraño juego de llaves y con una de ellas abrió la puerta como si tal cosa—. «Quieta» es un «no te muevas» —dentelleó él, hincando mucho más que antes los dedos en el antebrazo tras el fuerte tirón de Ashley—. Y ahora, ¡adentro!

Ya en el interior, Nathaniel la dejó en el suelo y cerró la puerta tras de sí.

Lo que sentía ella no era miedo o algo de alarma, era directamente terror. Se preguntó cómo podía él tener las llaves, si había entrado antes y, sobre todo, qué hacía allí. Ashley retrocedió y se quedó clavada en el suelo sin nada que poder articular ni piernas capaces de huir.

McNamara la observó durante casi un minuto, uno de esos largos e intensos minutos, profundamente incómodos para ella.

—Siéntate. —Le señaló un pequeño sofá—. Siéntate. —Asintió cuando ella obedeció—. Tienes la casa echa una mierda, grifos que gotean, sillas cojas, puertas de armarios medio sueltas. —Jugó con las llaves, haciéndolas bailar en la palma de su mano—. Es obvio que la nena de papá no va a saber arreglar una gotera si hace dos días no sabía ni hacerse su camita. —Él sí sabía bien de lo que hablaba, ya que había recorrido la casita de arriba abajo, no una vez ni dos, sino tres y más. En los cuerpos de élite le habían enseñado algo más que a apretar el gatillo. Como hogar seguro, la casita era un desastre—. Arreglaré esto y luego buscaré algo más adecuado. Natasha no puede estar viviendo aquí y tú tampoco.

«¿Que iba hacer qué?», se preguntó Ashley. Vio que llevaba mucho más cabello platinado que antes, incluso en la quijada bien afeitada batallaba el plata con el antes potente negro. Diminutas arruguitas se habían dibujado en las comisuras de los salvajes ojos verdes, un testimonio fehaciente del paso del tiempo; pero eso no había desmejorado su aspecto, lo hacía tan solo algo distinto. Aunque lo muy llamativo era la pérdida de masa muscular y por consiguiente de peso. Las conocidas mariposas volvieron a reunirse y a revolotear arriba y abajo en el estómago de la joven.

—¿Arreglar y buscar? Un momento, un momento. ¿Qué quieres decir con eso?

—Pues lo que he dicho, primero arreglar esto urgentemente y luego buscar algo en condiciones. —Enarcó una ceja—. ¿En este tiempo te has vuelto tonta del todo y te cuesta entender las cosas o qué? —Él también podía haberse vuelto algo idiota, ya que una parte de su corazón, esa que creía muerta, volvía a la vida con ella mirándolo. No es que se hubiera vuelto un romántico, pero... ella lo trastocaba—. ¿O te piensas que me daré la vuelta, me olvidaré de vosotras y volveré a Nueva York como si nada? —Sonrió, una sonrisa de las peligrosas, avanzó hacia Ashley hasta que la mesa de té entre el pequeño sofá y él le impidió seguir—. Vamos, nena, no puedes haberte vuelto tan estúpida. —Había dicho «vosotras», se refería a Natty y a ella, quien comenzó a hiperventilar, con la respiración golpeando sus pulmones al forzarlos—. Todo te estaba saliendo a pedir de boca, cojonudo. Vida nueva mientras los demás pensaban que estabas muerta y bien enterrada. —McNamara pateó la mesa, empujándola violentamente a un lado para despejar el camino hacia Ashley—. ¿Qué coño importan los demás, qué importo yo? —Se tensó e irguiéndose del todo se pasó la mano izquierda por la boca—. Tuvo que ayudarte alguien, y alguien realmente bueno, pero ese no es el puto caso ahora. —La miró como si fuera capaz de traspasarla con su intimidante mirada verde—. Déjame ver tus muñecas.

—¡No, no, eso sí que no! —Como una niña retiró los brazos hacia atrás, tras su espalda, subiendo las piernas al sofá, rodillas contra pecho.

—¿No? —Él se comió la distancia de una zancada y, prendiéndola por las muñecas la alzó del sofá, centrando su mirada en los feos cortes de las muñecas—. ¡Ignorante! —espetó al ver los cortes horizontales, profundos, mal hechos. Pasó los pulgares de ambas manos por ellos, estaba claro que habían suturado como habían podido después del destrozo que ella se había hecho. También era evidente que a ella no le importaba que se vieran las cicatrices porque si no vestiría manga larga durante todo el año—. Si querías abrirte las venas, deberías habértelas cortado a lo largo así no habría quien hubiera podido suturarte. —Los costurones salpicaban los delicados brazos, pero... —. ¿Qué cojones te has hecho? —Con la zurda sujetó las manitas y con la diestra alzó la cabeza de la mujer para encontrar su mirada—. ¿Lo sabías? —Se estaba poniendo enfermo. Ella no podía haber sido capaz de mutilarse de esa forma sabiendo que... —. ¿Lo sabías? —La misma mano que hacía unos segundos le había alzado la cabeza la agarró dolorosamente por la mandíbula inferior—. Te he hecho una pregunta.

Los huesos iban a quebrarse, tanta presión no la dejaba articular. Las lágrimas se acumulaban en sus pestañas, enrojecían e inflamaban sus parpados. Abrió los labios para tratar de decir un «no». Ashley pudo soltar ambas manos, liberándolas, y golpeó con las palmas los brazos y el pecho de Nathan, pero cuanto más golpeaba, más dolor sentía.

McNamara recordó lo del lavado estomacal, no obstante dudó si eso había sido antes o después de las lesiones. Bajo sus yemas, la piel de la cara bañada en lágrimas se estaba enrojeciendo, presionó un tanto más levantándola del suelo ligeramente para que sus narices hicieran contacto.

—¿Lo sabías? —La soltó empujándola contra el mullido cojín del sofá y se aproximó. —Ashley no podía retroceder más, pero se hubiera fusionado con el material contra su espalda para desaparecer. A pesar de no tener la gran manaza en su cara, le seguía doliendo. Se agarró al cojín bajo su trasero cuando el primer botón de la camisa de su uniforme saltó. El tejido de su sujetador padecía de lo lindo por tan agitada respiración. Nathan la aplacó para que no cometiera la estupidez de intentar salir corriendo. Se acuclilló y le puso las manos duramente en los hombros—. Responde. ¡Que me respondas! —demandó peligrosamente.

Ella lloraba tanto que podría deshidratarse y él odiaba verla llorar.

No sabía cómo explicárselo. A ella misma le había costado mucho comprenderlo. Ahora tendría que explicar lo que nunca pensó deber contar, que ciertos analgésicos pueden anular el efecto de los anticonceptivos. Gimoteó, mirándolo, con la mandíbula resentida. La potencia que ejercían las manos en sus hombros estaba haciendo que crujieran.

—Las píldoras...

Esa era la única explicación posible ya que él mismo le suministraba diariamente tanto los anticonceptivos como algún que otro analgésico.

—¿Cuándo? ¿Lo sabías cuando tuvieron que lavarte el estómago o cuando te lastimaste de tal forma, dejando esas horribles cicatrices en tu piel? ¿Cuándo? —repitió, volviendo a agarrarla esta vez justo por debajo de la barbilla con los dedos fijándose en la blanca garganta.

—No... no lo sabía. —Tan cierto como que ahora le costaba respirar. Sin dejar de mirarlo subió sus dos manos y rodeó con ellas las de él—. Después...

—¿Después de qué, cuándo?

—Después, después, después... —repitió Ashley.

Nathan no la soltó, tan solo aflojó la fuerza con la que la agarraba por el cuello. Resopló tratando de tranquilizarse.

—Escúchame y hazlo bien. —Los ojos chocolate se fijaban en los suyos a pesar de la continua lluvia que los entelaba—. Podríamos hacer las cosas de forma legal, demandarte y pedir pruebas de paternidad que... —presionó fuertemente de nuevo— obviamente darían positivo. Viendo las condiciones en que estás sería muy fácil quitarte la custodia de la niña. Recuerda que tengo buenos y poderosos amigos y que a ti no te queda ni uno... ¿Rebeca? —Hizo una pausa—. ¿O Ashley? No sé cómo llamarte. —Aflojó la presa—. Mejor dicho, los que te quedan, si saliera la verdad a la luz no querrían saber nada de ti por haberles engañado durante un jodido y largo año. —Nathaniel se levantó y apretó los puños, la tensión dolía en su espina dorsal y sobre todo en sus mandíbulas—. ¿Qué vas a responder? No me digas que recurrirás a tu padre y que él querrá ayudarte después de haberte hecho pasar por muerta para encubrir que te quedaste preñada de su puto jefe de seguridad. ¿Sabes por dónde voy? —cuestionó él y alzó la voz—. ¿Lo sabes o no? —No hubo respuesta, tan solo los ojos de Ashley volvieron a mirarlo—. Significa que si no haces todo cuanto yo te diga, te quitaré a Natasha y lograré que no puedas verla en lo que reste de tu puta y miserable vida. ¿Entiendes? —Ella estalló en un sonoro llanto y McNamara volvió a acuclillarse. Con las dos manos enmarcó suavemente la trémula cara de la mujer—. Pero te portarás bien y no me obligarás a hacerte eso, ¿verdad? —Con el asentimiento de ella y sus dedos barriendo hacia los lados las constantes lágrimas masculló—: Voy a ser el hijo de puta de tu marido, que al enterarse de que había puesto un «bollito» en tu horno se largó, te abandonó y tú acabaste aquí. Ahora, tras encontrarnos, vuelvo para comportarme como un hombre y, como tú me quieres, me vas a dar una oportunidad.

Ashley se preguntó si todo consistía en eso o en otra cosa. Sea lo que fuere, ella aceptaría. Lo que era más, lo aceptaba ya mismo. Lo vio erguirse de nuevo y caminar hacia la repisa de la cocina para recoger una carpeta. De ella sacó un documento y le ofreció un boli para que firmara. Sus ojos llorosos leyeron y releyeron el papel.

—¿Un acta matrimonial? —se cuestionó a sí misma en voz alta.

—Quiero que lo firmes, pero si tu no quieres, no será necesario, tengo a quien lo haga por ti. Piensa que el firmar sería una muestra de buena voluntad por tu parte. Además, ten en cuenta que si no te portas como una buena chica y no firmas, te quitaré a Natasha. —Dejó que ella cogiera el bolígrafo—. Firma como Rebeca McInri Richardson —puntualizó él antes de que Ashley presionara la punta sobre el papel—. Falta algo. —Se oían pasos, subían las escaleras y llegaron al porche. McNamara metió la zurda en uno de sus bolsillos mágicos y sacó una cajita de terciopelo rojo, la abrió y le mostró una alianza—. Dame la mano. —Ella se la extendió, temblorosa. Nathan guardó la caja y pasó el anillo por el fino dedo de Ashley—. Muy bien, señora McNamara, ya me ocupo yo de registrar legalmente este documento —susurró, aliviado.

Al oír el golpeteo en la puerta le quitó la carpeta y la dejó en uno de los cajones de la cocina, caminó tranquilamente hacia la puerta y la abrió.

Ashley se había fijado que cuando pasó la alianza por su dedo, él ya llevaba una idéntica a la que ahora lucía en su mano. Se quedó con la mirada clavada en ella, con la mano aún alzada frente a sus ojos. Ni oía los porrazos en la puerta.

La señora Larsson apareció con Natasha en brazos. La seguían el que parecía ser el *sheriff* junto a tres hombres más: un ayudante de *sheriff*, otro tipo que no sabría encasillar en ningún sitio y Alexis. Estaban todos en el porche.

—Este es Ben Harmon, un joven médico del pueblo —aclaró el que todavía era el *sheriff*, quitándose el sombrero y pasando una mano por su blanco cabello. Extendió la otra hacia Nathan para saludarlo—. Ya tenía ganas de conocerle, señor McNamara, aunque no esperaba que fuera así. —Señaló a la señora Larsson—. Nos ha llamado...

—Lo sé. —El que interrumpió esta vez fue Nathan—. No han sido formas, pero no sabía cómo abordar la situación. No soy hombre de mucho tacto y, después de todo, reconozco que ha sido la peor forma de hacer las cosas, así que... lo siento. —Extendió los brazos y movió las manos, haciendo que la niña se estirara y riera aún con los ojos llenos de lágrimas—. Señora, gracias por cuidar de mi hija, ¿quiere dármela? —Tanto él como ella sabían que era eso mismo, pero la mujer lo fulminó con la mirada al entregársela—. Hola, princesa —susurró contra una de las sienes al colocarla debidamente entre sus brazos—. ¿Señores, quieren hablar con Rebeca?

—No creo que sea necesario. —El *sheriff* se puso el sombrero y volvió a estrechar la mano del grandote, después se dirigió al otro—. Creo que ustedes dos harán mucho bien a Fe.

—¿Dos? —Nathan miró a Alexis.

—Sí, bueno, no te lo había comentado todavía, pero... yo voy a estar a tus órdenes de nuevo, sí, señor. —Clavó su mirada en él y añadió—: Voy a acompañar a estos señores a comisaría y me ausento hasta el lunes para arreglar asuntos personales.

—¿Y se van así, sin siquiera hablar con ella? Pero... pero, *sheriff*

—tartamudeó el Doctor Harmon, viéndolos a punto de bajar las escaleras—. Por... por lo menos..., pero, oigan...

Nada. Se giró, mirando al que había dicho ser el marido. El pobre Ben Harmon se sentía en fuera de juego, pues Rebeca siempre había declarado ser madre soltera.

—Perdone, señor McNamara... —se disculpó el *sheriff*.

—No hay problema —interrumpió Nathaniel—. Si quiere hablar con ella, adelante. Ya se lo dije antes... ¿O tiene algún problema de audición, señor doctor?

—Seguro que no tiene ninguno —añadió Alexis—. Yo lo acompañaré hasta su consulta, doctor, y después me pasaré por comisaría.

«¡Oh, oh, oh! Macho alfa marcando territorio, pero vale más saber de antemano dónde le pueden sacar a uno una bala y no acabar haciéndolo en la cocina con una pinza por puro desconocimiento».

Alexis miró a McNamara mientras tiraba de Harmon.

—El lunes estoy aquí sin falta.

Nathan, que segundos antes había acompañado la cuadrilla hasta el porche, volvió a entrar, dejando paso a la señora Larsson.

—Vuelva cuando quiera —dijo cuando ella pasó delante de él, estirando el cuello como una tortuga.

—Si... si les haces daño, mala bestia, lo pagarás caro. —Le golpeó el pecho a media altura con un viejo dedo. Siguió hacia la escalera y se paró en el primer peldaño—. Rebeca, no dudes en llamarme, estoy aquí al lado y tengo permiso de armas. —Ella era de aquellas viejas americanas con un rifle en cada armario—. Ya sabía yo que eras un jodido poli.

También había adivinado que él era el padre de Natty en el mismísimo momento que había visto el tono verde de sus ojos. Margaret bajó las escaleras, refunfuñando.

—Qué miedo... —susurró Nathan al cerrar la puerta—. Ah, ¿y qué tal la tiene el señor doctor? —añadió él, acercándose a Ashley para entregarle la niña que se estiraba hacia su madre—. Parece tener complejo de polla.

—No sé por qué dices eso. Es el médico de Natty y no lo conozco tan personalmente.

Todo había llegado tan de sopetón que Ashley temía estar inmersa en una pesadilla.

Cogió a Natty, que se movía como un gusano, buscó el chupete en uno de sus bolsillos, donde siempre había uno, vistiera lo que vistiera, lo destapó y se lo metió en la boca, pero Natty lo escupió. Negó y volvió metérselo, ya que había caído sobre el sofá; al mismo tiempo comenzó a mecerla sobre sus piernas.

—¿Por qué no le das lo que quiere a la niña? —preguntó Nathaniel, cruzándose de brazos y dejando de mirar a la pequeña que empezaba a lloriquear, dando brincos sobre las piernas de su madre. Siguió con la idea fija que ya rondaba su mente—. Pues parece que a él le encantaría conocerte muy personalmente. Olvídate de que Natasha siga yendo a ver a ese gilipollas. Y tú también vas a dejar de hacerlo. Iremos hasta Jones y buscaremos otro pediatra.

—A ella le gusta... —dijo Ashley tragándose el «a mí también»—. El Doctor Harmon la ha visto desde que nació, no sé por qué tengo que buscarle otro médico.

—Porque lo digo yo, no lo olvides. —Lo que él decía iba a misa, sencillamente eso.

Ashley arropó la pequeña, recostándola contra sí y la balanceó suavemente, aunque por mucho que su mano diera suaves toquecitos en el trasero abombado por el pañal o sus brazos la acunaran, Natty no callaba. El chupete esta vez sí cayó al suelo.

—¿No tienes nada de sueño? —preguntó ella amorosamente. Sí que lo tenía, se le notaba, sin embargo la cabezonería era más pesada que el sueño por ahora.

McNamara avanzó hasta sentarse también en el poco espacio que quedaba del pequeño sofá.

—¿Por qué la haces sufrir? Ella no tiene la culpa de que a ti no te apetezca atenderla como debes. —Su fuerte mano desabotonó hasta donde pudo la parte de arriba del uniforme de Ashley, apartó la blanca tela y seguidamente desabrochó el enganche de la copa del sujetador de lactancia.

—No tardará mucho en dormirse.

Él sonrió, mirándola mover la cabeza y abrir y cerrar los labios, su mano bajó por el blanquecino pecho, acarició con las yemas la aureola y rozó el inflamado y enrojecido pezón.

—Eso es, princesa —masculló cuando la niña adhirió la boca al saliente y apoyó su manita contra el pecho. La observó mientras esta, a pesar de estar mamando, mantenía sus ojos sobre él. Lo de princesa venía a... no lo sabía, quería llamarla así y punto—. ¿Estuvo muy azulada?

—¿Qué?

Cuando él se sentó a su lado y le desabrochó la ropa, ella miró hacia delante, a un punto fijo en la pared. Esto no podía estar ocurriendo.

—¿Estuvo muy azulada? —insistió Nathan. Levantó la vista hacia Ashley y fue en busca de su barbilla, le giró suavemente la cara—. Leí en los informes que estuvo cianótica.

—Sí. —Ella miró los mismos ojos verdes, el mismo brillante color pero esta vez no eran los de Natty, eran los verdes ojos de quien le había regalado el mismo tono—. Le faltó oxígeno al nacer.

—Eso leí. —Él quería besarla, pero dudaba de si aquí las cosas podían hacerse como siempre, o sea, como él quería—. Doce de agosto a las veintiuna quince, tres kilos cien gramos, cincuenta y un centímetros, O positivo. —Se lo había aprendido de memoria.

—¿Es verdad que vas a ser el nuevo *sheriff*?

—Sí.

Tenía que hablar, no podía quedarse mirándolo.

—Haré todo lo que tú digas. —Los pequeños dientes de Natty pellizcaron su pezón, haciendo que se tensara. Bajó la vista.

—Lo sé. —Odiaba esa mirada de cachorrito asustado y verla llorar... Odiaba en cierto modo hacerle eso, no obstante, no tenía otra salida. Entrecerrando los ojos, miró a la niña que seguía aferrada al sonrosado pico—. Nunca me enseñaste ninguno de tus dibujos.

—Nunca te vi con pinta de interesarte por mis dibujos.

—Las apariencias engañan. —Él acarició de nuevo la mejilla de la pequeña hasta que esta, con la boca abierta en torno al pezón, se quedó dormida...—. No sabía que eras tan buena.

Era realmente buena a pesar de no haber recibido clase alguna o por lo menos que él supiera. Se preguntó por qué papaíto nunca la había enviado a estudiar Bellas Artes en vez de Economía, algo que se le daba tan mal.

Al investigar descubrió que la mitad de la ropa en el armario de Natasha había sido pintada por su madre, al igual que las paredes y las sábanas, y no solo eso. Muchas otras madres y niños del pueblo contaban con piezas de ropa que Ashley había decorado con colores para textil. Eso le había procurado unos cuantos dólares. Tenía la ilusión de explotar bien ese talento suyo para sacarle buenos beneficios, porque además era algo que le gustaba hacer, condición indispensable para tener éxito.

—Mañana te despedirás de la cafetería y quiero que te centres en la apertura del pequeño local que he comprado en el centro del pueblo.

—¿Qué me despida?

—No puedes trabajar allí, no es adecuado para ti y mucho menos para la niña. La señora Larsson no está en condiciones de cuidar de Natasha, tú eres su madre, es asunto tuyo. —Él metió la yema de un dedo en la manita de la bebé que se había apartado del pecho de Ashley—. Pasado el verano la matricularemos en la guardería e irá unas horas, necesitará socializar.

—¿La guardería? —Ashley abrió la boca, mirándolo—. ¿Y qué se supone que voy a hacer en ese local, vender látigos, fustas y atuendos de cuero? —No estaba segura de que una tienda sado fuera a tener mucho éxito por esos lares.

—Vender tu ropa.

—¿Mi ropa?

—Sí, tu ropa. —Deslizó lenta y suavemente el dedo hasta que la pequeña lo acabó de soltar. McNamara se levantó y movió el cuello, haciendo que crujiera—. ¿Qué ibas a hacer si no?

—Pues no lo sé, como aquí todo lo decides tú.

—No es ninguna novedad. Volvemos a la rutina.

—No, no volvemos a la rutina, volvemos al ritmo carcelario.

—Si no te gusta vender la ropa que pintas, tiene fácil solución.

—¿Por qué haces esto?

—Porque es justo lo que debí hacer en su momento. —La miró—. Eso es lo que debo hacer de ahora en adelante. Debí haber cuidado de vosotras antes y voy a hacerlo ahora, así que acuesta a la niña y date una ducha. Voy a ver si puedo hacer algo en esa cocina. —Se encaminó hacia ella pero al ver que Ashley no reaccionaba añadió—: También puedes hacer las cosas a tu modo y no volver a ver a tu hija en toda tu existencia. Tú decides, cariño.

# Capítulo 14



Ashley se levantó cargando con Natty. La llevó a su habitación, donde la acostó en la cuna y, dejando la puerta entreabierta, entró en su dormitorio; de él pasó al cuarto de baño, donde se desvistió. El espejo reflejó los ligeros cambios de su cuerpo. Ella no había tenido tiempo para cuidarse, por lo tanto adiós a la magnífica firmeza de sus carnes. No estaba nada mal, por supuesto que no era ningún adefesio, pero... no era exactamente la de antes. Estaría mejor si dejara de excitarlo, con suerte se olvidaría del chantaje.

Se metió en la ducha. Temía que McNamara fuese a entrar. Para controlar el acceso no dejó en ningún momento de mirar hacia la puerta y así dar la espalda al monomando a la altura de sus riñones. Primero se le metió jabón en los ojos, luego se abrasó y congeló porque con la mano detrás no lograba graduar la temperatura. Ashley terminó de ducharse y enroscó la toalla alrededor de su cuerpo, salió del baño y caminó con los pies mojando la moqueta del dormitorio, sacó un vestido del armario y se lo puso tras dejar caer la toalla al suelo. Tenía que darse prisa en sacar la ropa interior y acabar de vestirse no fuera que...

—Quieta ahí. —Ella retuvo el aliento y, con la mirada fija en el cajón que estaba a medio cerrar, aguardó a que él hablara más. Intentó controlarse, pero el temblor que subía de sus pantorrillas a sus rodillas se apresuró en trepar y trepar hasta hacerse completamente con ella—. Abre el cajón.

—¿Para... qué? ¿Qué quieres de mi cajón? Solo hay ropa interior.

Pero los ojos color chocolate de la mujer se agrandaron, el pánico la abofeteó.

McNamara rio, con una risa silenciosa, más pérfida que la de Psicosis. Sus grandes pies avanzaban, el musculoso cuerpo se aproximó hasta detenerse tras ella.

—¿Así que no sabes por qué quiero que lo abras? —Debido al corte de pelo que lucía ella, ahora era mucho más fácil para él deslizar su nariz desde el hueco tras la oreja hasta el hundimiento que conducía al cuello—. ¿No lo sabes? —preguntó él y, colocando sus manos sobre las de ella, tiró del cajón para abrirlo del todo—. ¿Seguro, doña modosita?

Ashley cerró los ojos, presionó fuertemente los parpados, tan fuerte que dolieron.

—No, no sé... No lo sé.

La mano de Nathan guiaba la suya, sus yemas palpaban la tela de la ropa interior debidamente doblada.

—¿No? —Otra risa, aunque esta bastante más audible—. Yo creo que lo sabes perfectamente. Veamos qué encontramos entre toda esta colección de sujetadores y bragas de lo más cristianos. —Ladeó la cara para depositar un beso en la húmeda sien de la mujer—. Has cambiado tangas por bragas blancas de algodón, ¿eh? —Detuvo la búsqueda y le apretó los dedos sobre el hallazgo—. ¿Y eso? —Agachó algo más la cabeza para pegar sus labios al oído—. ¿Qué tenemos ahí debajo, un rosario, una biblia?

—¿Por qué eres así? —sollozó ella. Movió la cabeza hacia un lado, los ojos todavía cerrados—. Por favor, ya basta.

—No, no, nada de eso. —Sus dedos apartaron las dos prendas que ocultaban el vibrador—. ¿Que por qué soy así? —McNamara le hizo volver la cabeza para que lo mirara a los ojos—. ¿Eso me preguntas a mí? —Frunció las cejas—. Aunque la mona se vista de seda, mona se queda, ¿no? —Achicó ligeramente los ojos y las puntas de sus labios se alzaron en una media sonrisa—. ¿O en este caso debería decir zorra? Sí, aunque la zorra se vista de puritana seda, zorra se queda.

Ashley se revolvió. No supo bien, bien cómo logró deshacerse de su agarre. Él estaba ahora a unos buenos centímetros de ella.

—¡Cabrón! —soltó. Se dio una palmada mental en la espalda en plan «bien hecho, chica» y con los puños apretando su cintura añadió—: ¡Cerdo, capullo enfermo, te odio!

—La niña duerme y no queremos que se despierte, ¿verdad? —Esos centímetros Nathaniel se los comió en nada. Con una mano sobre la boca de ella ahogó palabras, gritos y cualquier sonido—. Escúchame bien. —La apartó y como si nada, metió sus dos manos en los bolsillos del pantalón vaquero. Inclinó la cabeza y sonrió—. Has firmado un contrato matrimonial no hace ni una hora, un contrato que si incumples me dará todo el poder para destruirte. —Volvió a mirarla—. Te quitaré a Natasha y sabes muy bien que puedo hacerlo. ¿Quieres eso, cariño? —Ante la negativa de ella, siguió—: Métete en esa cabecita que no puedes escapar si quieres seguir teniendo a la niña.

Las manos volvieron a hacer de las suyas. La agarró por los lados de la cara y se aproximó para que sus ojos quedaran a la misma altura. La canción de *Escape*[5] sonaba para los dos.

—No puede escapar, señora mía.

Las lágrimas despuntaban de sus ojos y luego mojaban los dedos de Nathan. Sí, podía destruirla y lo haría sin pestañear siquiera. No servía un por favor, no servía ninguna suplica, solo le quedaba la opción de ceder.

McNamara apartó las manos del rostro de Ashley para descender hasta los tirantes que descansaban en los hombros. Los apartó hasta que cayeron, llevándose consigo el blanco vestido. La mirada bajó para ver la piel desnuda. La vio mucho más llena, le agradó cómo el vientre había dejado de ser tan liso y adquirido una forma más redondeada.

—No te muevas. —Descubrió el vello que dividía el pubis, algo nuevo. Vio que los muslos se agitaban, los hombros temblaban y volvió a ver la vieja costumbre de morderse el labio inferior—. Ashley, he dicho que...

—Lo siento, lo siento, lo siento. —Realmente no salía la voz de sus cuerdas vocales, pero bastaba con leerle los labios. Él acababa de

---

5 ♫ Canción *Escape* de Enrique Iglesias. Letra y música de Enrique Iglesias, Kara DioGuardi, David Siegel y Steve Morales. Productores Enrique Iglesias y Steve Morales.

prenderla del cuello y ahora la tenía empotrada contra el mismo cajón que hacía unos minutos la había obligado a abrir. Ashley se quedó quieta, mirándolo—. Lo siento, Señor —logró vocalizar.

Ese «Señor» le hizo hervir literalmente la sangre.

—Alarga la mano y sácalo del cajón. —Ante la negativa de ella repitió—: He dicho que lo saques del cajón. —Ella se giró y él controló con la mirada el movimiento de la mano que, temblando y tanteando, removía la ropa. Cuando ella lo localizó él dijo con voz ronca—: Cógelo.

Ya estaba, ya lo tenía, ella lo aproximó hasta apretarlo entre sus senos. Lentamente volvió a girarse y alzó la vista; era complicado mirarlo a los ojos intentando que el temblor que la invadía no fuera a más y preguntándose lo que iba a hacer con ella.

—No conozco a muchas puritanas que tengan este tipo de cosas en su cajón de ropa interior ni en ningún otro lado. —La sonrisa malvada resaltaba las pequeñas arruguitas al lado de los ojos y descubría los dientes rectos y blancos. Nathaniel señaló lo que la trémula mano de Ashley sostenía—. ¿Quieres que hablemos del resto de utensilios satánicos que guardas en otros cajones? —Un brazo se recostó contra el mueble y él la empujó, haciendo que el cajón se cerrara. Ella quedó de espaldas a la cajonera. La zurda le acarició un hombro, su mano bajó hasta levantar con la palma la redondez de un seno. Lo apretó con los dedos hasta que un gemido ahogado se fugó de la boca de Ashley—. ¿No? —La areola poseía un tono más oscuro y el pezón estaba ligeramente enrojecido—. Siempre podemos ir sacándolos uno a uno, ¿no crees?

El segundo apretón fue bastante más intenso.

Ashley empezó a sudar, la transpiración formaba una suave capa en su piel. El primer apretón pudo aguantarlo sin mucho problema, pero el siguiente ya menos.

—Lo... lo que tú quieras —barbulló ella pero tan añoradamente doloroso fue el segundo que casi, casi la hizo...—. Como tú quieras, del modo que tú quieras, Señor —lloriqueó.

Dos dedos apretaron el saliente, lo retorcieron y después lo empujaron hacia arriba obligando a que el pecho en sí se alzara al igual que si estuviera sujeto por una pinza metálica.

—¿Cómo dices? Vaya, parece que las bragas de algodón y los vestidos de volantes no han adormecido al gatito sumiso. —Un poco más arriba y... soltó el pezón, dejando de esa forma caer el pecho—. ¿Quién es el gatito? —ronroneó McNamara al oír el plop del pecho al caer—. Dime, ¿quién es el gatito?

—Lo que tú quieras, como tú quieras, del modo en que tú quieras, Señor. —repitió ella casi de carrerilla, sin apartar su mirada de la de él. Recordaba bien ese brillo, lo había rememorado una y otra y otra vez y ahora lo tenía delante. Esa mirada podría traspasarle el cráneo, estaba segura.

—¿Lo que yo quiera, como quiera y del modo que quiera? —La mano que hacía unos segundos había hecho de amarre en el dolorido pezón esta vez serpenteó por el redondeado vientre. Sí, mucho mejor así que tan liso. Nathan descendió hasta dar un par de pellizcos con los dedos tanto al muslo derecho como al izquierdo. «Eso es, bien separados». El aroma sutil, completamente narcótico, del sexo dispuesto aturulló sus sentidos—. Está muy bien que repitas eso mismo..., que harás todo lo que yo quiera. A fin de cuentas, nunca he esperado otra cosa de ti.

Su voz un poco enronquecida no había perdido la rigidez que la caracterizaba, solo había adquirido un tono algo más grave. Sus dedos probaban la textura del vello castaño, se enredaban y daban algún tirón intencionado hasta toparse con el hundimiento que conducía a aquel pedacito de cielo. El gatito, mejor dicho, gatote, ronroneaba de nuevo. Con las yemas de dos dedos, Nathan separó los carnosos labios de forma que el tirante capuchón del clítoris quedara del todo a la vista. Rojizo, repleto de sangre que hacía que latiera.

—Mét, lo quiero verlo. ¡Ahora!

Cierto, no necesitaba ni un poco de humedad que recubriera aquella pieza de plástico, como saliva u otro lubricante. No, nada de nada. Era la ventaja de estar enviando una copiosa cantidad de sus propios jugos de entre los muslos a las pantorrillas y de ellas al suelo. El invitado se deslizaría sin problemas en su interior y eso mismo estaba haciendo. Los dedos bronceados de McNamara habían dejado el camino despejado. Ashley apoyaba el pie izquierdo contra la madera, el otro se retorcía en el suelo; su nuca hizo contacto con la cajonera al echar la cabeza hacia atrás. Sus ojos se cerraron cuando la palma de su mano empujó por la base el rosado **dildo**, que fue perdiéndose bien dentro de ella. El sonido succionador de sus pliegues atestiguó cuán dentro lo estaba conduciendo.

—Nada de eso, no cierres los ojos. —McNamara, sin apartar la mano de donde tan bien situada estaba, con la otra le sostuvo un lado de la cara. Rápidamente los ojos de ella se abrieron, lo miraron. Siempre eran tono chocolate con leche, salvo cuando la excitación relampagueaba en ellos y los tornaba chocolate negro y amargo, puro chocolate negro—. No dejes de mirarme. —Las yemas se clavaron en el moflete y apretaron el hueso del pómulo—. No lo hagas. —Ashley pestañeó muy rápidamente, estaba claro que luchaba por no cerrarlos, por hacer justo lo que él le había mandado, que no dejara de mirarlo—. Mételo del todo, no dejes que se mueva. —Él rompió el contacto visual un segundo para asegurarse de que ella cernía con fuerza el consolador, dejando fuera nada más que la culata recostada contra la palma de su mano goteante de crema. Los senos estaban hinchados ya que los pulmones retenían el aire—. Aguanta.

Regueros de jugos cristalinos salpicaban la pálida piel, abrillantaban cada pliegue, recoveco y curvatura.

Él volvió el verde de su propia mirada al cacao de ella.

—Lo sacarás hasta la mitad y una vez hayas hecho eso, cuando yo te diga, volverás a meterlo. —Antes de que ella acabara su «Sí, Señor» precisó—: Lo harás de golpe.

Y exactamente eso hizo Ashley. La mofa de «La niña duerme y no queremos despertarla, ¿verdad?» repicaba en sus oídos, pero el orgasmo le mordía cada vez más la matriz y ella no podía reprimir los gemidos. Se encontraba introduciendo y extrayendo en su sexo aquello que ella, toda una puritana sobrevenida, consideraba un instrumento demoníaco. El sonido del chapoteo de sus propios fluidos aumentaba de volumen dentro de su cabeza, la respiración de él se metía en su pecho, su mirada iba de los ojos verdes a lo que su pecadora mano estaba haciendo entre sus muslos. Y sí, ya suplicó, imploró que le permitiera correrse, pero esa no era palabra para la nueva mujer que creía ser. Acabar, terminar, debería haber dicho, así que tras esto tendría que frotarse la lengua con estropajo y lejía. O mejor, con agua bendita.

McNamara lamentó estar haciéndose mayor. Ya no tenía tanto autocontrol como antes, tragar más saliva de la que nunca su boca pudiera crear. Ya no sabía dónde era mejor mirar.

«Ojalá Dios me hubiese dado un par de ojos más... ¡Joder! Como Él siempre lo ve todo... Nos ha jodido».

Nathan movió una mano para apresar una buena cantidad del cabello corto y mojado.

—Pobre de ti que resbale y acabe fuera —amenazó, tirando de la mujer hasta quedar pecho contra pecho. La agarró por las axilas y la lanzó directamente a la gran cama. Ashley aterrizó allí donde la ropa interior, al igual que las medias que no había tenido tiempo de ponerse, la esperaban—. En cuatro —ladró él sin quitarle la vista de encima. Así que las pompas de aquel fabuloso culo miraron al techo. Los muslos mojados no dejaban de temblar a causa de la fuerza que ella ejercía con su musculatura interior para que el dildo no saliera ni lo más mínimo de la chorreante vagina. Un hombre como él tenía paciencia, sabía aún controlarse, pero no tanto. ¡No tanto!

Ella tenía el pecho bamboleando y la frente sobre el colchón. Lo oyó patear sus zapatos, los que ni siquiera había tenido tiempo de calzarse debido a la irrupción del Amo en el cuarto. También le llegó el sonido de la hebilla muriendo al partirse por el tirón que sufrió el cuero del cinturón y la música de la cremallera del pantalón al bajarse. Al fin se acabaría la tortura, iba a tenerlo dentro. Instintivamente, ella meneó las rellenas nalgas sin dejar de mantener el consolador dentro de sí.

La palmada que cortó el aire justo antes de colisionar con una de las nalgas de Ashley enrojeció la piel de tal forma que antes de levantarse la zurda del cachete este ya estaba completamente rojo. Probablemente se amorataría. Él chistó ante el obvio sollozo. La malvada sonrisa había tomado posesión completa de su semblante, los rápidos dedos repartieron la crema que ella rebosaba. Después de un par de empujones al vibrador que parecía incrustado en ella, arribaron al pequeño y rosado círculo anillado donde depositaron crema y presionaron.

—¿Qué forma de pedir las cosas es esa? —El ano cedió, permitiendo la entrada hasta los nudillos de la pareja de dedos. En otro momento, Nathaniel se habría entretenido jugando a meter uno, dos, tres, cuatro dedos, uno a uno y poco a poco, pero hoy…, hoy no. Un empuje más y fuera de cuajo—. Pensé que te había enseñado a pedir las cosas como Dios manda.

Ashley notaba su nalga arder y arder realmente. La epidermis estaba abrasada, abrasada a causa de un duro y contundente manotazo. Igual que un hierro al rojo vivo, la zurda volvió a estrellarse contra su piel. Ella ladeó la cabeza, soportando la intromisión de los dedos en su pequeño y ya dolorido cuerpo. Lo miró, lo que ocasionó que un nuevo chorro de excitación empujara al inquilino en su canal y lo hiciera retroceder ligeramente.

—Por favor, por favor... Señor.

Dolía, pero iba a doler de esa extraña forma que la hacía hasta perder el sentido por unos segundos para luego tornarse oscuro placer y eso era adicción. Cocaína, *crack*, heroína... todo muy suave comparado con la intensidad, con el subidón que producía dicho placer.

La asió por las caderas, clavándole sus fuertes dedos en los anchos huesos. Se acostó en su espalda de forma que sintiera parte de su peso y pegó su boca al oído de ella.

—Por favor, ¿qué? —Su mano se cerró en un puño para aprisionar algo del cabello y sus dientes mordieron una mejilla. Ella sentía la presión en su esfínter y el beso del glande con la bolita del *piercing*. De pronto, toda la carnosa largura estuvo dentro, con el resto de perlas marcando su interior hasta que el escroto hizo tope en sus nalgas. Se estaba mareando, todo daba vueltas pero no podía gritar. No lo hacía porque la mano que había estado agarrando su cabello le había cubierto los labios, ahogándolo todo. Sentía tanto dolor, tanta intensidad—. No queremos despertar a Natasha, ¿cierto?

Nathan movió las caderas sin salir de ella ni medio milímetro, solo para asentarse en aquel estrecho y cálido canal. Tenía los dientes de Ashley completamente hincados en la carne de su palma pero no había otro remedio para impedir que ella gritara. Cerró los ojos y apretó las nalgas para hundirse en ella tanto y más de lo que era físicamente posible.

—Me has mordido —rechinó una vez las mandíbulas dejaron de presionar. Con los dedos brillantes de saliva volvió a apresar el negro cabello y aproximó sus labios a la ardiente mejilla—. ¿Qué hago contigo ahora?

Le costaba articular, no obstante, quien llevaba la vara de mando era él. Era él quien llevaba la batuta para dirigir el combo formado por la pareja y unos pocos artilugios. Por lo tanto, sus caderas retrocedieron lentamente. Las bolas que formaban una especie de escalera en su verga dejaron de tocar *bebop* en el cálido y húmedo antro y poco a poco comenzaron a emerger del violado agujero. Eso sí, violado con absoluto consentimiento.

McNamara era completamente consciente de que podía hacer tanto como quisiera con ella, una muñequita de cera moldeada por sus duras manos. Ashley comenzó a recobrar ligeramente el sentido cuando las primeras dos perlas salieron por su esfínter. No iba a poder sentarse en un par de años. El cuero cabelludo le hormigueaba, el vibrador en su vagina navegaba en un mar de crema. El oscuro y adictivo placer se hizo notar al retirarse el miembro viril y volver a pujar muy dentro. Pensó que iba a agujerearle los intestinos.

A McNamara le encantaban, le encantaban y mucho esos ruiditos ahogados que ella emitía a cada empuje que asestaba dentro de ella, el golpeteo de su escroto contra las jugosas pompas, el chapoteo del dildo.

—Ya sé... ya sé qué voy a hacer contigo. —Ashley ya no tenía aquella larga cabellera, pero aun así podía sostenerla bien. Nathan se inclinó para lamerle la mejilla una vez más—. Repite conmigo... aunque la zorra se vista de puritana seda..., zorra se queda.

Ayudándose del agarre en la cadera y apretando los nudillos bajo las hebras de cabello, embistió con más de la mitad de su peso sobre la mujer. Sus testículos estaban rabiando, rabiando por vaciarse de una vez por todas teniendo en cuenta las veces que había sentido las crecientes contracciones que venían del chorreante sexo alrededor de su verga.

Fue necesario que la mano se apartara de su cadera y soltara un nuevo cachete para que reaccionara. Las pequeñas y ya debilitadas rodillas temblaron. Ella iba a desplomarse, pero no, la gran zarpa la recogió y envolvió con su brazo tatuado, pegándola contra el musculoso pecho. Las embestidas crecieron así que Áshley balbuceó:

—Aunque la zorra se… vista de puritana… seda, zorra… se queda. —Tenía los ojos cerrados o tal vez abiertos y en blanco, ya que solo veía pompitas de luz de todos los colores. Estaba en el vértice de su excitación, necesitaba aliviarse. Él no era un ser tan despiadado, nada de eso. Nathaniel McNamara era todo un angelito, así que ella sintió lo que parecía un beso en su mejilla y tras eso escuchó una orden alta y clara.

—¡Acaba!

El beso se le había escapado, o no. La mano soltó la presa del negro cabello y cubrió la boca, la boca que boqueaba. Dos, tres empujones y el dilatado ano lo ordeñó literalmente al igual que las irritadas paredes de la vagina trataban de hacer con el dildo. Él apretó las mandíbulas, que crujieron sonoramente cuando liberó el espeso e hirviente contenido de sus testículos.

La mujer se desplomó en la cama con él encima, su cara hundida en las braguitas blancas y las medias pegadas a su sudado vientre. Pero la gran zurda se había adueñado otra vez de sus labios así que ella intentó abrirlos para buscar algo de oxígeno que llevar a sus pulmones. La camisa de Nathan rozaba su espalda, la sonora y costosa respiración se le clavaba en la nuca y, lo mejor, la abrasadora semilla bombardeaba su esfínter.

Él, un tanto animal, arrastró la nariz desde la nuca hasta los omóplatos, oliendo, husmeándola. Subió por el cuello, notó el aroma de su propia saliva en la mejilla que, dándose cuenta o no, había besado y besó otra vez.

—No puedes escapar… —La liberó de un poco de su peso al elevarse sobre su espalda y retiró el brazo—. No puedes hacerlo. —Retrocedió con las caderas y sin mucho cuidado salió de Ashley, llevándose consigo la cantidad de esperma que no había logrado quedar bien hondo. McNamara no se molestó en adecentarse el pantalón y mucho menos la ropa interior. Le echó un último vistazo antes de empezar a moverse hacia la puerta—. Puedes sacártelo en la cama, de todas formas habrá que cambiar las sábanas. —No era una felicitación por haber retenido el rosado vibrador en su sexo durante todo el tiempo, sencillamente era una directriz más—. Cuando Natasha despierte y los tres hayamos comido, nos iremos a comprar para llenar la nevera, así que... —giró para agarrar el pomo y pasando el umbral concluyó— date otra ducha.

Cerró y caminó por el pasillo hasta detenerse. Estrujó el puente de su nariz con dos dedos y finalmente recostó la frente contra una de las paredes del corto corredor. Hubiera asestado un puñetazo o dos, pero despertaría a la niña y, lo peor de todo, parecería afectado por lo ocurrido unos minutos antes y eso era todo lo que NO debía parecer. Ella, Ashley no iba a escapar, de ninguna forma lograría hacerlo y si él tenía que ser un verdadero malvado, lo sería. Lo sería y punto.

# Capítulo 15

EQUIVOCACIONES

Ashley introdujo las mazorcas de maíz en la bolsa. Sus ojos seguían a Natty, que iba royendo un pedacito de zanahoria mientras el resto ya estaba en el estómago de su padre.

El progenitor sostenía la niña con un brazo mientras en su otra mano iba girando un melón Cantaloup que luego acercó a su nariz para olerlo. Por la forma de fruncir el entrecejo parecía haberle gustado, ya que dio media vuelta y caminó hacia el carro para dejarlo junto a otro melón que había cogido instantes antes.

—¿Nos queda mucho? —preguntó, colocándose detrás del carro para empujarlo.

—¿Acaso tenemos prisa? —replicó ella que, como mujer, naturalmente contestó con una pregunta.

Entrando en el pasillo de los cereales él impulsó el carro con la pierna para con una mano coger un paquete de Weetabix, sin embargo, soltó un rotundo no cuando Ashley pretendió meter una caja de Lucky Charms en el carrito.

—¿No qué? —Ella lo miró, tirando la caja al interior del carro—. ¿Tú puedes comprarte alfalfa y yo no puedo coger lo que me apetezca?

Ella estaba de mal humor, le costaba horrores caminar y qué decir de sentarse. Él se comportaba como si llevaran toda la vida yendo a comprar

—Ashley, la niña se está poniendo perdida. —A Natasha le caían por el mentón un montón de chorretones de baba anaranjada, aunque a ella se la veía de lo más feliz con su pedazo de zanahoria, pero el vestido, ese vestido llevaría lamparones de jugo de zanahoria para los restos.

—Es un bebé, no puedes esperar que no se manche.

—No vamos a discutir aquí, nena. —Avanzó directo hacia una de las cajas, dejando antes en el estante correspondiente los Lucky Charms que había sacado del carrito. Llegó a la altura de la cajera sin dejar en ningún momento a Natasha en el suelo, a pesar de que ella ya se sostenía bastante bien sobre sus pequeños pies, y comenzó a pasar las cosas por la cinta.

—Usted es el nuevo *sheriff*, ¿no? —La mujer lo miró sin pasar todavía por el escáner los artículos que ya se acumulaban en la cinta. Las muchachas de las otras tres cajas también pararon, ya que las clientas en las largas colas estaban todas mirando como alcahuetas. Era mucho más interesante chismorrear que hacer la compra, sobre todo por estos lares, donde todos y todas querían saberlo todo de todo el mundo.

—Sí, señora... y señoras. —McNamara decidió hacer un resumen para evitar que fueran a bombardearlo con más preguntas, de lo contrario no acabaría la compra ni en veinte años—. Natasha es mi hija y Rebeca —dijo, señalando a Ashley— es mi mujer. —Ella, tentando al diablo, aprovechó para volver a colocar en la cinta una caja de Lucky Charms—. Fui el típico cabrón al que le aterraba la paternidad y me largué, abandonándola, así que ella acabó aquí y ahora he vuelto para comportarme como un hombre y como todo un ejemplo de *sheriff*. Sí, señora. ¿Quiere cobrarme, por favor? —Ashley alzó la diestra y la movió para que todas ellas vieran la alianza en su dedo—. No hemos traído las pruebas de ADN, lo siento.

Tampoco es que fueran muy necesarias, aquel color de ojos solo podía heredarse. Asintió cuando la sonriente cajera empezó a pasar rápidamente la compra. No era poca, teniendo en cuenta que ella había vivido a base de comida de la cafetería. Logró meter una sola bolsa en el carro. Parecía que él hubiera estado haciendo esto desde siempre, niña sujeta por un brazo y la otra mano cargando bolsas en el carrito.

El brillo platino en su corto cabello siempre peinado hacia atrás, las finas arruguitas en las comisuras de ese par de enormes ojos verdes... Otra vez se había quedado mirándolo.

—Sí, sí, voy —barboteó, saliendo del embobamiento. Necesitaba soltar aquel nudo que se le hacía en el estómago. McNamara iba por delante de nuevo, siempre por delante. Max ladró, dándoles la bienvenida al *jeep*—. ¿Tienes que dar explicaciones? No entiendo por qué tienes que decirles nada a esa panda de viejas chismosas —cuestionó Ashley.

—¿Prefieres tenerlas en la puerta de casa día sí y otro también y que te sigan con la mirada por la calle? ¿Te gustaría que te interrogaran también cuando vayas a comprar una bolsa de bagels?

Nathan colocó cuidadosamente a Natty en su sillita y se levantó para cerrar la puerta. Entonces Ashley vio que se estaba comiendo el pedazo de zanahoria que la niña no había conseguido acabar.

—¿No puedes tirar eso y se acabó?

Ella buscó en la fina chaqueta el famoso chupete y lo destapó con la intención de meterlo en la boquita abierta y expectante.

Inclinándose en el todoterreno, él observó a la pequeña.

—Compartimos genes, no vendrá de un poco de saliva. —Sus fuertes molares machacaron el pequeño pedazo de zanahoria antes de tragarlo—. ¿Tienes que encasquetárselo siempre? —preguntó, arrancando chupete y tapa de las manos a Ashley. Lo tapó y lo metió en un bolsillo de su chaqueta—. Deforma los dientes.

Le dio la espalda y pasó la compra al maletero, pues Max estaba echado en el amplio asiento trasero corrido junto a Natty, quien parecía muy interesada en alcanzar las orejas puntiagudas para pegar algún que otro tirón.

—¿Por qué va a provocar eso? —soltó Ashley.

«Estúpida pregunta», pensó Nathan. Él comprobó que la niña estuviera bien atada, cosa todavía más estúpida que la pregunta. Cerró la puerta y subió al *jeep*.

—¿Ahora te has convertido en todo un experto en bebés? —Ladeó la cabeza, observándolo, para luego volver la mirada al frente. El *parking* era algo mucho más atractivo que verlo a él quitándose la chaqueta y poniéndose las gafas de sol. «Chulo italoamericano, *guido*...»—. Espera, quizás seas pediatra y yo no tenía ni idea. Claro, para ser *sheriff* es obligatorio haber acabado pediatría.

—¿Por qué te empeñas en discutir, cariño?

Con la chaqueta sobre sus piernas y las lentes protegiendo sus ojos, Nathaniel echó una mirada hacia atrás. Max estaba siendo cruelmente torturado por las manitas de Natasha, quien encontraba muy entretenidos esos largos bigotes negros.

—¿Qué yo me empeño en discutir? —De nuevo lo miró mientras él conducía—. Me estás diciendo prácticamente cómo debo educar a mi hija, y te recuerdo que nos ha ido la mar de bien hasta que tú has aparecido.

—¿Tu hija? —Él negó, no lo iba a sacar de sus casillas—. ¿Fue una inseminación divina? —Con un ojo en la carretera y el otro en Ashley, torció la boca con chulería—. Como te has vuelto toda una puritana, no tendría nada de extraño.

—¡Perdón, perdón! Nuestra hija —dramatizó ella alzando las manos—. Tú pusiste la semillita, y además sin intención, pero yo me encargué de todo el resto. Sí, sí, todo muy equitativo.

Estar sentada era realmente incómodo. Se removió en el asiento tratando de encontrar otra postura, una menos dolorosa.

—Eso es, nuestra hija, todo muy justo, pero ¿para quién? Solo para ti porque ni para ella ni para mí es justo ni equitativo —sentenció McNamara. El *jeep* se detuvo ante el semáforo en rojo—. Te encargaste de todo el resto sola porque a ti te dio la gana. No me culpes a mí de tus malas decisiones. —Esta vez fue él quien alzó una mano—. Solo hay que ver la casucha para decir que todo os iba la mar de bien.

—Te he dicho que no lo sabía y por mucho que el «bollito» ya había sido encargado, tú, aun sabiéndolo, me hubieras pateado igual. —Ella estiró el cinturón, le estaba oprimiendo demasiado el pecho—. Perdón, nos hubieras pateado igual. —Ashley clavó su mirada en él—. ¿Mi padre te habría pagado más por haberme preñado o no habrías cobrado ni un centavo?

—Pensé que era lo mejor para ti, Ashley. —De nuevo en marcha, él manejó el volante solo con la izquierda y golpeando su frente con el índice insistió—: Métetelo en la cabeza de una puñetera vez, Ashley, era lo que creía en ese momento. De haber sabido que el «bollito» estaba encargado, todo habría sido muy diferente. Posiblemente más que tu padre, papá Guire habría hecho que me cortasen las pelotas.

Ya estaban a tres calles de la casa.

—Pues te equivocaste. —Ella no quería ni oír hablar de su padre y aún menos de los Guire—. Te equivocaste.

—Me equivoqué —admitió él tras aparcar. Se giró y alargó la mano para una caricia, pero ella seguía mirando por la ventanilla. McNamara apoyó la cabeza en el respaldo del asiento y bajó la mano—. Sería mucho mejor si aceptaras la situación.

—Quiero bajar —masculló Ashley, tensándose ante el roce de los dedos en su mejilla—. Tengo que cambiar a Natty. —Lentamente giró la cabeza, pero no encaró la verdosa mirada—. ¿Puedo bajar?

—Sí. —Su mano descansó sobre la chaqueta, miró hacia el frente—. Cambia a Natasha, yo entraré las cosas.

Bajaron del *jeep* y Max se fue con ellas. Las miró y esta vez suspiró. Deseaba que todo fuera normal, que ella reaccionara positivamente a su chantaje, porque eso era, un chantaje puro y duro. No obstante, él también tenía corazón, pequeñito, pero a él también le dolía todo esto. Nathan finalmente bajó del todoterreno, vació la parte trasera y transportó la compra al interior de la casita. Buscó en las bolsas la olla y una de las sartenes nuevas, no iba a cocinar donde Ashley había preparado pinturas y fijadores.

—Ya está —anunció Ashley con Natty en los brazos, toda limpita y con un gracioso *quiqui* en mitad de la cabeza. La sentó en la trona y esquivó las bolsas que no cabían en la diminuta repisa. Abrió la nevera, estaba completamente vacía y tan limpia que allí dentro podrían operar a alguien a corazón abierto.

—¿Buscas el sucedáneo de puré de verduras?

Ella se sobresaltó, preguntándose cómo podía alguien tan grande no hacer el menor ruido al acercarse.

—Sucedáneo no, puré.

Sosteniendo la puerta abierta del electrodoméstico, se irguió para mirarlo. Odiaba esas camisetas blancas italianas en él tanto como las gafas de pasta oscura y para más inri, cuando no llevaba camiseta el crucifijo de oro resplandecía sobre el vello negro.

—¿Qué se supone que va a comer?

—Comida de verdad —contestó él. Agarró una de las bolsas de papel cebolla y de ella extrajo una bolsita más pequeña y de plástico donde aguardaban unos simples palitos de pan. Sacó dos y los colocó en las manos de la niña, que sin demora comenzó a chuperretear—. Con esto estará entretenida.

—¿Puedo hacer algo? —Ashley cerró la nevera, ya había escapado suficiente frío.

—Sí, cambiarte y sentarte —corrigió con una sonrisa socarrona—. Mejor tumbarte. —No la miró, estaba demasiado centrado en lo que iba sacando de las bolsas—. Vamos, nena, ve.

Lo de cambiarse y tumbarse no le pareció mala idea, así que obedeció sin refunfuñar. Cambió el vestido por ropa de ir por casa: pantalones tipo chándal y una camiseta de tirantes, sin olvidar la fina chaqueta azul celeste para proteger los hombros. Ashley salió del dormitorio y trató de sentarse en el sofá. No obstante, ya había pasado mucho tiempo sentada en el coche y le dolía sobremanera, así que optó por tumbarse y al poco rato se durmió. La despertó un calor familiar en su costado. Era Max, que había recuperado la costumbre de apoyar su cabeza en ella mientras dormía y al verla despierta le lamió una de las manos.

—Hola, chico... —masculló, desperezándose. Vio la trona vacía y él tampoco estaba, dio un brinco en el sofá y gritó—. ¡Natty!

—Shhh... —Nathan asomó la cabeza, venía de recorrer el corto pasillo. Encendió la luz—. Está dormida. Iba a despertarte para que cenaras, después podrás seguir durmiendo tú también.

—¿Dormida sin chupete?

No concebía cómo eso era posible, dormida sin antes haber estado adherida a su pecho mordisqueándola hasta que el sueño se hacía con ella. Esa no era Natty, no su Natty.

Él alzó una ceja burlonamente.

—La verdad es que no, ella era la cena... No, claro que está durmiendo. —Se metió en la cocina y añadió—: Ve a comprobarlo y vuelve para cenar.

Ashley percibió un olor casi comestible que hizo rugir su estómago. Sin embargo, antes tuvo que ir a eso, a comprobar que era cierto. Entreabrió la puerta y allí estaba Natty, recostada de lado y sin chupete. Se aproximó y levantó las sábanas; llevaba puesto el pijama y estaba perfectamente, no le faltaba nada. La arropó de nuevo y fue al cuarto de baño. Se lavó las manos mirándose al espejo. Estaba hecha un desastre.

Despeinada, algo ojerosa, en definitiva, hecha un asco. Dejó de mirarse y se encaminó a la cocina, donde lo vio de espaldas, pasando el contenido de la olla al escurridor y del escurridor a la sartén. La crema de nata, eneldo y salmón fresco era lo que había ocasionado que le rugieran las tripas.

—Está dormida.

Ella descubrió que la pequeña mesa estaba puesta y todo tan recogido que le dio hasta miedo.

—Ya te había dicho que lo estaba. —Una vez todo listo, Nathan le tendió el plato—. Siéntate. —No es que beber Lambrusco en un vaso de agua fuera lo más adecuado, pero no había pensado en comprar copas. De todas formas, el vino tampoco estaba muy fresco. McNamara se sentó a la mesa frente a ella—. Come.

Los espaguetis estaban *al dente*, en su punto, y abrasaban, justo como debía ser. Ashley miró con fijeza cómo Nathan lograba descorchar la botella sin hacer prácticamente ruido para verter algo de su contenido. La pareja de vasos se llenó de un brillante color rubí.

Ella tenía hambre y sueño, y además sufría ese estúpido enamoramiento. Sabía que el hambre se pasaría una vez comiera y el sueño también una vez durmiera, pero lo peor era el maldito enamoramiento que no se había ido a pesar de todo.

—Este sofá es muy estrecho para ti, dudo que quepas entero, como no sea que duermas sentado. —Ella hundió cuchara y tenedor en la pasta y comenzó a enroscarla con la ayuda de la cuchara; sopló antes de llevarse el tenedor a la boca.

—¿En el sofá? —Tendría que abultar tres veces más para que él estuviese medianamente cómodo—. ¿Qué te ha hecho pensar que no voy a dormir en la cama?

—¿En la cama? Pero si solo hay una cama...

—Muy observadora. —Bebió del vaso sin dejar de fijarse en Ashley, que había engullido más de la mitad del plato en tiempo récord—. Pero no te preocupes, tengo intenciones de dejarte dormir —sonrió él, acabando el Lambrusco.

La pobre casi se atragantó, tosió y se hizo con una servilleta. McNamara estaba en los cuarenta, pero cuando sonreía parecía un adolescente, uno de esos muy problemáticos que lograban que todas las quinceañeras acabaran con las bragas en el asiento trasero del coche de papá. Ashley apartó la mirada de él.

—Gracias, supongo, no, quiero decir que... —Negó y pestañeó rápidamente—, tú ya... me refiero...

«¡Oh, sí, nena!, pásate la vida barboteándome».

—Terminemos de cenar —cortó él sin borrar la arrebatadora sonrisa. Max estaba fuera disfrutando de un pienso al que no estaba acostumbrado, pero que de ahora en adelante tendría que valerle. Ella se relamió la salsa de las comisuras. Cuando los pedazos de grueso salmón entraban en su boca y la carne empezaba a fundirse eso era una comida que desde luego podía ser... orgásmica. Al acabar se levantó para recoger la mesa—. Recogeré yo —dijo Nathan. Alzó un dedo que meneó, indicándole que se acercara y le pasó un pulgar por el labio superior—. A la cama.

Ella no sabía si asentir o estirarse más y pegar sus labios a los de él cuando el pulgar dejó de estar sobre su piel.

—Buenas noches.

No supo qué más decir y marchó en silencio hacia el dormitorio, sin olvidarse de echarle un vistazo a Natty. La pequeña ni se había movido. Ashley cambió las sábanas, se cepilló los dientes, se embadurnó de su crema preferida y se metió en la cama. En plena duermevela notó cómo las sábanas se abrían, dejando entrar un poco de aire fresco, y tras eso notó el calor, ese calor masculino que se adhirió a su espalda. Un brazo le envolvía la cadera, acariciando con la palma de la mano el material de su camisón. No sabía oponerse a eso. Intentó no tensarse.

—¿Por qué Natasha?

Ashley abrió los ojos.

—Es lo único que sabía de ti, de tu familia. —Alzó un poco el tono para que no quedara en un susurro—. Quiero decir... solo me habías contado que tu madre era napolitana y que se llamaba Natasha. —Recordó algo más—. Te habías reído explicando que Natasha era un nombre ruso no... no napolitano, pero le gustaba a tu abuela, que era de Sorrento.

La apretó ligeramente contra sí. Cerró los ojos hundiendo la nariz en el blanco cuello, no obstante, antes la besó donde latía el pulso.

—Duérmete. —No tuvo que esperar mucho a que ella cayera en el sueño. Suspiró presionándola un poco más hacia su cuerpo, hasta que Ashley gimió.

# Capítulo 16

## COLCHÓN COMPARTIDO

*Semanas más tarde....*

Dormir y no pensar. Dormir y despertar. Ashley abrió los ojos ligeramente. Sería otro amanecer en el que McNamara se pasaría por la cabeza la camiseta blanca de tirantes que luego se estiraría en los costados. Saldría a correr cuando despuntara el alba.

Ya estaban otra vez juntos, los días transcurrían sin ellos darse cuenta, un día más y otro y otro, como si el tiempo que habían pasado separados jamás hubiera existido. Sin embargo, había varias cosas diferentes: Natty, el lugar y la gente que allí vivía. Por lo menos a esas horas tan tempranas no había mujer alguna que lo siguiera con la mirada, ni a él ni al bueno de Alex, ambos con ese uniforme del demonio... Ashley se removió en el colchón para girarse y se obligó a cerrar los ojos.

—No la metas en la cama —murmuró Nathaniel, inclinándose sobre ella. Cuando él salía, Ashley se levantaba para meter a Natasha en la cama grande y cuando volvía las dos se desperezaban, remolonas. Si no fuese porque Max salía a correr con él, seguro que el perro también acabaría en la cama, haciéndoles compañía. No servía de mucho repetírselo una y otra vez. Ella lo haría igual y tampoco era como para ponerse demasiado duro. Besó la mejilla de la mujer y se encaminó al pasillo. Se aseguró que la niña estuviera bien y asintió al perro, que en la puerta meneaba alegremente la cola.

—Buenos días —dijo al abrir la puerta y encontrarse con Alexis. Como cada mañana excepto los domingos, este lo esperaba sentado en el gran sofá colgante del porche.

—¿Buenos días? —Se incorporó Alexis, rascando a Max tras las orejas para saludarlo—. No tienes cara de buenos días. —Miró su reloj de muñeca y ajustó el cronometro—. Cuarenta y cinco minutos, carraca.

—No, no son buenos días y por eso voy a soslayar lo de carraca. —El animal sabía correr suelto a su lado, la correa solo molestaba. McNamara lo tenía bien educado, por lo que no había nada que temer—. Muévete —ordenó Nathan, bajando las escaleras. Salió por la puerta del diminuto jardín que daba a la calle y empezó a correr sin esperarlos. Sin embargo, Max y Alexis no tardaron mucho en alcanzarlo.

La luz grisácea y algo rojiza del amanecer estaba apoderándose del cielo. Ni el chico de los periódicos ni el lechero habían pasado aún. Alex se acopló al ritmo de Nathan y lo miró de reojo.

—Ya sabes, no quiero que te joda lo que te voy a decir, pero creo que no estás haciendo las cosas como debes para que todo vaya mejor. Ella necesita un tiempo de adaptación, es solo eso, ¿no lo ves?

—Tiempo, tiempo, tiempo. Van casi dos meses, ¿no te parece tiempo de adaptación suficiente? —gruñó él, mirándolo también de medio lado—. No necesito que me digas a mí cómo debo hacer las cosas, Alex.

—Escucha, Mac, mantienes una relación con la mujer que quieres, la madre de tu hija, pero vuestra relación no es como la del vecino de enfrente. —Alexis era su amigo, mas también su subordinado. Tenía que medir las palabras porque el otro gruñía cada vez más y estaba aumentando la velocidad—. Joder, Mac, llevas en esto bastantes más años que yo. Sabes perfectamente que una relación de dominio-sumisión sin un puto collar queda en nada. Allí tienes la jodida prueba. ¿Qué mierda indica una alianza en el dedo para nosotros? Y teniendo en cuenta que fue para legalizarlo todo, mucho menos. ¿Dónde quieres ir a parar?

—¡Ya está bien! —McNamara se detuvo, brazos en jarras—. ¿Qué coño quieres que haga? —Frunció duramente el entrecejo, no podía gritar en plena calle y menos ahora, con el cargo que ostentaba. Así que sus mandíbulas rechinaban debido a la presión que ejercía para controlarse. Bajó la voz—. ¿La obligo a llevar algo que no siente? —Se colocó ante Alexis, otro gigantón al que solo superaba en cinco o seis centímetros, así que Nathan no tuvo que bajar la cabeza para mirarlo a los ojos—. ¿Eso hago?

—¿Entonces qué? Tú continúa amenazándola con quitarle a Natty y fingir que tenéis la relación de antes y ya verás el resultado.

Debido al tono grave de su voz, ninguno de los dos podía hablar muy bajo aunque quisiera, pero ambos lo intentaban para mantener la calma.

—Nunca le quitaría la niña —replicó, conteniendo las ganas de propinarle un puñetazo a Alexis—. Sí, seré un cabrón pero no tan desalmado. Solo se lo digo para... atemorizarla.

Más o menos desalmado, pero estaba convencido de que lo que creía tan solo un pequeño chantaje funcionaría. Pensaba que valía más tenerla así, que de esa forma ella no se atrevería a volar... El pajarito era suyo y no sentía dolor alguno por haberle cortado las alas.

—Pero ella sí lo cree. ¿Por qué coño no te paras a pensar que tal vez esté contigo solo por eso? —Se habían vuelto a parar y Max se sentó, mirándolos. El animal no comprendía por qué no seguían corriendo—. ¿Quieres que te tenga miedo?

—¡No! —Esta vez Nathaniel sí gritó y se condenó por ello. Volvió a bajar la voz—. No quiero que me tenga miedo, por supuesto que no. —Él no le haría daño nunca, o mejor dicho, nunca más—. Intentaré hablar con ella y...

—¿Y qué? —interrumpió Alex—. Nos conocemos más que suficiente, Mac, no puedes decirle que lo de quitarle a Natasha es un jodido farol. —Alzó las manos colocándolas entre ambos—. Déjame acabar. Te acojona demasiado el pensar que, admitiendo eso, ella optaría por abandonarte. —Miró al suelo llevándose él también las manos a las caderas—. Te pagaría con la misma moneda.

—¿Y qué cojones hago? Es fácil hablar desde fuera, pero desde dentro es un puto infierno.

A veces ella era la Ashley que él había conocido, por la que moría y seguía muriendo hoy, pero otras veces era diferente, estaba como ausente.

—Trato de hacerlo lo más llevadero posible. Mierda... nunca dice no, nunca ha dicho «tetera».

—Ah, ya entiendo. «Tetera», la palabra de seguridad.

Su mirada verde encontró los ojos azules de Alexis.

—Y no me vengas con mierdas de que follamos porque no le queda otra. Eso ya sí que no. Sé perfectamente si mi mujer se excita o no.

—Pero si no la amenazaras, si se sintiera libre bajo tus normas como antes... —Alex sacudió la cabeza y el *piercing* en su lengua le golpeó el paladar—. En fin... guardas el collar en casa, dejas que ella escoja y todo irá bien. —Era extraño ver al gran Nathaniel McNamara así de jodido—. ¿Por qué no la llevas a cenar?

—¿Qué?

—¿Que por qué no sacas a Ashley a cenar?

—¿Para qué?

Alexis presionó el puente de su nariz con dos dedos y cerró los ojos mientras su otra mano quedó en la cadera.

—¿Cómo qué para qué? —Abrió los ojos y volvió a mirarlo—. Dos meses y no la has llevado a ningún sitio, ni siquiera a la nueva casa. Yo me quedo con la niña, tú sacas a Ashley a cenar y después la llevas a la casa. A fin de cuentas, la que ocupáis ahora está prácticamente vacía. Sabe que hay otro lugar, pero ni lo ha visto. —Enarcó una ceja, divertido—. Es una mujer y ellas están locas por las mudanzas.

—Que la saque a cenar.... —se repitió Nathaniel, viendo cómo el chico de los periódicos pasaba a gran velocidad en su bicicleta por detrás de Alexis. Saludó al chaval con una mano—. ¿Tú te quedas con Natasha en casa mientras nosotros estamos fuera... y después?

—Pues, después... —Alex miró el reloj—, ya se me ocurrirá qué hacer. —Encogió los hombros—. Si no te parece mal me llevo a Max a correr un rato más, ya que entro más tarde que usted, jefe, y si no calculo mal, sus bellas durmientes deben estar a punto de despertar.

Mac asintió y Alex lo dejó allí plantado. Max por fin estaba de nuevo en movimiento.

Nathan recorrió el camino de vuelta a paso ligero. Una vez en la casita marchó directamente al dormitorio. Se quedó en el umbral mirando la cama. Natasha, completamente despierta, gorjeaba, meneando los pies y babeándose las rechonchas manitas. Una almohada y el brazo de Ashley la protegían de una posible caída.

—Buenos días. —El rico cacao de aquellos ojos que lo fascinaban impactó en su verde.

—Max está con Alexis, estarán aquí en media hora —respondió él, anticipándose a la pregunta—. Me duele la rodilla y es mejor no forzarla. —Era la única excusa que se le ocurrió en ese instante—. Me voy a duchar.

No había sudado, pero era una necesidad, casi una adicción. No podía pasar sin el vigorizante choque que le proporcionaba la alternancia entre duchas frías y calientes.

Anduvo hasta la cama y se inclinó sobre ella. Sonrió por el gritito alegre que Natasha soltó al tenerlo tan cerca, seguido por ese «pap, pap» previo al definitivo «papá».

—Princesa, princesa, princesa —murmuró él besándole la pequeña nariz.

Incluso un hombre como él se volvía un hombre como los demás. Todos pierden los papeles y se vuelven medio bobos al convertirse en padres.

Ashley no comentó nada respecto a Max ni a Alexis, no pronunció palabra, solo lo miraba. A él, a él y siempre a él. Se sentó en la cama; un tirante del sencillo camisón negro resbaló por su hombro. Estaba despeinada, con la cara sin lavar, de lo más adorable.

—¿Café? — preguntó él, alzando la cabeza después de besar y volver a besar la nariz de la niña, que reía. Una mano entera lo tenía agarrado por un dedo, dedo apetitoso y más ahora con lo que dolían el resto de dientes por salir—. Bien —dijo tras el asentimiento de Ashley. Esta vez besó la pequeña manita e hizo que Natasha le soltara el dedo—. No tardo.

No dudó, al alzarse besó la frente de Ashley, dio media vuelta y se metió en el cuarto de baño.

Ella esperó hasta ver la puerta cerrarse y oír el agua caer en el plato de ducha. Salió de la cama, agarró el batín que estaba en una esquina y se cubrió con él. No hacía frío, pero tampoco tanto calor como para no cubrirse.

—Ven aquí. —Cogió a Natty y la llevó hasta su dormitorio, la cambió y luego, con ella en brazos, marchó a la cocina donde la sentó en su trona.

Puso en marcha la cafetera y colocó dos rebanadas de pan en la tostadora. A continuación sacó una docena de huevos de la nevera y los cascó, dejándolos en el vaso largo.

Puede que no estuviera haciendo las cosas bien, que tal vez Alexis tuviera razón y que él no perdería nada al intentarlo. Con esos pensamientos rondándole por la cabeza, Nathan acabó de abotonar la camisa del uniforme y con el pelo todavía bastante húmedo salió de la habitación con la gorra en la mano.

—Aquí estoy. —Con la mano libre cosquilleó uno de los costados de la niña y por fin soltó las palabras que luchaban por traspasar la barrera de su indecisión—. Esta noche Natasha se quedará aquí con Alexis, tú y yo vamos a salir.

—¿A salir? ¿Cómo que a salir? —Ashley se giró y ya lo tenía delante, a medio paso. Alzó la cabeza tanto como podía y lo vio beberse aquella docena de huevos como quien bebe un rico vaso de leche—. ¿Salir adónde?

Él la rodeó con un brazo, le quitó de las manos la taza de café humeante para dejarla en la mesa.

Se sentía un poco imbécil, hasta muy imbécil. Quería ser suave y temía hacer el ridículo.

—Verás, nena... voy a sacarte. —Se dio cuenta que la expresión había sido poco genial, estaba planteándolo como si ella fuese un perro. Entrecerró los ojos y dio un sorbo, quemándose ligeramente la lengua—. Bueno, verás, vamos a ir a cenar y no hay más que hablar. Vendré pronto, sobre las seis... Tú estate lista, procura estar lista.

Se lo había adelantado y había insistido porque de haber esperado a decirle que se arreglara al volver él del trabajo, adiós cena. La conocía bien, cuando estuviera lista no quedaría ningún restaurante abierto.

Ashley se preguntaba por qué a cenar y con qué fin. Tampoco entendía por qué él no se ponía camisas más holgadas. Si una se aproximaba lo suficiente podría ver hasta la silueta del dorado *piercing* en el pezón. No era de extrañar que todas las mujeres del pueblo hablasen de los pectorales del *sheriff* y ella, Ashley, no se aclaraba si por eso estaba orgullosa, rabiosa o celosa.

—¿Por qué quieres llevarme a cenar fuera? ¿Es para ordenarme taxativamente que deje de tomar la píldora? Porque si has cambiado de opinión, yo no estoy de acuerdo.

Su mirada lo recorrió de los pies a la cabeza... La gorra, la gorra ya era... Parecía más un *stripper* que otra cosa y no le gustaba nada que todas se lo mirasen de forma sexual. La ponía enferma.

«Lo que faltaba», pensó el *sheriff* sin ponerse la gorra, como si le hubiese leído el pensamiento... sopló y sorbió un poco más, aunque tenía la lengua ya bien quemada por el café ardiente.

—Escúchame, cariño —dijo él, estrenándose como persona que se expresa con cierto tacto—. No es esa la intención, solo quiero que salgamos a cenar y ya está. —La mirada chocolate empezaba a cabrearlo y aún más cuando su dueña se cruzó de brazos—. Dije que seis meses, han pasado dos, en cuatro se acabó y que la naturaleza decida. ¿Claro? —Dejó la taza sobre el mármol junto a la de ella.

—¿Cómo que claro? Es mi útero y lo haré hornear cuando me apetezca. Y, por cierto, podrías pedir una talla más de camisa.

Dejó de mirarlo, pero no de estar cruzada de brazos.

—No vamos a discutir lo de los seis meses. ¿Qué cojones le pasa a mi camisa ahora?

—Pareces un *stripper*.

—¿Qué parezco un qué?

—Un *stripper*.

McNamara rio, una risa de aquellas largas y auténticas.

—Vamos, nena, no parezco un *stripper*, mírame. ¿Lo parezco? —Acarició con índice y pulgar la delicada barbilla.

—Sí.

—¿Y te molesta?

—Sí, se marca la silueta del aro.

—Bueno... —Él se desabotonó—. Quítamelo.

—No. —Apoyó una palma contra el pectoral. Las yemas frotaron el dorado arete—. Me gusta ahí.

—¿Una talla más?

Ashley asintió. Los finos dedos que le habían puesto el vello de punta al tocarlo de aquella forma abotonaron la camisa. Él la agarró por las nalgas para subirla a su altura y sellarle los labios con un beso.

Natty estaba a lo suyo. En realidad, se dedicaba a tirar los cereales que ella le había dado para que se entretuviera mientras sacaba de la nevera el pequeño tarro de puré de fruta que su padre había preparado la noche anterior.

El beso se tornó más y más caliente. Ashley acabó sobre la repisa y con sus bonitas piernas aprisionando al *sheriff* como fuertes esposas... y Natasha riendo.

—Mierda, mierda, mierda —gruño él, rompiendo el beso. Le subió los tirantes del camisón que habían caído hasta sus finos codos. La bata ya estaba en el suelo—. Estate preparada, Ashley, no lo olvides. —Las que sí estaban listas eran sus pelotas y ahora mismo no podía descargarlas—. Ashley, no... —pidió, pensando que el sillón en la oficina del *sheriff* lo estaba esperado.

Pero las manos de la mujer se agarraban a sus hombros, los finos tobillos se clavaban en sus nalgas y encima ahora había empezado a menear las caderas contra él.

—Es muy pequeña, no... no se va a enterar de nada. —Las dos manos le abrían el pantalón—. Y no pasa nada si tú llegas un poco tarde.

Él tenía el instinto paterno tan alto como la testosterona y ahora mismo la mitad de la sangre de su cuerpo entre las piernas. No estaba muy seguro de que Natasha no se enterara de nada.

—Ashley... —dijo él de nuevo cuando las dos manos se colaron en su pantalón en busca de lo que había debajo—. Ashley, no. —La detuvo antes de que su erección pensara por él—. Estate preparada —insistió, apartándose. Se subió la cremallera y fue a besarla, pero ella giró la cara así que solo pudo depositarle un beso en la mejilla—. Adiós, princesa —susurró sobre la coronilla de la niña al pasar a su lado y, poniéndose la gorra, se dirigió a la puerta.

—¡Puede que no esté preparada! —amenazó Ashley.

—No me desafíes, Ashley —soltó Nathaniel antes de salir.

Que no lo desafiara había dicho.

«Eso está por ver», pensó ella.

Sus nalgas saldrían muy perjudicadas pero tampoco sería la primera vez. Desayunó, aunque bastante desganada. La que sí estaba hambrienta era Natty, que tardó poco en acabar con todo el puré. Ashley se vistió y, cargando con su bolso y la bolsa de la niña, salió de casa para dirigirse a la tiendecita que había abierto unas tres semanas antes. Por la proximidad no era necesario ir en coche, así que recorrió las calles andando. Al llegar, abrió la cortina metálica, giró la llave en la cerradura y, como esto no era Nueva York, ni tan siquiera había alarma que desactivar. Encendió las luces.

—Bueno...ya estamos aquí.

Era todo muy sencillo, sin recargar, con tonos pastel excepto en las paredes, donde ella misma había pintado ramas de árbol. Mesas de diversas alturas y formas sostenían las pilas de ropa convenientemente dobladas.

—Llegas tarde —soltaron al unísono Justin y Estefan.

—No, no llegamos tarde. —Ashley miró el reloj en la pared del fondo—. Llegamos justo a tiempo. Vosotros, que sois muy madrugadores.

Caminó hasta meter a Natty en el parque a un lado de la mesa donde esperaba aún dormida la caja registradora. Ashley miró a la pareja, que había entrado tras ella, activando el tintineo de la campanita.

—Para madrugadores tu marido y su amigo. Dime, ahora que va a empezar a apretar el calor, ¿ellos lucirán pantalones cortos de esos, tipo malla? —preguntó Justin.

—Supongo. —Ella hizo como que el asunto no le importaba—. Aunque teniendo en cuenta que estás casado... no sé a qué viene lo de los pantalones —dijo, señalando a Estefan con un movimiento de cabeza. Tomó asiento en el taburete tras el mostrador.

Justin se aproximó a una de las mesas y levantó una camiseta. Los dibujos a mano sobre fondo azul eran absolutamente preciosos. Miró la etiqueta.

Estefan no estaba como Alexis y Nathaniel, así que aquello era solo «¿a quién le amarga un dulce?», a pesar de que esos dos no lo fuesen en absoluto.

—Rebeca lo dice por hacerte rabiar. Deja de manosear, Justin. —

Estefan golpeó la mano de este, que se hacía con un conejito de trapo. El vestido, los ojos, cada detalle, todo el animalito en sí lo había hecho Ashley. No hacía falta ser niño para tener una de esas monadas en casa.

—Gruñones los dos —farfulló Justin.

El único salón de belleza que había en Fe era de ambos y estaba justo enfrente de la pequeña y coqueta tiendecita de Ashley. A primera hora solía estar bastante vacío, pero después se llenaba, así que lo de la apertura de la tienda había corrido como la pólvora.

Justin trotó literalmente hasta el parque donde Natty, de pie, saludaba efusivamente con la mano.

—¿Mala noche, Rebeca?

—No —respondió Ashley a Justin abriendo el librito donde llevaba las cuentas. Hacía días, Nathan había insistido en contratar a alguien como dependienta. Tenía razón, pero a ella no le daba la gana dar su brazo a torcer.

—A mamá le está creciendo la nariz... —Justin le quitó los *quiquis* a Natty y los cambió por un par de mini trenzas que ató con unas gomas chiquitas—. Ahora, mucho mejor.

Estefan avanzó hasta quedar al otro lado del mostrador.

—Tú, deja de chinchar. Y tú, Rebeca, podrías pasarte por el salón alguna mañana para arreglar ese desastre de pelo que llevas. —Desde que el *sheriff* había aparecido en escena ella había dejado de teñirse, así que una parte del pelo se le veía negro azulado y la zona de la raíz castaño claro—. Necesitas un corte y si hacemos un arrastre de color no tendrás que volver a teñirte.

—No tengo tiempo ni ganas. —Ella alzó la vista unos segundos—. Gracias.

—Tienes la puerta abierta, lo sabes. —Tras el asentimiento de esta, Estefan llamó a Justin—. Venga, vámonos.

En el fondo, la hacían sentir culpable. Los saludó y giró la cara hacia Natty. Pronto tendría que llevarla a la guardería y la idea no le hacía ni pizca de gracia.

Tenía la impresión de que la niña la miraba mal.

—Seré más amable la próxima vez, bueno... podríamos ir ahora. ¿Vamos ahora?

Justo cuando iba a tomarla en brazos, la campanita de la entrada anunció la llegada de clientes y más clientes. La caja registradora se llenaba y Ashley iba de aquí para allá, a veces con la niña en brazos y otras veces la dejaba en el parque dormida, pero casi siempre la pequeña se entretenía sola jugando.

Al mediodía se llevó a Natty hasta la cafetería de Bob para comer. De vuelta al trabajo y una vez más, sin apenas darse cuenta, se les vino encima la hora de cerrar. Estaba francamente cansada. Repasó rápidamente la caja antes de volver a casa. Ashley se metió con Natty en la ducha. Una vez vestidas ambas, la sentó en la trona y abrió la puerta de la nevera.

# Capítulo 17

## MIMOSAS

—¿Qué haces vestida de andar por casa? —preguntó McNamara al entrar. Alexis lo seguía—. ¿No te dije que estuvieras preparada? —Giró las llaves en su mano y avanzó mientras aquel cerraba—. Son las seis pasadas.

Ella miró la hora en el reloj de pared.

—Las seis y cuarto —precisó. En la mano llevaba un tarro de puré que colocó en el microondas—. Sí, me dijiste que estuviera preparada, pero no sé por qué tenemos que salir a ningún sitio. —Se quedó mirando cómo Alexis sacaba a Natty de la trona para cogerla en brazos. Pensó que si la niña tenía semejante confianza con todos los hombres le iba a ir muy mal, y más con ese tipo de hombres—. Hola —saludó Ashley porque no le quedaba otra y Alexis tampoco le caía tan mal—. ¿Podemos hacer el favor de quedarnos? —preguntó, mirando a su marido.

—No. —Él movió la cabeza, indicándole que fuera a vestirse—. Vamos. —Ashley salió de la cocina, tragándose la respuesta. Pasó al lado de Alexis, que llevaba a Natty en brazos, y luego al lado de Nathan, al que ni miró mientras zanqueaba hacia el dormitorio—. ¿Por qué me lo pones tan difícil? Hemos quedado en que estarías lista. —No quería enfadarse. Nathaniel caminó tras ella y se quitó el uniforme, que dejó sobre la cama—. Así que date prisa. —La miró buscar en el armario mientras él se abotonaba la camisa borgoña—. No vas al Ritz, no hace falta que te pongas de veintiún botones. —Ya vestido regresó al salón—. Natasha estará bien con Alexis, él sabe qué hacer con un bebé y qué no hacer. —Lo miró, meneando la cabeza para que dijera algo.

—¡Sí, sí! ¡Todo controlado!

—No entiendo por qué tenemos que salir, no veo la necesidad. —Ashley subió los tejanos por sus piernas y se abrochó la blusa de cuello Mao. Se calzó unas manoletinas y se fue al cuarto de baño. Se recogió el pelo en un moño y se aplicó un poco de corrector y fondo de maquillaje.

—¿Nos vamos ya o no? —gritó Nathan. La mano de Alexis le indicó que bajara el tono. Ella lo estaba poniendo de los nervios—. Ashley...

—¡Voy! —Ella recogió una chaqueta y la cartera de mano, salió al comedor y miró a Natty, que jugaba con las grandes manos de Alexis, sentado en el sofá—. No tardaremos mucho, ¿no?

Nathan la agarró del antebrazo.

—¿Quieres dejar de preocuparte?

—Un segundo...

Él la soltó para que fuera a despedirse de la niña.

—¡Oh, vamos, Ashley, no te vas a la guerra! —Jugó con las llaves del *jeep* en su mano—. ¡Vamos, nena! —Por fin venía hacia él, aunque refunfuñando. Él abrió la puerta para cederle el paso—. Además, Max se queda aquí, no pasará nada. —La empujó hacia fuera y cerró—. ¿La oyes llorar?

Esperó varios segundos y nada, se la oía reír.

—No... —Ashley lo miró—. Pero no podemos tardar mucho... ¿y si tiene fiebre?

—¿Por qué diablos va a tener fiebre? —Empezó a bajar las escaleras, sin embargo, se detuvo a la mitad, viró sobre sus pies y la miró—. ¡Vamos!

Ella se había movido tras el sofá colgante y miraba por la ventana. Nada, la veía la mar de bien, sin embargo...

—Hace dos semanas tuvo fiebre... ¿y si recae? —Ashley dejó de mirarlos, se mordió el labio inferior—. ¿Entonces qué?

—¿Nos vamos a la otra punta del mundo? —Nathan negó, respondiéndose él mismo a la pregunta—. Estaremos a quince minutos de aquí. En casa hay un teléfono fijo y Alex tiene un móvil y nosotros también tenemos un móvil. Él sabe dónde vamos a cenar, así que si no respondiésemos al móvil, solo tendría que buscar el número en la guía, llamar al restaurante y nosotros vendríamos corriendo. —Subió las escaleras, la prendió de una muñeca y dio un suave tirón—. Lo de la fiebre fue por los dientes, ya te lo dijo el pediatra. Es algo absolutamente normal.

—Ya..., ya, pero… —Ashley lo miró, dejando de avanzar justo en el segundo escalón—. ¿Seguro que estará bien?

—Claro que sí, y si no, Alexis acabará sin sus sagradas pelotas. —Tiró de ella y la levantó en brazos—. Sujétate. —Los finos brazos le rodearon el cuello.

—¡No, no, bájame! —Ella escondió la cara contra el cuello de él conforme bajaban—. Nos van a ver.

—¿Y?

—¿Cómo qué «y»? —Levantó la cabeza, lo miró a él primero, luego todo alrededor—. Hablarán de esto.

—Que hablen. —McNamara abrió la pequeña puerta de un puntapié y cruzó la calle directo al vehículo. Se detuvo ante el todoterreno, pero no la dejó bajar de sus brazos—. ¿A qué hueles? —La husmeó, eso, la husmeó—. ¿Qué es?

—A... a mimosas. —Sí, se había puesto algo de perfume—. ¿No... no te gusta? —Sus pies tomaron contacto con el suelo y su espalda contra la puerta del copiloto—. ¿No me queda bien?

—¿He dicho yo que no te quede bien?

—No, pero tampoco has dicho que sí. ¿Me... abres? —Las palabras se trabaron con su lengua—... la puerta, digo.

—Claro. —Presionó el botón del mando y se oyó el click clack de las puertas al desbloquearse. Al moverse para subir al coche, el cuerpo de Ashley emitió más ondas embriagadoras—. Y hueles pero que muy bien... aunque ahora tenemos que ir a un sitio antes de cenar.

—¿A un sitio? —Desde luego, ella lo encontraba muy raro con lo de salir a cenar primero y ahora ir a un sitio—. ¿Dónde?

Cuando McNamara detuvo el *jeep*, ella vio que estaban en una calle residencial, sin tiendas ni restaurantes a la vista. El cartel en la esquina ponía Buena Vista Avenue, una de las avenidas en la colina al oeste de Fe.

Nathaniel bajó la ventanilla de la derecha y le señaló la casa que tenía enfrente, a la vez que su otra mano rebuscaba en el bolsillo de su pantalón. Sacó un juego de llaves.

—Nuestra —dijo sin más, recostándose en el asiento.

—¿Nuestra? —Sus ojos iban de él a las llaves y de las llaves a la casa que había al otro lado de la acera—. ¿Es nuestra? —Ashley vio dos pisos, un amplio jardín delantero y desde el vehículo juraría que el césped debía continuar hacia atrás. Unas altas columnas encuadraban el amplio porche con una robusta puerta de madera en el centro—. ¿Es nuestra?

—Toda nuestra. —Él agarró la mano que señalaba la casa y depositó en ella las llaves—. Cada baldosa, teja, árbol, toda nuestra.

No acababa de comprender por qué se la veía tan sorprendida. Ella había vivido en lujosas mansiones antes y aquella era una casa, una señora casa, de la clase que se compraba una familia acomodada, pero no una mansión de Malibú. En resumidas cuentas, el dinero que Nathan había cobrado de papá Ferguson ahora estaba bien invertido, tanto aquí como en la tienda.

—¿Quieres entrar?

—Sí, por favor —respondió ella sin poder apartar la mirada de la casa. El césped se veía tan sumamente verde… Abrió la puerta, pisó la acera y esperó a que él llegara a su lado.

Esa sonrisa era auténtica. Hacía mucho tiempo que no la veía sonreír así… Nathan ya ni lo recordaba.

—Entra tú primero. —Descansó la espalda contra el todoterreno varios minutos hasta que decidió entrar él también. La oía corretear en el piso de arriba, abrir armarios, cerrarlos y... gritar. Miró al suelo y sonrió.

La bañera era enorme y cuando ella decía enorme es que era realmente espaciosa. Se asomó y vio que también era bastante profunda y de forma redondeada. ¡Eso sí era una bañera! Llevaba tantos meses duchándose que ya había olvidado la epicúrea sensación de sumergirse en una de esas. Se le escapó otro gritito, aunque esta vez fue por los masculinos nudillos llamando a la puerta.

La miró.

—¿Te gusta? —No hacía falta que le respondiera, pero quería oírselo decir. Esa sonrisa otra vez significaba más que un sí, mucho más. McNamara lo sabía. Recostó un hombro contra el marco de la puerta—. ¿Quieres darte un baño?

—¿Puedo? —preguntó ella. Los grifos estaban precintados, todo olía a nuevo, sobraba el preguntarle si quería bañarse.

Ambos habían olvidado que debía ser solo una breve parada antes de ir a cenar.

—Haré que traigan la comida, tú te das el baño, cenamos y volvemos. —Sonrió cuando ella volvió la vista a la bañera—. Este fin de semana podríamos trasladar el resto de cosas y entregar las llaves de la casita a la señora Larsson. —Él caminó hasta quedar tras la espalda de Ashley—... Y mientras, en vez de atender la tienda, podrías venir a pintar la habitación de Natasha.

Los parpados cayeron sobre el chocolate y el cabello recogido en un moño dejaba el cuello al descubierto. Unos labios abrasadores ya se paseaban por él.

Nathaniel pasó los dedos por el fino talle hasta arribar en las caderas, colocó las manos sobre ellas mientras sus labios alcanzaban la encabritada yugular. Besó.

—Tal y como van las cosas, puedes tomarte una semana para pintar. —Despegó los labios y pasó sus incisivos por la trémula y pálida carne—. También puede que haya otra habitación donde quieras añadir algo o cambiar el tono de las paredes. —La atrajo, adhiriéndola a su pecho y sus palmas hicieron que las caderas de Ashley se movieran suavemente—. Los muebles son nuevos, estaban incluidos en el precio, pero si hay algo que no te guste, lo cambiamos.

Ashley asintió, alzando la cabeza hasta donde le era posible.

—Sí. —Ella siempre se quedaba corta, incluso cuando quería decir sí a todo. Entrecerró los ojos al sentir la nariz de él recorriendo el caminito que tanto le gustaba, y que desde su sien fue rodeando su nariz y marchó pómulo abajo hasta detenerse en sus labios, solo rozándolos.

—Voy a llamar —susurró él sin llegar a pegar los labios encima de los de Ashley, que ya se habían entreabierto. Nada de beso, se esforzó para renunciar. Apartó las manos de las caderas y marchó diciendo—: Métete en la bañera.

Antes de bajar las escaleras dio una vuelta por el piso y entró en cada habitación, aunque ya conocía la distribución de memoria. Una vez en la cocina, Nathan levantó el teléfono tras buscar el número en la guía. Dudó en llamar, pues probablemente la cena se quedaría fría entre que Ashley saliera del agua, se secara y se vistiera. Colgó y subió de nuevo las escaleras, pensando que sería mejor hacer el pedido cuando ella estuviera lista.

McNamara abrió la puerta del baño y una cálida neblina lo envolvió. Abofeteó repetidamente el vaho delante de sus ojos y cuando pudo ver acabó de entrar en el cuarto, cerrando la puerta tras de sí. Se esforzó en aspirar el máximo posible de oxígeno en ese ambiente tan húmedo.

Ella estaba desnuda, se pasaba las manos por la corta melena libre de la sujeción del moño, inútilmente de pie frente al espejo completamente entelado por el vaho. Había cerrado el grifo antes de que el agua llegase a la mitad de la honda bañera. La humedad intensificaba el aroma de Ashley, que llegaba a las fosas nasales de Nathan, acariciándolas.

—Llamar ahora para que se quede todo frío es una... gilipollez —exhaló él junto a parte de tanto oxígeno acumulado.

—Podría ser cuando salgamos del agua, ¿no? —Ashley ya no miraba su difuminado reflejo en el espejo. Caminó hasta quedar ante él. Las manos avanzaron hasta posarse en los pectorales, presionó suavemente con las palmas—. Es muy grande, cabemos los dos.

Ante el leve asentimiento le desabrochó los primeros botones y la piel bronceada apareció… otro botón y otro más. Tiró de la camisa para que saliera del pantalón y acabó de abrirla; siguió tirando de ella hacia los hombros y acompañó la prenda hasta que se la quitó del todo. Ashley, sin moverse de allí y sin dejar de mirarlo, estiró el brazo para dejarla sobre la repisa de mármol, le desabrochó el cinturón y tiró de él hasta quitárselo del todo.

Él permitió que abriera el pantalón, que las manitas se movieran para quitárselo, pero le dirigió la derecha, dejando su propia izquierda justo en el umbral de la bragueta abierta. Le guio la mano hasta uno de sus mágicos bolsillos, le dejó tocar el contenido mientras ella le sostenía la mirada.

—Sácalo.

El metal tintineó al abandonar su escondite y salir a la luz. Nathan envolvió con la suya la mano de Ashley que sostenía el collar. Él lo había recogido roto del suelo en West Gilgo Beach y mandado reparar.

La hizo girar y avanzar hasta el lavamanos, la empujó hasta que el mármol blanco se le incrustó a la altura de las caderas.

La mantuvo inmovilizada mientras con una mano se quitaba la poca ropa que le quedaba y la enviaba al suelo. Con un par de manotazos despejó buena parte del húmedo cristal para que no empañara la visión de ambos. Los dedos mojados por el vapor se hincaron en la menuda barbilla femenina. Apretó.

—Mírate. —Sus ojos verdes encontraron los de chocolate en el espejo—. Míranos. —Ashley hasta temía que algún día le pudiera agujerear una nalga. La palpitante erección pinchaba una de sus pompas, empujaba contra la mujer en cuya piel el mármol se hincaba cada vez más. Los dedos presionaban, marcando su pobre mentón. Había tanto en esa mirada y todo ello la hacía derretirse. La femenina crema empezó a amontonarse en su sexo y a fluir entre sus muslos apretados. El añorado collar dormía en su palma, esperando despertar en el cuello. Aguardaba en la palma envuelta por la gran manaza. Ashley no podría confundirlo con otro, las yemas de sus dedos lo conocían al detalle—. Sigue mirando. —Nathaniel levantó la mano, le abrió la palma y sacó el collar. Rosa y plata brillaron bajo las tenues luces del baño. Él ladeó la cabeza y besó una sien con el pulso bombeando sus labios. Los dedos de las dos manos cogieron la cadena por ambas puntas. Volvió a mirarla justo mientras abrochaba el collar al blanco cuello. El frío beso del collar en su piel y un duro tirón en su cabello hicieron que ella echara la cabeza hacia atrás. El gemido llenó la estancia, los párpados temblaron sobre los ojos—. ¿Lo ves? —Coló una mano entre los muslos y con toda la palma hizo que se abrieran. Tras eso, ahuecó el sexo...—. ¿Lo sientes? —El sonidito que ella emitió no podía identificarse como un sí o un no, por lo tanto había que hacer algo. Soltó la cabellera y en la nuca tiró del collar para que le robara aire—. ¿Lo sientes ahora?

—Sí, Señor. —La pregunta no hacía alusión a si notaba la cadena en su cuello, iba más allá. Era una pregunta mucho más profunda.

McNamara separó los carnosos pliegues y pujó con la ayuda de su cadera muy dentro de ella.

—No dejes de mirar. —Consintió que Ashley se apoyara con ambas manos en el mármol y se asentara bien sobre sus pies antes de retirarse suavemente del interior, pero no del todo, nunca del todo—. No dejes de mirar, no lo hagas. —Así que la mirada de Ashley quedó clavada en la suya al rebotar el reflejo del espejo ante sus ojos. McNamara apoyó el mentón en un hombro y empezó a embestirla, entrando, saliendo y removiéndose dentro de ella. La sujeción en el collar menguó, la mano se escurrió hasta uno de los pálidos globos que se agitaba a causa del movimiento. Le giró la cabeza para poder mordisquearle los labios.

Con él adentrándose más y más escarbando en su interior, las palmas de Ashley se escurrían por el mármol cubierto de vaho. No apartó la mirada, ni siquiera pestañeó demasiado. Gimió cuando él salió de su sexo, dejándole esa horrible sensación de vacío. Giró entre sus brazos y se dejó alzar hasta la repisa.

No era nunca igual, siempre sabía diferente, un beso jamás era lo mismo que otro con ella. Los rosados labios se abrieron, recibieron su lengua, que cargó contra su boca. Sin cuidado alguno, Nathaniel lamió los blancos dientes. Le afianzó una pierna contra su cadera y con todo el cuerpo empujó para volver a penetrarla hasta lo más hondo. El largo gemido de Ashley pereció en el fondo de su garganta.

Sus pechos rebotaban contra los amplios pectorales y el *piercing* engarzado en un oscuro pezón la arañaba. La pierna no afianzada contra él temblaba, sus manos subían y bajaban, agarrándose a los hombros de McNamara para luego caer. El beso acabó y le permitió respirar. Ella cerró los ojos y su cabeza no rodó porque dos manos la sujetaron, la cobijaron para que los labios de Nathaniel empezaran a besar su mentón.

Ashley no podía evitar que su pierna libre azotara el aire, así que él la afianzó en su otra cadera. Su boca volvió a perderse por aquel caminito, mentón, cuello, pecho y esternón, siempre pellizcando con los dientes la piel, marcándola, lamiéndola y volviéndola a besar.

La rodeó con los brazos y la aupó, preguntándose si ella seguía queriendo darse un baño o no.

Obtuvo la contestación de su hambriento sexo, que lo apretó muy fuerte, tan fuerte que su nuevo gruñido hizo temblar las paredes. Nada de salir, quería quedarse allí dentro y hacerlo por siempre.

Así que caminó hacia la bañera sin salirse del cálido cobijo para entrar en el agua, con Ashley siempre adherida a sus caderas. Se sentó y se acomodó, bien metidito en su interior.

—No, no, no —lloriqueó cuando él la empujó hacia arriba para instalarla a levantarse—. Por favor no... no. —El azote no tardaría en llegar. Ashley lloriqueó con más fuerza y se alzó, quedándose huérfana de él una vez más. Ashley giró, dándole la espalda y sus manos se apoyaron en las rodillas de McNamara. El redondo trasero quedó al aire y bien en pompa.

Dos manos abrieron las carnosas nalgas e hincándoles las uñas empujaron de ellas a la vez que él se escurría hacia abajo y un tanto hacia delante, doblando al mismo tiempo las piernas para que ella no perdiera el apoyo en sus rodillas. Lamió lo que de Ashley goteaba. Su sabor le llenó la boca y, sin llamar, entró. Metió la lengua en el cremoso huequito.

Sus uñas, siempre bien cuidadas, arañaron las rótulas que había bajo ellas. El agua a media altura rozaba sus pechos.

«Nada de correrse —pensó—, nada de correrse».

La lengua salió de su interior y dos buenos azotes marcaron sus nalgas. Ashley se dejó guiar. Aún de espaldas a él, se alzó un poco y abrió más las piernas. Ya casi estaba sentada; casi, porque para eso tenía que acabar de recibir lo que restaba de la dura verga en su sexo. Bajó, descendió hasta que físicamente no podía más. Por primera vez, ella gruñó al recibir un mordisco en el hombro, cosa que a él lo hizo reír, tras lo cual Ashley gimió de nuevo sin remedio.

Desde su cómoda posición, ahora con la espalda recostada en la pared inclinada de la bañera, Nathan podía ver las ávidas nalgas ondular a cada subida y bajada, formando olas. El sonido de succión se mezclaba con el del chapoteo del agua ya tan solo tibia. Un bonito color bermellón brillaba en las pompas. Las expertas manos la guiaban sobre sus caderas, pero decidieron trepar y trepar hasta capturar en las palmas la redondez de los orondos senos.

Ashley cambió el apoyo en una rodilla por el borde de la bañera pues él iba cada vez más y más rápido.

—¿Prisa, señora? —Ella no era la única que la tenía. Nathaniel la llevó contra sí, pecho contra espalda y con una mano descendió hasta el vértice de los muslos. McNamara ladeó su cara, la nariz se abrió paso en el entresijo del cabello—. Espera. —Su glande seguía en el interior de ella, podía sentir el *piercing* que lo coronaba vibrando entre aquella acumulación de jugos que acababan mezclándose con el agua—. Espera, Ashley. —Siguió empujando dentro de ella, ganando centímetros... Blop, blop, blop. Uno a uno los *piercings* friccionaron en el largo y cálido canal. El combo volvió a tocar bebop. Nathan le mordió la mejilla, apretó las nalgas y se removió de un lado al otro hasta quedarse quieto. Entonces la zurda le separó los labios y encontró un clítoris tan hinchado que no sería nada difícil atraparlo con unas pinza metálicas para tirar de él. Sin embargo, eso no era lo que iba a hacer ahora. Un dedo y después un segundo empezaron a frotar el nervioso botón—. ¿Cuánto vas a tardar en correrte? —preguntó, y volvió a morder.

Él bombeaba de nuevo en su interior pero no solo hacía eso. Un dedo friccionaba el ardiente y sensibilizado clítoris haciendo que todo se transformara en líquido.

Los ojos tono cacao quedaron en blanco. El grito que precedía al orgasmo rasgó el aire y todo el deseo salió a presión de su interior, con tanta intensidad que a pesar de tenerlo a él dentro la crema salía a borbotones.

Nathan apartó sus dientes de la cara que ardía. No quería hacer verdadero daño a la bonita piel de Ashley. Inyectó su esperma tan dentro como pudo, bombeó hasta sentir que se quedaba vacío. Ella era tan liviana que él ni notaba su peso, pero sí el temblor incontrolable de ambos cuerpos haciéndose uno. La fricción se fue, los dedos serpentearon hacia arriba y la asieron por la barbilla, ladeándole la cara.

—Te quiero, nena. —Besó los trémulos labios. Unió su mano derecha con la izquierda de Ashley para conducirla hasta el collar. Diez dedos pasearon por el plateado y rosado material—. Lo sé, estoy seguro que tú también me quieres —añadió sin moverla de encima de él.

Ya lo sabía.

# Capítulo 18

## CUATRO DE JULIO

Los primeros rayos de sol entraron por la ventana colándose a través de las vaporosas y blanquecinas cortinas. Ella extendió una mano tratando de atrapar en su palma algo de luz.

McNamara se apretó contra su espalda, besó el huequecito tras la oreja, plantó el codo en la cama y apoyó la cabeza en su mano izquierda, ya que la otra salió al encuentro de la de Ashley.

—¿Y qué harás cuándo consigas atrapar un rayo de sol? —Con la nariz siguió la forma de la oreja—. ¿Lo guardarás en una cajita bajo la cama?

—No, porque si yo hiciera eso..., tú la abrirías y lo dejarías escapar. —Ella entrecerró los ojos cuando los dedos de ambos se enroscaron unos con otros. Hacía calor, el calor típico de una mañana veraniega. Empujó las sábanas hacia abajo con sus pies. La sensación de piel contra piel era mucho mejor.

Se dio la vuelta. La paz gozosa que recorría su ser le sentaba bien y era tan real… Ashley prendió dos mechones sueltos y los llevó junto al resto. Los finos dedos color marfil seguían las líneas en la comisura de los ojos donde las pequeñas arrugas se intensificaban cuando él sonreía.

—¿Tú crees? —Él movió la cabeza recostada sobre su mano.

—Sí, lo creo. Eres así de malo. —Pero ella sonrió y empezó a acariciar la piel tatuada del brazo clavado en el colchón. Nathan flexionó el otro y luego lo descansó laxo sobre la sábana. La musculatura de su cuello crujió ligeramente al desentumecerse cuando él la movió. El dibujo inyectado en tinta por toda la piel morena llegaba hasta la muñeca—.

¿Lo vas a negar? —preguntó, acariciándole ahora los nudillos.

—No.

—¿No?

Nathan aprisionó la mano y la llevó hasta la almohada donde estaba la cabeza de Ashley y la obligó a que quedara bocarriba cuando venció su cuerpo sobre el suyo.

—No. —Primero los rosados labios se estiraban un poquito y después llegaba la sonrisa resplandeciente. Él la miró, embelesado, y pensó que se había vuelto un completo imbécil. El corazón latía atropelladamente en su pecho.

—Lo sabía.

Iba a besarla y entonces ella se desharía como si fuera un polo de limón olvidado al sol.

Pero entonces se escuchó un sonoro estallido, era Cuatro de Julio. Nathan se medió incorporó con la mirada fija en el gran ventanal y entonces... otro estallido.

—Tengo que irme. —Ella lo empujó—. ¡Oye, que tengo que irme!

Ashley se lo quitó de encima y pudo sentarse en la cama para rápidamente brincar fuera de ella y correr hacia el ropero.

—Qué tienes que irte, ¿adónde? —Hoy él no estaba de servicio y ella naturalmente tampoco abriría la tienda. Se quedó perplejo, preguntándose dónde diablos tenía ella que ir—. Ashley. —La vio correr con zapatos y ropa en la mano directa al baño. Natasha, al otro lado del pasillo gritaba. No lloraba, no, gritaba entusiasmada porque ese pum había sido divertidísimo y quería más.

—¡¿Puedes quedarte con Natty?! —Se metió dentro de bragas, pantalón y sujetador—. Y... y necesito que por favor hagas algo para llevar a casa de los Royce. Quedé en que sería una *lemon pie*.

La mujer se pasó la blusa por los hombros y, aún con los zapatos en la mano, se acercó a la cama. Le besó los labios y dio un saltito, calzándose la primera sandalia.

Nathan estaba cada vez más descolocado. Naturalmente que podía quedarse con Natasha, no iba a regalársela a los de enfrente. Ashley no le había dado la opción de preparar otra cosa que un aburrido pastel de limón y había decidido solita que fueran a casa de aquellos imbéciles que a él le caían tan mal. Por último, y no menos importante, iba a plantarlo sin decirle siquiera dónde iba ella tan temprano un día festivo.

—Sé que tenía que habértelo dicho antes pero me había olvidado. —Los maratones sexuales también tenían su parte mala, se olvidaba uno del paso del tiempo—. ¿Nos vemos allí? —Otro beso y a correr antes de que la bestia se abalanzara sobre ella.

—Sí, sí, cariño, tranquila. No te preocupes yo me encargo de… todo.

En su interior Nathaniel agradeció no estar delante de un espejo, porque debía de habérsele quedado cara de auténtico idiota.

Ya se tomaría la venganza más tarde, porque Natasha había empezado a llamarlo con aquel parloteo que él no era capaz de entender por mucho que se esforzara, aunque en ese momento le daba la sensación de que era una especie de «¿Me vienes a buscar ya o no?».


Ashley llegaba tarde, no es que hubiese pedido hora. Sin embargo, irrumpió literalmente en el salón de belleza. Las cabezas giraron todas las miradas hacia ella, los secadores se apagaron y todo quedó en silencio.

—Necesito ayuda —dijo y cerró la puerta. Trató de recuperar la respiración después de la carrera que acababa de pegarse.

—No, reina, no necesitas ayuda —declaró Justin, jugueteando con uno de sus rizos y mirándola de arriba abajo.

—Necesitas un milagro —añadió Estefan.

—Pues un milagro —asintió ella—. Vosotros sois capaces de lograrlo, así que aquí estoy.

Ashley, en su agitación, alzó la mano que sostenía el bolso abierto y a punto lo dejó de vomitar todo lo que en él se encontraba, que no era poco.

—No te muevas princesa —pidió Nathaniel. Eso de hacerle cosas en el pelo a la niña no era lo suyo. Nathan pasó el clip y la miró, quedaba torcido... ya que ella tampoco ayudaba mucho—. ¿Qué hacemos, Natasha? —masculló, quitándoselo. Después de todo no había necesidad de que fuera con un floripondio en la cabeza—. ¿Te parece divertido? —Para él no había sido un día divertido, sabía que no era lo más fácil del mundo cuidar de un bebé. El poco tiempo que pasaba con ella a diario no equivalía a lo de hoy. Eso había sido realmente agotador, pero seguía vivo—. ¿Será mamá? —Cogió la niña en brazos y bajó las escaleras a toda prisa, con Max siguiéndolo. Pensaba, quería, imploraba por dentro que fuese ella, aun sabiendo que Ashley nunca llamaría al timbre—. ¡¿Qué?! —soltó, sujetando la puerta con un pie y mirando a Justin como si fuese una cucarachita que intentaba colarse en su propiedad.

—Se dice «hola», *sheriff*. —Justin estiró la mano para intentar arreglar el destrozo en el pelo de la pobre niña y sonrió cuando Nathan se la entregó—. ¿Puedo pasar?

—Hola, y ¿desde cuándo se pregunta eso cuando ya se está dentro? —Cerró la puerta, se cruzó de brazos e inquirió—. Pero, vale, y ¿dónde está?

—¿Dónde está quién?

Justin subió las escaleras como Pedro por su casa. Entró en el dormitorio de la niña y allí encontró todo lo necesario para arreglarle el pelo. La sentó en el cambiador y se dedicó a ello.

McNamara lo siguió escaleras arriba y se recostó en el vano de la puerta. Si lo matase y enterrase su cuerpo en el jardín, nadie se percataría. No entendía cómo Natasha se dejaba trastear.

—Eso no, es más grande que su cabeza —dijo Nathaniel antes de pasar a lo importante—. ¿Dónde está?

—¿Dónde está quién?

—¿Cómo qué quien, quién va a ser? ¿Dónde está mi mujer?

—¡Ah, haber sido más concreto antes y ya está. ¡Vaya, hombre, qué carácter! —Justin engarzó el pasador con una mariquita brillante en el pelo de Natty y luego otro por el lado contrario—. Me ha pedido que te diga que os encontraréis en la fiesta. —Una vez acabada de peinar, observó el vestuario de la niña—. Sabes combinar los colores, ¿eh, grandullón?

—¿En la fiesta? —En dos zancadas McNamara estuvo sobre él y le arrancó a Natasha de los brazos para rodearla con los suyos—. ¿Te ha dicho algo más?

—No. —Justin encogió los hombros, divertido—. ¿Sabes qué vas a ponerte?

—Ropa.

—¿Qué ropa?

—La que yo quiera. —Se movió hasta el pasillo despejándole la entrada sin preocuparse de que se notara demasiado su deseo de que el otro se largara—. Nos encontraremos allí.

—¿A qué huele? —Justin bajó las escaleras, mirándolo de vez en cuando. En el hall se quedó—. Es dulce y....

—*Lemon pie* —dijo Nathan, abriéndole la puerta.

—Sigues siendo muy hostil, *sheriff*.

—Y me encanta. —Le cerró la puerta en las narices cuando salió. Nathaniel miró a la niña—. ¿Te cae bien? —Enarcó una ceja—. Serán los genes de tu madre, los míos desde luego que no.

Intentó convencerse de que no podía llegar tarde porque su mujer consideraba eso de mala educación. Se vistió y lo hizo con lo primero que encontró sobre la silla del ropero, sin caer en la cuenta de que Ashley lo había puesto allí a propósito. Él, Natasha y la tarta de limón subieron al *jeep*, pasaron a buscar al «tío Alex» y cuando llegaron a destino encontraron la calle atestada de coches. La música proveniente de cuatro casas más allá retumbó en el parabrisas.

Nathan tuvo que alzar la voz para preguntar si Alexis había traído alguna cosa.

—¿Tenía que traer algo? —preguntó el aludido.

McNamara bajó del coche, sacó a Natasha y entregó la tarta al otro gigantón.

—Ahora ya está. ¡Arreglado! Yo no voy a entrar con eso. ¿Dónde crees que iría a parar mi reputación?

Cerró el todoterreno y se encaminó hacia la fiesta. La buscó, pero no encontró a su mujer, preguntó por ella y nada. La niña se había quedado con el resto de pequeños. Estaban todos juntos en una zona bajo control para que los adultos pudieran divertirse sin preocupaciones.

Sin embargo, ese no era el caso para McNamara, quien iba bebiendo su cerveza sin mirar a ningún sitio en concreto.

—Podrías decir algo —masculló para Alex de pie a su lado—. Si no, volverán a acercárseme y contarme gilipolleces.

—¡Esto es una fiesta, Mac! —Alexis chocó su botella con la del jefe—. Chin, chin. Relájate y diviértete, hombre.

—¿Qué me divierta? —Lo miró como si estuviera loco y bajó la voz—. Esto es un muermo. Encima no tengo ni la más jodida idea de dónde está Ashley y... —señalándolo con un peligroso dedo— no sé qué cojones se supone que tengo que hacer aquí.

—Lo que todos, diver...

Alexis no terminó la frase. Se hizo un silencio, silencio de parloteo, porque la música de fondo seguía sonando aunque con muchísimos menos decibelios.

Nathaniel movió la cabeza y sus ojos se centraron en la entrada triunfal de la rubia. Ya sabía dónde estaba Ashley.

Ella llevaba un vestido corto, unos quince centímetros por encima de la rodilla y con los hombros al descubierto. Esferas gualdas colgaban de la tela dorada. Ella, su Ashley, avanzaba sobre altos tacones de aguja de un rojo brillante. Bling-bling, hacía bling-bling porque ella brillaba como una verdadera joya. El pelo ondeaba en tonos claros, podía adivinarse el color original entremezclándose con el rubio. El volumen del cabello daba la sensación de que se movía con vida propia.

Ashley se detuvo ante ellos.

—Siento llegar tarde.

Él había enmudecido. Con un gesto de cabeza echó a Alexis y carraspeó, mirándola. Era como haberse metido en una máquina del tiempo y tenerla como antes, pero sin ser del todo como antes.

—¿Tener una erección en plena fiesta del Cuatro de Julio es de mala educación? —murmuró Nathan, rodeándola por la cadera con un brazo—. Debería de darme vergüenza.

La oscura máscara en las largas pestañas y el delineado del párpado superior intensificaban la orgullosa mirada de la mujer.

Él dejó el botellín de cerveza en la mesa. Tiró de Ashley hasta una esquina sin romper el contacto de pelvis con pelvis. El rojo sangre brillaba en las cuidadísimas uñas a conjunto con los vertiginosos zapatos.

—Supongo que podrían abrirte un expediente —susurró ella.

Ya estaba segura de haber acertado en invertir tantas horas para quedar «arreglada» y comprar algo que tal vez no fuera ni con la ocasión ni con el lugar, pero que quería vestir de todos modos. De nuevo desplazándose por las nubes, el mundo se veía muy diferente desde lo alto de unos *peep toes*.

Nathan le retiró algo del ondeante flequillo que caía sobre sus bonitas facciones. Para su enfado o desenfado resultaba que Justin y su marido, Estefan, sabían hacer algo más que dar grititos y hablar de lo que fuera que hablaran.

—¿Tenemos que quedarnos mucho rato? —preguntó él, más que nada porque su erección no estaba muy de acuerdo con ello.

—¿Y Natty?

—El tío Alex cuidará de ella. —El brazo la sostenía por la cadera y la mano bajó hasta una pompa donde apretó suavemente. Ya ni le importaba que le abrieran un expediente al mismísimo *sheriff* por escándalo público. McNamara bajó la cabeza para morderle un lóbulo—. ¿Tienes algo que recoger antes de irnos?

—Sí... una... una chaqueta y el bolso.

—Ve a buscarlos y espérame en la puerta. —Le dio un suave cachete y la volteó entre sus brazos—. Vamos —soltó, mirando a su alrededor. Iba a reventar la costura de los pantalones. Siguió con la mirada aquel amplio pero firme trasero forrado en oro que se alejaba meneándose—. Alexis —llamó Nathaniel, captando su atención. Lo agarró por un antebrazo y entonces masculló—: Ocúpate de Natasha, mañana por la mañana iré a por ella. —Ante la media risa le prometió—: Podrás librar un par de horas esta semana. —Y apretó la sujeción—. Solo porque es una urgencia.

—Que se lo digan a tu pantalón —respondió el otro, asintiendo—. No te preocupes, para algo soy el tío Alex.

Nathan sonrió, avanzando entre la gente; casi le costaba moverse.

Llegó a la entrada pero no la vio, así que siguió hasta el porche, pero allí tampoco estaba ella. Volvió a entrar con el ceño fruncido, preguntándose dónde diablos se había metido. Por instinto, se dirigió al pasillo que llevaba al baño. Allí estaba, arrinconada contra una pared con aquel imbécil prendiéndola por un brazo. Nunca le había gustado el señor doctor.

—¿Qué pasa? Ven aquí, nena. —La zarpa que la agarraba la soltó. Al llegar, él la desplazó a su lado—. ¿Puedo saber qué coño pasa?

—Eso me llevo preguntando yo desde que llegaste, McNamara.

—Como no seas más concreto...

—Solo hay que verla —dijo Harmon, señalándola. El plata y rosa no pegaban demasiado bien con el vestido, pero el collar no era algo de lo que ella pudiera desprenderse porque no combinara con su ropa. Sin embargo, allí debajo había una colección de hematomas, aunque nada escandalosos, producidos por la presión sobre tan delicada piel—. Creo que el que tiene que dar una explicación aquí, *sheriff*, es usted.

Si él se quitara la camisa quedarían a la vista los arañazos, incluso algún que otro mordisco causado por ella, pero esta no era la cuestión.

—Sigo sin entenderte. —Nathaniel ladeó algo la cabeza, mirándolo de reojo y ordenó—. Nena, vete al coche.

Ella no iba a irse al coche sola, no ahora. Se pegó a él y le rodeó un brazo con los dos suyos.

—Vámonos. —Sin resultado, como si no hubiese abierto la boca. Entonces tiró suavemente de Nathan—. Por favor, marchémonos.

—No —zanjó este con un monosílabo y ni la miró—. ¿A qué cojones viene todo esto?

—A que pegas a tu mujer o... medio mujer. ¡Lo que sea!

—¡¿Qué?!

—Nathan, por favor. — Ashley no lo llamaba nunca por su nombre, pero ahora... —Vámonos.

—Ya tenía yo razón, tienes un jodido problema mental, medicucho de mierda.

—Déjalo, por favor. ¿No ves que ha bebido? —Ashley sentía la recia musculatura tensándose bajo el agarre de su brazo. Su otro brazo se estiró y la mano lo agarró por la camisa—. Vámonos.

—He dicho que al coche. —McNamara hizo que lo soltara y la miró, mordaz—. Al coche, ya. —Después de esto iban a tener una seria charla, pues suya era... ahora.

—A eso se le llama maltrato.

—¡No es maltrato, maldito imbécil!—chilló ella. El doctor Harmon nunca se lo había comentado a él, pero a ella sí la había abordado más de una vez en plena calle y otras tantas en la tienda pidiendo explicaciones sobre la relación que ella tenía con el *sheriff*—. ¿Aún no lo entiendes? —preguntó Ashley al doctor.

La bombilla se encendió algo en la mente del doctor, porque abrió mucho los ojos. Ató cabos a pesar de que el alcohol tenía bastante embotado su cerebro.

—Pero... tú —tragó saliva—. ¿Dejas que te veje?

—No me veja. ¡Yo lo he escogido!

Ashley no tuvo tiempo de reaccionar. Vio el puño impactar contra la barbilla de Harmon y después contra la nariz, que emitió un ruidoso crack. Solo pudo articular el nombre de Nathan. La gente no se movía, no se atrevía a ponerse en medio mientras McNamara lo sacudía una y otra vez como un saco de arena.

De pronto, Nathaniel notó unos fuertes brazos sujetándolo desde atrás. La voz de Alexis le gritaba y volvía a gritarle que lo soltará, pero allá impactó un golpe más, solo uno. Sus puños sangrantes e hirvientes dejaron de atizar.

—¡Esto sí que es maltrato, maldito capullo! —bramó él, deteniéndose.

En este pueblo bastante aburrido se conocía todo el mundo, no había peligro de secuestros ni nada semejante, así que al oír el jaleo, Alexis había dejado la niña con una mujer que a su vez la había entregado a Ashley cuando esta salió de la casa directa al *jeep*. Caminó con Natty en los brazos y al llegar y no tener las llaves, se apoyó en el coche.

Mientras tanto el de ojos azules forcejeaba con el otro gigantón en el pasillo hasta que este se dio la vuelta para salir.

—¿Estás como una puta cabra o qué? —Alargó la zancada para seguirlo—. Eres el puto *sheriff* y te dedicas a golpear al jodido médico borracho. ¿Qué coño piensas hacer, Mac?

Pero él seguía caminando. Le ardían las manos y el cerebro también de la rabia acumulada. Bajó las escaleras de entrada a la casa dejando el follón atrás. Alexis lo perseguía como su conciencia.

«Menudo Pepito Grillo».

Había visto a Ashley desde la distancia, allí parada junto al vehículo, con Natasha en brazos. Se irían a casa y por la mañana pensaría qué hacer, eso sí, nada de pedir perdón.

—Si llega a la central te van a abrir un expediente. —Pero McNamara lo estaba ignorando; a él, a su ayudante, a su amigo. Alex corrió y le cortó el paso—. ¿Pero te das cuenta de lo que has hecho?

Él se detuvo para mirarlo.

—Pues partirle la cara a un gilipollas. —Sacó las llaves y abrió el *jeep*. Apartó la mirada de Alexis para ver cómo Ashley colocaba a una medio dormida Natasha en su sillita—... y ya pueden abrirme un jodido expediente si a cambio le he causado daños irreversibles en el cerebro a ese imbécil.

—¿Pretendes que te sigan respetando después de esto? —preguntó Alex.

—Mañana hablamos. —Al sonido de los fuegos artificiales estallando en el aire se añadió el de la puerta del copiloto al cerrase tras subir Ashley—. Mañana hablamos, Alex. —Este intentó en vano cortarle el paso otra vez—. Ahora no, mañana. —McNamara, una vez sentado con las manos en el volante, encaró a su mujer—. Cuando te digo al coche, vas al coche, ¿*okey*?

—¿Por qué le has pegado?

—Lo estaba pidiendo a gritos. ¿Me has oído?

Giró la llave y el motor arrancó. Sus nudillos sangraban.

—Estaba borracho.

—Me importa tres cojones lo que estuviera. —Sin mirarla, repitió—: ¿Me has oído, Ashley?

Toda la tensión acumulada detonó.

—¡Te he oído, Nathan! —gritó ella a pleno pulmón—. Te oigo, te escucho siempre, ¡pero tú a mí nunca! —Movió las manos—. Hago todo cuanto dices y como tú quieres y por una vez que te pido que nos vayamos al coche porque no vale la pena discutir, te lías a puñetazos con un borracho. —Ashley golpeó el salpicadero—. ¡Te quiero, pero no quiero que acabes liándote a golpes como ahora porque haya quien no nos entienda! —Las luces rojas, blancas y azuladas de los fuegos artificiales se reflejaban en las lágrimas que saltaban de sus ojos, iluminándole la cara mientras el coche avanzaba por las calles desiertas—. Me chantajeas con quitarme a mi hija y sigo queriéndote y obedeciéndote, pero si vas a volver a intentar matar a alguien a puñetazos acabaré gritando para que me hagas caso. —Entonces no aguantó más, Ashley se desgañitó—. ¡Tetera, tetera, tetera!

Cayó contra el respaldo del asiento y sollozó. A su llanto se unió el de una asustada Natty.

Nathan apretó de tal forma el volante que no entendió cómo no se hizo añicos. Le acababa de gritar y lo había llamado por su nombre de pila. Dos cosas que rompían las reglas, pero lo peor no era eso, lo peor fue oír «tetera»... Tres jodidas veces, «tetera». Aparcó delante de casa.

—Baja del coche, entra a la niña, tranquilízala y métela en la cama.

La mujer lo miró.

—Yo... siento...

Tenía la voz ronca de tanto gritar y Natty lloraba realmente asustada en su sillita. Él ni la miró. Ashley abrió la puerta, bajó y recogió a la niña. La meció, besando la oscura cabellera. Caminó hacia la casa pero se dio cuenta de que él no bajaba del coche, de hecho, arrancó y se perdió con el *jeep* calle abajo.

Después de tranquilizar y cambiar a la niña, la acostó. Ella también se cambió y esperó en la cama. El sueño pesaba en sus ojos, pero las horas pasaban y él no aparecía. Bajó a la cocina, lo llamó al móvil y no hubo respuesta. Se quedó allí, bebiendo y bebiendo café, con el trasero, ese sí, adormilado de llevar tanto tiempo apoyado en el taburete. Cuando los primeros rayos de sol se filtraron por los amplios ventanales de la cocina, Nathaniel abrió la puerta y Ashley corrió a su encuentro.

—¿Dónde estabas?... Me tenías preocupada. ¿Dónde has ido?

—A dar una vuelta. —Cerró y ni saludó a Max, que venía a recibirlo con la cola abanicando el ambiente. McNamara subió los escalones de dos en dos con ella corriendo detrás—. Te he dicho que a dar una vuelta —murmuró por el pasillo, caminando hacia el dormitorio.

—¿Una vuelta? —cuestionó, cerrando la puerta de la habitación para así poder alzar el tono de voz sin perturbar el sueño de la niña—. ¿Para qué?

—Necesitaba conducir.

La sangre ya estaba reseca en sus nudillos inflamados. Abrió el armario y sacó un uniforme debidamente planchado que dejó sobre la cama. Se quitó la camisa.

—Cariño, lo siento. —Ella sabía que no tenía que haberle gritado y mucho menos haber dicho «tetera», pero la situación la había superado—. Por favor... dime algo, algo como «no vuelvas a hacerlo» o...

Desde que había cruzado la puerta él ni la había mirado y eso dolía más que otra cosa.

—Tengo que ducharme, en media hora entro a trabajar. —Cogió la ropa, se metió en el baño y cerró.

Ashley se tumbó en la cama, escuchando el sonido de la ducha y por fin el sueño la venció. Durmió todo el día junto a Natty, desde luego ambas estaban realmente cansadas. A la hora habitual de llegada, Nathaniel no llegó. Ella preparó la cena, le dio de comer a Natty y acabó cenando ella también. Dos horas más tarde, él todavía no había regresado. Miró la tele hasta que solo emitían la teletienda y se vio obligada a subir al dormitorio. Durmió hasta sentir el colchón moverse bajo el peso de él, abrió los ojos y estuvo tentada de girar y abrazarse a su cuerpo, pero no lo hizo. No lo hizo aquella noche ni la siguiente cuando, bien entrada la madrugada, McNamara apareció.

—¿Te vas a marchar? —murmuró Ashley.

Buscó la mirada de Nathan, sentado ante ella en la mesa de la cocina. Quería escuchar la excusa que podía avanzar para marcharse una mañana de domingo.

—Sí, hay muchos expedientes por repasar en comisaría y nadie va a hacerlo si no lo hago yo. —Dejó la cuchara con la que acababa de darle la última toma de yogur a Natasha, sentada en su trona—. No me esperes a comer y tampoco lo hagas para la cena.

—Hace cuatro días que lo hago.

Lo siguió con la mirada mientras él recogía la mesa.

—Pues continúa haciéndolo.

McNamara se inclinó para besar la mejilla de Natasha y pasó al lado de la mujer cuyas manos le agarraron una muñeca. Él se detuvo. Sentía la tentación de acariciarle los finos dedos, ahora siempre manchados de colores.

—Lo siento. —Ashley se levantó y con una mano se aferró a él hundiendo la cara en su pecho—. No debí decirlo.

Sabía que no era por el nombre o por gritarle, era por la palabra «tetera». Esa que jamás debió utilizar en vano y mucho menos en una discusión.

—No lo haré más, pero... quiéreme otra vez, por favor. —Él olía tan bien, era tranquilizador el calor que transmitía, era su gran tabla de salvación.

Él se sintió una babosa, como una babosa enorme o un gusano de aquellos tan asquerosos, pues no había dejado de quererla en ningún momento. Elevó la mano no agarrada y la aproximó para acariciarle la cabeza, pasar la mano por su bonito y lustroso pelo, no obstante... cerró la mano en un puño. Esto no podía quedar así, esto no era una tontería. Era algo que a la larga podía destruirlos.

—Tengo que irme, Ashley. —Él soltó una mano y, bajando la otra, se separó de su cuerpo. Caminó, dejándola ahí. Salió de casa, cruzó la calle, subió al *jeep* y se fue.

Había un problema y Nathan quería resolverlo, necesitaba resolverlo.

Cogió su móvil y llamó cuando el coche rodaba todavía en Buena Vista Avenue antes de girar en la tercera calle a la izquierda.

—Te necesito a ti y a tu sótano.

—El sótano es todo tuyo, pero... ¿a mí? ¿Me necesitas a mí? —preguntó Alexis al otro lado del teléfono.

—Sí, a ti también. Aprovecharé algo del sedante en gas que me queda para ella. —Nathan se relamió el labio inferior, el teléfono móvil pegado a su oído mientras su zurda manejaba el volante. Menos mal que era representante de la ley. Aparcó en una calle conocida—. Voy a hablar con la señora Larsson para que se quede con Natasha hasta mañana por la tarde. Probablemente me amenace de muerte al cruzar el umbral, pero... pondré mi sonrisa más seductora. —Miró por la ventanilla—. Sé que no es la primera vez que te pido ayuda, Alexis, pero necesito que hagas esto por mí y por Ashley. —Le costaba expresarse—. Si con tu ayuda superamos esto, ya no habrá nada ni nadie que pueda joderlo todo, pero si dejo pasar lo ocurrido como si tal cosa, tarde o temprano nos acabará haciendo daño.

—¿Estás seguro?

—Más que nada en el mundo.

—Si no mueres de un balazo que te vuele la cabeza en los próximos cinco minutos, cuenta conmigo, señor —se despidió Alex.

Nathan colgó y bajó del coche. Abrió la verja y subió los escalones. Llamó a la puerta, aunque el cartelito rezaba «Abierto». Cuando la boca del rifle le apuntó, puso manos arriba.

—Buenos días, señora Larsson. Me gustaría hablar con usted. Si se siente más cómoda, puede seguir apuntándome, pero dentro de casa —dijo McNamara con un ademán señalando el interior.

# Capítulo 19

## ALEXIS

La cabeza de Ashley daba vueltas y eso que aún no había abierto los ojos, así que los abrió poco a poco, muy lentamente. Pestañeó y vio borroso... y se preguntó dónde estaba. Trató de mover las manos, pero no le fue posible. Movió las muñecas y en ese instante se dio cuenta que estaban atadas, amarradas detrás de su espalda, sus hombros echados dolorosamente hacia atrás. Notaba la frescura de la sábana adherida a su mejilla y los pliegues del material que su cuerpo formaba al moverse. Sin saber bien cómo, Ashley logró ponerse de rodillas y gimió cuando la conocida manaza zurró primero una de sus nalgas, quemó y quemó su piel. Ella se quedó quieta porque la misma mano la agarró luego del cabello, obligándola a quedarse arrodillada sobre el colchón. La luz dañaba sus pupilas, el olor era completamente desconocido. ¡Todo lo era salvo el toque de él!

—¿Has dormido bien, cariño? —susurró Nathan, pegado a su oído. Sus labios rozaron la pálida mejilla mientras sus dedos se enredaban en la cabellera rubia—. ¿Sabes dónde estás? —Por lo que sus ojos distinguían, parecía un sótano. La pared de enfrente estaba pintada de rojo y por el rabillo discernía algo más de otra pared, pero esta era negra. Ashley tenía claro que estaba en una cama; el tirón en su pelo la obligó a mover la cabeza y mirar alrededor. Vio un potro, una **cuna de Judas** y una pared repleta de estanterías con ganchos donde colgaban *floggers*, palas y látigos. No, definitivamente, no sabía dónde estaba—. Como para la segunda pregunta no pareces tener respuesta, la formularé de nuevo. —McNamara tiró del cabello y la cabeza de Ashley quedó completamente hacia atrás. La miró, encontrándose con un par de ojos asustados—. ¿Sabes dónde estás y por qué?

—No..., no lo sé, Señor —tartamudeó ella.

Desde el incidente no había vuelto a mirarla directamente. El castigo por no controlar su lengua había sido muy doloroso. Aquella indiferencia, aquella frialdad la consumían y ahora, por fin, Nathan de nuevo la miraba.

—No, claro que no lo sabes, y lo que tampoco sabes y sí voy a explicarte es lo que nosotros llamamos —besó el lóbulo de la grácil oreja antes de susurrar— **cesión de sumiso**.

Él pasó los nudillos rozando la sien y la barbilla, luego descendió al collar plata y rosa y acarició los aros brillantes.

«Cesión de sumiso, cesión de sumiso», se preguntaba ella cuando no le dio tiempo ni a gimotear. Él la giró en la cama para colocarla de rodillas en dirección opuesta a la anterior. Ashley vio con completa claridad esta vez. Desde el primer momento había sido consciente de que Alexis no pertenecía al **mundo vainilla**. Los que son como él tienen una mirada diferente al resto. A los demás los huelen a distancia, ven a través de ellos como quien mira por un trozo de vidrio pulido. Ahora llevaba pantalones de cuero negro, ajustados a las piernas, con aberturas a un lado para poder deshacerse de ellos en el momento preciso. Ashley descubrió la trabajada musculatura del vientre al descubierto y los anchos pectorales decorados con tinta. Había un crisantemo en cada uno. Los vibrantes colores causaban un efecto óptico, como si las flores fueran a salirse de la epidermis y caer al suelo a los desnudos pies del Dom. Gracias a que la presa en su cabello había cedido, volvió la cabeza.

—No, por favor, Señor..., no. —De haber estado libres sus manos se habrían aferrado a él, a una de sus piernas. Le besaría las botas—. Por favor, no.

McNamara permitió que ella inclinara la cabeza contra uno de sus muslos. Pasó la palma por la brillante cabellera.

—Dilo, Ashley. —La caricia llegó a la nuca y bajó por la espalda desnuda—. ¡Dilo!

—No —insistió ella. Lo miró y repitió el no.

—¿No? —Las caricias que habían revoloteado hasta las manos

atadas treparon arañando la pálida piel—. Hace unos días no te costó mucho decirla. —Nathan oprimió la nuca bajo su palma y el metal del collar se hincó en su carne—. ¿Por qué ahora no?

Ya estaban las lágrimas rebosando de sus ojos una vez más. Ella percibía la frialdad en su mirada y la dureza que transmitía a sus pobres cervicales.

—No, no puedo decirlo, Señor, no.

—¿No? —Nathaniel se encorvó hasta que sus labios tomaron contacto, pero no la besó.

—No me moveré de aquí.

Ahora sí fue un beso corto y con aquella dosis de ternura que en sus sentidos se fusionaba con el fuerte agarre en su cuello. Él la sacó de la cama y la colocó de cara al potro forrado de cuero rojo.

—Es muy fácil... Tete... —Tras la negativa de ella McNamara se apartó—. Toda tuya —dijo alto y claro, caminando hasta la silla situada en una esquina de la habitación.

Él se lo había recordado, hasta había empezado a pronunciar la palabra de seguridad, pero ella se había negado.

Alexis quedó tras su espalda, su altura hacía que la cálida respiración golpeara la nuca a través del cabello revuelto. Dejó resbalar la larga cadena hasta que tan solo el último eslabón quedó en su palma. Ashley contuvo el aliento.

—Date la vuelta. —Alex la miró de arriba abajo. Desde luego la desnudez le sentaba mucho mejor que la ropa—. Qué pálida... —No era un desprecio, sino un cumplido. Abrió un enganche y lo engarzó en la argolla situada en el centro del collar—. Gírate.

Él se trasladó hasta cerrar el otro enganche en la boca de metal que había en el extremo del potro. Abrazando las temblorosas manos de la mujer, ya frías debido a la tensión más que a la mordedura de la cuerda, la tumbó encima del mueble. Le separó los pequeños pies y se apartó unos centímetros para observarla. Alexis miró a McNarama a la vez que sacaba la fusta que llevaba en la parte trasera de su pantalón.

Ella no se había percatado de la fusta porque en todo momento estuvo demasiado centrada en aquel par de ojos verdes que la observaban desde la distancia. Su Señor estaba recostado en la silla, piernas abiertas, zurda bajo mentón. Ashley se mordió el labio inferior y apretó las pompas con el segundo azote.

Aumentar la fuerza del azote o alargar la sesión para que la piel quedara enrojecida no era necesario en este caso. Una fuerza no controlada quebraría la blanquecina piel, causando heridas. El objetivo era solo marcarla. Alexis fustigó hasta que las pompas estuvieron marcadas por finos surcos. Algún que otro gemido brotó de los sonrosados labios de la mujer, no más. Él giró la fusta en su mano y la lanzó, siguiéndola con la mirada hasta que cayó en el colchón de la cama unos metros más allá. Apoyó las palmas en las hipersensibilizadas nalgas que debían arder como el infierno. Los pulgares presionaron en ellas hasta separarlas.

—Tu Amo debe recordarte el día en que con tu bonito y pulido uniforme fuiste a por más sirope.

Sus pelotas sí se acordaban. Ese día casi se las habían abrasado con el café.

La crema rebosaba, esparciéndose por los inflamados labios mayores que eran lo suficientemente regordetes para que él pudiera aspirarlos y amamantarse. La lengua paladeó, ascendió, bajó, pasó por la zona perianal y llegó a la vulva, donde se metió hasta que el mentón hizo de tope. Al ritmo de los pequeños espasmos, Alexis pegó los labios para poder sorber conforme sacaba la lengua. Una vez fuera, clavó las uñas en los rellenos glúteos, separándolos hasta su límite. Ahora sí que ella gimió. Él giró la lengua por el rugoso contorno del ano, mas se detuvo. Alzó su rapada cabeza a causa de los histéricos movimientos de la mujer. Miró a McNamara y comprendió. Sonrió, volviendo a ella, y las manos se apartaron de las pompas.

—Así que solo el Amo ha estado aquí —proclamó Alex, apuntando la entrada del musculoso canal con la punta del índice.

Ashley dejó de removerse, no era necesario responder ya que él no había preguntado. Era una afirmación enteramente cierta. El pantalón de Alexis cayó al suelo cuando los botones laterales se abrieron. ¿Qué podía hacer ella, entregarle aquello que solo había tenido uno y que no deseaba que tuviera otro? Pero, ¡ah!, no eran sus anhelos los que importaban, sino los de... Ella hubiera llorado de nuevo un «no, no por favor, Señor», no obstante sabía que no obtendría respuesta salvo si decía, si repetía, «tetera». El sabor metálico en su boca provenía de la pequeña herida que se había abierto en su labio inferior. Varías lágrimas se despeñaron por su nariz y lo salpicaron, haciendo que escociera. Sus ojos estaban hinchados por el llanto y la fijeza con que lo observaba.

Nathan seguía allí sentado, sin hablar o hacer ningún tipo de indicación gestual. Tan solo observaba como un mero espectador.

«Será mejor para ti si lo aceptas, Ashley», oía decir ella a McNamara como si él estuviera en el interior de su mente.

Alexis reunió en su glande una buena cantidad de los jugos que goteaban de ella. Pasó la abultada cabeza por los ricos y sensibles pliegues. Aferrándose a un muslo, pujó, pero no de un modo pausado y lento para que ella se adaptara a su tamaño, embistió de una estocada y al llegar al límite, cuando sus testículos hicieron tope, se aferró a las amplias caderas. Gruñó, agitándose en el cremoso interior.

Ella se hincó las uñas en las palmas. Cerró los ojos en el momento en que él entró en su interior al igual que un cuchillo caliente en mantequilla. Su canal estaba familiarizado con la redondez de las perlas que surcaban la largura de McNamara, pero ahora era diferente. Percibía el roce de muchas más esferas, bolas más pequeñas que recubrían prácticamente todo el grosor de la verga. Esta iba percutiendo su interior, por lo que Ashley resopló, nariz contra cuero, y descubrió los dientes para tratar de morder el material del potro.

Nathan comprobó así cómo era cuando él la tenía en la misma situación. Veía los pequeños pies crispándose y por momentos manteniéndose casi solo sobre los delicados deditos, las pantorrillas en completa tensión. Aquel par de pomposas nalgas temblaban a cada embestida. La redondez de los senos estaba aplastada contra el potro, así que parte de la tersa carne sobresalía por los lados.

Nathaniel fue incapaz de evitar una sonrisa. Las dudas que se habían acumulado en su cabeza se disiparon por completo.

Alexis la prendió justo en el nacimiento del cuero cabelludo, casi en la frente. Aquel tirón dolía más que ningún otro. Con una mano afianzada en las turgentes caderas que se mecían a cada golpe que asestaban las suyas, le llevó la cabeza tan atrás como le fue posible. La sujeción del collar en el delicado cuello de la mujer le robaba aire. Los quejidos salían medio ahogados de la garganta.

Al escucharlos, el Amo se mordió el interior de un carrillo, se inquietó en la silla. Ashley estaba ahora encorvada, su busto colgando completamente y balanceándose de una forma demasiado tentadora. Sus rodillas y la punta de los pies sufrían por mantener el equilibrio.

McNamara pasó una pierna sobre la otra.

Alexis movió el collar de la mujer para que la cadena girara y no la estrangulara al cambiarla de posición. Salió de ella con un sonoro blop. Con la cadena tirando desde atrás del ya enrojecido gaznate la agarró y volteó sobre el potro. Se acomodó en el centro de los amplios y firmes muslos y, antes de que Ashley se encorvara para ver cómo iba directo a su interior, pujó. La risa entre dientes surgió al mismo tiempo que la transpiración empezaba a gotear de sus sienes.

—¿Qué quieres ver... hmmm?

Agachó la cabeza para morder la extensión de una areola y profundizar con los dientes. El pecho se agitó en su boca, se agitó a causa del grito que ella profirió y entonces él soltó. Lamió las marcas rojas de su dentadura, la prendió de nuevo por el cabello y la elevó para que sus caras quedaran bien cerca.

—Pequeña sumisa escandalosa.

Pellizcó los muslos para separarlos completamente y sobre todo que los pies se sostuvieran en el aire más allá de sus caderas.

Ashley sentía sus muñecas en carne viva detrás de su espalda. Los hombros los sentía crujir, al igual que sentía cómo el metal del collar se le hincaba, amoratándole la piel. Cerró los ojos queriendo contener el orgasmo en el interior de su matriz, pero le resultaba muy difícil. Se le abrieron de golpe cuando un fuerte manotazo colisionó en su mejilla y tras él otro y otro más.

—Te han enseñado a pedir las cosas, ¿verdad? —Otro guantazo, mucho ruido y golpes bien medidos que picaban, pero sin dejar marca—. Demuéstralo —ordenó Alexis. La mano que la había abofeteado se deslizó hasta el rojizo e irritado clítoris. Lo frotó rápidamente, provocando que se irritara más—. Hazlo... ¿o quieres decepcionarlo?

—Por favor, por favor, por favor —rogó ella.

Eran las palabras de siempre, como un mantra. Ashley lo miró fijamente al no atreverse a cerrar los ojos de nuevo. Sintió la humedad de su propia mejilla cuando él elevó la mano por enésima vez para atizarle con ella.

—Por favor... ¿qué?

—Por favor, por favor. —Esos ojos azules eran completamente diferentes a los de Nathan. No solo por el color, había más, algo más que ella era incapaz de descifrar—. Acabar, acabar... acabar —gimoteó.

La presión se estaba volviendo insoportable y el dolor nublaba el asfixiante placer.

—¿El Amo te permitiría correrte?

—¡Sí, sí, sí!

—Yo no soy el Amo —sentenció Alexis.

McNamara tuvo que atar su alma a las suelas de sus botas. Su voluntad quedó con ellas y sus dientes mordieron los nudillos de su zurda. Si Ashley no caía ahora, no volvería a hacerlo. No volvería a articular aquella palabra en vano. Alex se limitaba a hacer lo que él le había pedido, sin embargo, no pensó que se le haría tan duro. En su día fue partidario de ceder sus sumisas a otros y sobre todo a Alexis, que aún con ese aspecto mucho más dulce que el suyo le ganaba en crueldad. Pero ahora... ahora no había sumisas, en plural. Solo estaba ella y nada más que ella y todo esto lo hacía él por el bien de ambos, por lo tanto no le quedaba otra que aguantar. Llegaría la recompensa.

«Tetera, tetera, tetera» resonaba en la cabeza de Ashley como un estribillo. La fricción había regresado, acompañada de largos pellizcos.

—¡Por favor!

«Tetera, tetera, tetera», en su mente. Se mordió la lengua para no soltar la dichosa palabra.

Alex aumentó al máximo las embestidas, a tal nivel que parecía querer partirla. Sosteniéndola por el pelo y luego por el cuello, presionó encima del collar.

—Hazlo.

Los dedos ahorcaron tras la orden y sus caderas dejaron de empujar. Su verga dejó de perforar.

Ashley llegó al clímax, todo desbordó los diques de su puerto, saliendo de entre la unión de los dos sexos al igual que si hubieran activado un aspersor en su matriz. Lo salpicó a él, se salpicó a sí misma y creyó, sí, creyó en **la *petite mort***. Gimoteó, todavía expulsando su crema a vivo chorro. Alexis se retiró de su interior, soltó las ataduras de las muñecas y la elevó para colocarla en el suelo. Ella estaba como ida. Sus párpados luchaban para elevarse mientras su sexo acababa de escupir todo lo que había quedado por salir.

De esa forma, ella continuaba demostrando hasta qué punto lo servía a él, hasta qué punto era suya. McNamara la vio desplomarse sobre sus rodillas, vio los turgentes y llenos pechos rebotar en su tórax, toda la crema resbalar por sus hinchados pliegues y acumularse en el suelo. Los amarres ya no sujetaban las doloridas muñecas, mas a pesar de eso, la memoria de los brazos los mantenía atrás. En Ashley ya era automático, la posición de sumisión prevalecía sobre todo.

La mirada de tono cacao subió desde los pies desnudos hacia arriba en el instante en que los dedos de Alex le indicaron que lo mirara. Tenía las piernas completamente tatuadas, piel pálida y carente de vello. La erección brillaba embadurnada de jugos femeninos. Sin embargo, no fue eso lo que llamó su atención y ni tan solo la anchura, sino la colección de bolitas que su sexo había captado. *Piercings* microdermales, pero no como los de Nathan, sino que las bolas no se veían como en su caso, se encontraban del todo bajo la piel. Le recordaba a aquellas esferas que solían tener varios tipos de vibradores. Ashley levantó la cara cuando un nuevo golpe dolió en su mejilla.

—Abre —ordenó Alexis, indicándole que hiciera eso mismo con la boca. Sus dos manos la prendieron por el pelo, tirando duramente de él—. Dientes —masculló, avisándola de que tuviera cuidado con ellos cuando la boca acogiera su longitud. La garganta quería evitar la arcada y más cuando el glande acarició la campanilla de Ashley, cuya nariz se aplastaba contra el pubis rasurado. Esta vez él cerró los ojos mientras la saliva se escurría por las comisuras de la boca, que trabajaba entre gimoteos y ahogo. Alex la guio con jalones de pelo, le marcó el ritmo que deseaba y la obediente sumisa se acopló incluso más rápido de lo que él esperaba. Los abrió para mirarla, lamentando de antemano el no gozar de futuras atenciones por parte de ella. No obstante, necesitaba acabar. Pegándola de nuevo a su pubis y sosteniéndola con una mano por la cabellera, la otra tapó la nariz de Ashley. Las contracciones en la garganta a los pocos segundos, producidas por el ahogo hacían que las paredes de la ardiente boca apretaran su verga, que los dientes la rozaran deliciosamente. Asiéndola por el cuero cabelludo cuando ella estaba empezando a ahogarse de verdad, Alexis sacó la erección de su boca, la dejó respirar dos segundos y luego cuatro buenos palmetazos colisionaron en la cara de ella.

—Eres mejor de lo que pensaba, pero no has acabado, zorra.

Y por segunda vez la empaló bucalmente. El esperma le hirvió en los testículos. Alex abrazó la cabeza de ella con las dos manos y la apretó contra sí hasta enterrarse profundamente en su garganta.

El salado y terroso sabor del semen llenó su boca. Su calor le bajó por la garganta y Ashley tragó hasta que él se vació.

Alexis reculó hasta que su verga emergió de la húmeda profundidad. Finos puentes de saliva y semilla los conectaban todavía.

—¿Qué se dice? —soltó dando un último manotazo mientras la sujetaba por la cabellera. Se encorvó para tener la cara de ella bien cerca de la suya.

—Gracias —contestó esta como pudo, enfrentándose a los ojos azules.

—Abre la boca —ordenó él. Reunió saliva en su boca y la dejó caer en la de Ashley. Tras eso, acercó sus labios y la besó. Ella gimió, respondiendo al beso, y gimió un tanto más cuando la manaza liberó su pelo para rodearle la mandíbula inferior, empujar su mentón hacia un lado y que ella mirara hacia donde McNamara continuaba sentado—. Discúlpate —dijo Alex. —Pasó la palma de su mano de la coronilla a la nuca a modo de caricia—. Ve.

Nathan observó cómo Ashley se desplazaba sobre palmas y rodillas con el enrojecido trasero en alto hasta llegar a él. Allí pasó la cabeza por una de sus piernas al igual que lo haría un gatito ronroneante. Ella recostó el lado izquierdo de su cara enrojecida en uno de sus muslos, quemándole la piel a través de los pantalones.

—Lo siento... no volveré a hacerlo, Señor —susurró. Las lágrimas mojaban el pantalón, dibujando manchas oscuras. Ashley envolvió la pierna con sus brazos y dirigió la mirada a los iris verdes—. No volveré a decirlo si no es por pura necesidad —juró ella. El olor del hombre le llenaba las fosas nasales, tranquilizándola. Ashley cerró los ojos cuando la mano de McNamara pasó por su pelo, retirándolo hacia atrás, acariciándole la cara suavemente con los nudillos y llevándose con ellos el rastro de lágrimas—. Nunca más, Señor.

—Lo sé —dijo Nathan. Había sido una lección. Cuando el fuego quema, duele. Esta había sido su lección y ella la había aprendido bien. McNamara despidió a Alexis con un movimiento de cabeza y alzó la de ella, acariciándole el tembloroso mentón—. Sé que no lo harás más —chistó ante el gimoteo de la mujer—. Escúchame —dijo, peinando el revuelto cabello—, cuchara de palo para el niño malo. —Presionó suavemente entre índice y pulgar la menuda barbilla—. Ahora has sido una buena chica. Si no vuelves a desafiarme de esa forma, no volverá a ocurrir. ¿Entendido? —Ella asintió, por lo que él la recogió entre sus robustos brazos, permitiendo que se recostara contra uno de sus pectorales. Nathaniel le besó los cabellos y la meció igual que solía hacer con Natasha—. Mi pequeña... —susurró, presionándola contra sí. Ashley se aferraba a su camisa—. Buena chica.

# Capítulo 20



Ashley dejó a Pelusa a medio hacer. Pitusa, Perico y Colita de algodón ya estaban terminados. Movió la cortina para ver cómo Nathan regaba a manguerazos a un alocado Max. Natty metía cubos y un montón de cosas divertidas en su pequeña piscina hinchable. Se movía a trompicones por el césped, reuniendo la colección de juguetes diseminados para meterlos en el agua, y se aplaudía cada vez que enviaba uno a flotar o a hundirse en ella. Ashley sonrió, girando el rotulador entre sus dedos. Cuanto antes acabara, mejor, y si lo dejaba listo, mejor que mejor. Volvió al saquito, acabó a Pelusa y empezó a colorearla.

—Siempre he preferido al señor Zorro —apuntó McNamara. Desde luego, era mucho más simpático y divertido que esos cuatro conejos, pues aquel intentaba hacerse con los huevos de la tonta Oca Carlota. Él miró por encima de su hombro desnudo—. No tienes que entregarlo hasta la semana que viene, podrías hacer una pausa.

Su mano se posó sobre la que quería seguir pintando.

—Tú encuentras adorable a Alien —dijo Ashley. Él seguía tapando la mano que sujetaba el rotulador. Ashley se levantó y giró dándole la cara—. Y no me permites que le deje ver Barney a Natty porque un dulce dino lila te parece grotesco. —Pestañeó—. Eres raro de...

—Es grotesco. ¿Un T-Rex, o sea, un dinosaurio morado y verde? ¿Dónde diablos se ha visto eso? —Él sacudió la cabeza y frunció sus oscuras cejas—. ¿Quieres provocarle un trauma? ¡Esa cosa canta!

—Y yo canto la canción de Barney: *I love you, you love me, we're a happy family, with a great big hug and a kiss from me to you.*

Ella rio cuando la gran manaza de Nathaniel le amordazó la boca, impidiendo que pudiera seguir cantando.

—¡Tú, a dormir! —gritó él a Natasha, que también reía en su habitación. Cuando cualquiera reía, a Natty se le contagiaba y acababa carcajeando—. ¿Lo ves? —Destapó la boca de Ashley—. Estás desequilibrando a tu propia hija.

—No hay mucho que se pueda hacer, el desequilibrio viene incorporado en sus genes. Entre los míos y los de su progenitor, la pobre criatura va apañada. —Ashley echó la cabeza hacia atrás y se pasó una mano por debajo del mentón. La detuvo al llegar al collar y volvió a subirla—. ¿Ves vello?

—¿Qué? —Él le sujetó la cara y la miró—. ¿Qué dices de vello?

—He leído que dejar de tomar la píldora provoca hirsutismo.

—No, no has leído bien —resopló él, dándole un manotazo en los dedos para que dejara de toquetearse—. A muchas mujeres se la recetan solo por el hirsutismo y tú nunca has tenido de eso.

—¿Cómo sabes tú eso?

—Lo he leído.

—¿Dónde?

—En una de esas revistas que tú tienes.

Ashley puso los ojos en blanco.

—¿En una de esas revista que yo tengo? ¿En la Cosmo? —rio, mirándolo—. ¿Desde cuándo lees mis revistas?

Nathan la miró como si ella estuviera loca y le sujetó las manos por las muñecas.

—Pues el otro día, cuando la trajiste. ¿Qué te hace tanta gracia? ¡Ni que fuese tan raro!

—Entonces habrás leído el artículo donde pone que a un gran porcentaje de mujeres nos gustan mucho más los hombres íntegramente depilados.

—También hay un artículo que dice que ser demasiado sinceros en una relación puede llevarla al fracaso y que en ocasiones hay que dejar correr ciertos asuntos. Bueno, seré sincero, y lo diré con mucho tacto: si... —vocalizó burlonamente el si— os gustan los hombres íntegramente depilados, cariño, lo justo es que te pasaras la cuchilla tú también. —McNamara la soltó y dejó las manos en el aire—. Puedo prestarte mi maquinilla de afeitar siempre y cuando me la devuelvas limpia.

—¡Si has dicho que yo no tenía de eso!—protestó ella.

Chocó las palmas contra las de él y sus dedos se escurrieron entre los masculinos.

—Algún que otro vello que pica... tienes. Hace un par de semanas que me cuesta discernir entre tus labios y tu nariz, pero te acepto tal y como eres.

Encerró las dulces manos en las suyas y las ancló tras la espalda de Ashley. Se pegó a ella tanto como le fue posible.

—Tú sí que picas —lo acusó Ashley.

Era cierto que Nathan picaba, no obstante, para ella no era nada molesto. Es más, por las mañanas, con el beso de despedida, añoraba el cosquilleo que recibía por las tardes cuando la dura barba de él ya despuntaba. Se apretó contra él y lo miró. Había ladeado la cabeza, escuchando algo que ella todavía no oía. Dio un pequeño apretón al par de manos enroscadas con las suyas. Sus miradas se encontraron cuando a sus oídos también llegaron los sonidos de las sirenas. Sirenas de coche de policía. Allí nunca ocurría nada y ese día Alexis lo relevaba, estaba todo controlado.

—Espera —pidió él. Soltó la unión de sus manos, salió del tallercito de Ashley y bajó hasta el recibidor. Su instinto solía funcionar bastante bien y ahora lo avisaba de que algo iba mal—. Ashley, espera —ordenó justo antes de girar el pomo de la puerta. Ella se paró en lo alto de las escaleras.

Tres hombres trajeados y cuatro uniformados avanzaban por el camino de brillantes baldosas. Más allá habían aparcado a lo largo de la calle dos coches de policía, otros dos vehículos negros y un Lincoln.

Ella no se había movido de donde le había indicado. Nathan se giró para mirarla. Al instante comprendió que no todo puede durar eternamente y menos una farsa.

—McNamara —dijo el que parecía ser el jefe. Extendió un papel y lo sostuvo en alto—. Tenemos una orden de arresto.

Sus viejos ojos se centraron en la mujer que había bajado las escaleras, corriendo para colocarse tras la ancha espalda de Nathan.

—Ashley Ferguson, supongo.

—¿Qué pasa? —quiso saber ella y se aferró a un ancho antebrazo. Miró a los reunidos en su puerta y después a quien la había nombrado por su antiguo nombre—. No, se equivoca, y ahora me gustaría saber qué ocurre.

Ver a su jefe de sección y todo el despliegue no sorprendió a Nathan en absoluto. No sabía cómo se había disparado todo esto, pero tampoco importaba.

—Cariño. —Ella le estaba hincando las uñas. Se giró en su dirección—. Ashley, lo saben, no sirve de nada mentir.

—¡No me llamo así! —chilló ella. De hecho, los únicos que sabían su verdadera identidad eran él y Alexis. Ella lo soltó al oír el sonido de unas esposas abandonando el enganche del cinturón—. ¡¿De qué se le acusa?! —Ashley se aferró de nuevo a su brazo y su mano cubrió un dibujo tatuado—. ¡No voy a obedecerte ahora! —gritó a pleno pulmón—. ¡No vas a abandonarme otra vez!

Nathan asintió, agradeciendo el minuto que le fue concedido.

—Ashley, escúchame. Despertarás a Natasha si sigues gritando. —Acunó su cara con ambas manos, acariciándola con los dedos—. Vas a llamar a Alexis una vez que yo salga por la puerta. Él conseguirá un abogado y este hará lo que pueda. —Ante la negativa de ella, presionó sus mejillas—. Nena, no respondas a nada hasta tener un abogado, ¿oyes? —Ella asintió con un leve movimiento—. Buena chica. —Él apartó las manos de su rostro y las llevó atrás. Los temblorosos brazos de la mujer le rodearon el cuello. Nathaniel la besó al tiempo que las esposas se cerraban en torno a sus muñecas—. No respondas a nada. —Separó sus labios y los volvió a juntar cuando Ashley tiró de él—. Cierra y ve a llamar a Alexis. —Ella no quería soltarlo y en cierta forma él tampoco quería que lo hiciera, pero insistió—. Ve.

Ashley desenganchó sus brazos y cerró la puerta. Desoyó al tipo que la había llamado por su nombre y corrió a la cocina, descolgó el teléfono y marcó, presionándose la boca con el dorso de la mano para tratar de tranquilizarse y dejar de sollozar.

—Lo van a traer aquí, déjame que esté presente cuando llegue y después voy para allá. —Alexis se le había adelantado antes de que ella dijera nada—. Tengo un abogado que me acompañará. ¿Están fuera?

—Sí... Pero no he mirado por la ventana.

—Muy bien, sube al piso de arriba y espera a que yo llegue. Abriré con mi copia de llaves. Tú no abras la puerta por más que llamen al timbre, ¿entendido?

Ella asintió y colgó. Tras eso subió corriendo las escaleras y se metió en el cuarto de Natty, que dormía como si tal cosa. Poco después marchó al dormitorio y se tumbó en el lado que ocupaba él, donde la almohada conservaba su aroma. Esperó y esperó hasta que escuchó cómo la llave giraba en la cerradura. Saltó de la cama y corrió hasta las escaleras. Allí estaban Alexis, uno que debía ser el abogado y, tras ellos, el tipo que había sostenido la orden de detención y otro más.

—Ashley, baja y vamos al comedor a hablar tranquilamente —dijo el gigantón de los ojos azules. Cuando ella llegó a su altura, la empujó suavemente por el pasillo.

—Tranquila —susurró Alex, moviendo la silla que encabezaba la larga mesa a cuyo alrededor tomó asiento el resto. Todos esperaron en silencio a que Alexis, que había ido hasta la cocina, volviera con una taza de humeantes hierbas—. Bébetelas —la apremió. Se sentó a su derecha y miró al que aún seguía siendo su superior—. Por favor, preferiría hacerle yo un resumen. —Tras recibir el consentimiento llenó sus pulmones y, mirándola, empezó a explicarle—. Se le acusa de secuestro y falsedad documental.

—¿Secuestro? ¿A quién ha secuestrado mi marido? Desde luego, a mí no. Yo me muevo libremente por mi casa y por el pueblo cada día. Cada semana viene la mujer de limpieza y no ha encontrado a nadie maniatado en el interior de un armario y créanme cuando les digo que en la casita de herramientas del jardín no cabe ni un Oompa Loompa. ¿Falsedad documental? —Ashley negó y dejó la taza de hierbas sobre la mesa.

—Desde que te encontró te ha mantenido retenida y ellos entienden que has sido secuestrada y que sufres lo que comúnmente se llama síndrome de Estocolmo. —Alexis se echó contra el respaldo de la silla—. O por lo menos, que fuiste chantajeada para que continuaras a su lado y no buscaras ayuda.

—Eso no es cierto. Él no me ha secuestrado, estoy con Nathan voluntariamente —replicó Ashley, mirando al resto de reunidos en torno a su mesa y obviando el recuerdo del chantaje que casi había olvidado.

—Señorita Ferguson...

—Señora McNamara, si no le importa —interrumpió Ashley al que parecía ser el superior—. ¿Qué tengo que hacer para que retiren los cargos contra él y lo suelten? —preguntó.

Ese era el que traía la orden, así que tenía que saber la respuesta.

—Usted puede alegar, señorita Ferguson, que no ha sido chantajeada y mucho menos retenida contra su voluntad, pero nosotros diremos lo contrario, y con respecto a la falsedad documental tenemos pruebas físicas, así que al respecto de esto usted nada tiene que decir. —Alzó un dedo en el aire—. Salvo... —le dio pie a Alexis para que siguiera él con el discurso.

—Como sabes, se supone que tu cadáver flotaría hasta llenarse de agua y entonces se hundiría. Sin embargo después reflotaría y de esa forma llegarían a encontrarlo. Antes de todo te dijeron que el cuerpo estaría en tan mal estado que no podrían rastrear el ADN, que estaría completamente irreconocible y que los forenses se limitarían a decir que era el tuyo por las ropas. —Alex negó, sonriendo de medio lado y siguió—. O, simplemente, eso dirían a la prensa, puesto que no habría siquiera un cadáver real que se hiciera pasar por el tuyo. Ni uno sacadito de la morgue que se prestara a hacer de tu doble. Sabana sabía perfectamente que tu padre no se atrevería con algo así sin tenerlo todo atado y ella no podía lograrlo sola. —Los ojos de Ashley se agrandaban por segundos. Comprendió que su padre había querido ponerla a prueba, seguro de que ella no resistiría sin dinero en un pueblo perdido en el Deep South—. Así que ella lo llamó y ambos planearon tu... —puso comillas en el aire— «muerte» sin que tú fueras consciente de quién era realmente la cabeza pensante. También acordaron que un año y medio después, McNamara recibiría la carta que lo trajo hasta aquí, donde te encontró. —Alex alzó la voz para que ella no perdiera el hilo de todo lo que estaba relatando—. También acordaron que al cumplir los seis meses de la entrega de la carta, se pondría en marcha lo de ahora. Puedo garantizarte que Nathan no sabía nada. —Juntó sus manos e hizo crujir sus nudillos.

—¿Y ahora? —Nuevas lágrimas cayeron sobre la mesa de caoba y Ashley, jugueteando con la alianza en su dedo, añadió—: ¿Y ahora qué?

—Se te ha dado la oportunidad de saber qué tal te sientes viviendo de una forma completamente dispar a la que tú estabas acostumbrada. Puedes optar por regresar, y a los medios se les explicará que has sido hallada milagrosamente viva y que por una mala gestión forense en su momento se te confundió con otra persona. No serías la primera y tú y tu hija disfrutareis de la vida que por estatus os corresponde. La otra opción es renunciar a todo ello definitivamente.

—¿La condena es carcelaria?—preguntó Ashley.

—Sí.

Alexis asintió y el resto de concentrados en el comedor se levantaron para marcharse. Suspiró.

—Decide, Ashley, decide por ti misma. En su día él se equivocó y es consciente de ello, pero esta vez es tu turno. Ahora te toca a ti mover ficha. —Le agarró una mano y apretó—. Habla con tu padre, voy a decirle que puede entrar.

La soltó y se alzó, dejándola a ella sola.

Ashley contuvo el aliento sin moverse de su asiento. Percibió cómo la respiración tan conocida e incluso en cierto modo añorada se aproximaba a su espalda.

—Puedes hacer que entre en la cárcel y cumpla condena o puedes librarlo de todo... bueno... casi todo —puntualizó ella. Las ancianas manos descansaron en los hombros de su hija, quien apoyó su mentón sobre una de ellas—. Volveré a casa, papá. Allí decidiré qué quiero hacer de nuestra vida, pero a cambio déjalo limpio. —Ella abrazó una de las manos, pasando sus dedos por la rugosidad de la piel—. Déjame decidir por mí misma por una vez. —No escuchó palabra alguna aunque el apretón en sus hombros lo decía todo—. Gracias.


McNamara hundió las dos manos en su cabello y, con ellas en la nuca, su frente casi besaba el frío metal de la mesa en la sala de interrogatorios. Por lo menos ahora no tenía las esposas aprisionándole las muñecas. Suspiró, enderezándose en la silla. Pasó el dorso de su mano derecha por la boca y se giró al oír cómo se abría la puerta. Entonces las vio. Ella y Natasha avanzaron a trompicones. Él se acuclilló y esperó a que los torpes y pequeños pies condujeran al monstruito hacia su papi.

—Princesa —dijo. Recogiéndola entre sus brazos le mordisqueó el cuello hasta que la niña, como siempre, rio.

—Tomaos el tiempo necesario —anunció Alexis, tirando del pomo de la gruesa puerta—. Cierro.

—¿Qué hacéis aquí? —Sostuvo un lado de la cara de Ashley con una mano mientras su otro brazo cargaba con Natasha—. No ha aparecido el abogado, ¿qué pasa?

—Cuando nosotras salgamos, entrará él —se pronunció ella y se mordió el labio inferior con fuerza—. No van a presentar ningún cargo contra ti. Si los vecinos o miembros del departamento preguntasen, Alexis se encargaría de explicarles que fue un pequeño incidente con el ejército. —Ashley sonrió escuetamente—. Siempre han creído que tenías algo de militar, así que se lo tragarán sin problemas. —Ella bajó la cabeza, mirando al suelo—. Y con respecto a mí... pues podrás decir que esta vez la que se ha tomado un tiempo soy yo.

Nathan le levantó la cara, pero Ashley volvió a bajar la cabeza, así que él se la empujó hacia arriba y la sostuvo en esa posición, presionando la barbilla con índice y pulgar.

—¿Cómo que no van a presentar cargos? —Eso ya era impactante, pero lo preocupante era lo otro—. ¿Qué es eso de tomarse un tiempo? —Sus ojos buscaron los esquivos de ella—. Ashley, ¿qué quieres decirme?

—Natty pasará contigo fines de semana alternos hasta... hasta que tenga claro qué quiero hacer —dijo, mirando a Natty, que jugueteaba con los botones de la camisa a cuadros de su padre. Ashley lo miró, aunque las lágrimas que ahogaban sus ojos le hacían la tarea un tanto complicada—. Además, podrás verla cuando tú quieras fuera de esos días si estás en Nueva York. —Ella negó bruscamente—. Yo... yo no quiero que esté sin ti durante este tiempo, no pienses eso... ¡Que no es así!

—¿Qué estás diciendo, Ashley... qué mierda me estás diciendo?

Las lágrimas saltaban como kamikazes desde los ojos chocolate de la mujer para morir en su mano o en el suelo.

—Déjame saber si puedo estar sin ti voluntariamente. —En su día él creyó que dejarla, entregarla era lo mejor para ella. Hoy la que lo creía era ella y ella pensaba que darse esa oportunidad de averiguarlo era lo mejor—. Nunca he podido saberlo por mí misma y necesito saberlo, Nathan.

Él la atrajo contra su cuerpo, abrazándola con fuerza. Besó su frente, su nariz, los labios que respondieron a los suyos.

—Vamos, nena. —Retiró el cabello que se pegaba a la cara de Ashley por culpa de las lágrimas—. Podría haber hecho las cosas de otra manera, pero... Nunca te habría quitado ni te quitaría ahora a la niña, lo dije por...

No sabía cómo explicarle que hasta aterrada la quería con él, de cualquier forma, pero con él, siempre ella a su lado.

Ella, a su vez, estaba dominada por el deseo de probarse a sí misma, la apremiaba esa necesidad que latía en su interior. Quería averiguar qué la arrojaba a sus brazos, quería ser al cien por cien ella. Quería saber quién era la verdadera Ashley.

Sacudió la cabeza de un lado a otro y alzó sus dos manos, acariciándole las mejillas a la par que recostaba la frente contra sus labios.

—Déjame saber si puedo estar sin ti por mi propia voluntad.

Nathaniel comprendió que era inútil seguir acosándola para que cambiara de idea.

—¿Cuánto tiempo? —masculló, pegado a su frente. Sentía la cabecita de Natasha apoyada en su hombro, su tranquila y adormilada respiración en el cuello.

—No lo sé —confesó Ashley.

No, no lo sabía, no sabía si una semana, dos, un mes o tal vez más. Con una mano soltó el enganche que la liberó del collar para introducirlo hasta el fondo de un bolsillo del pantalón de McNamara.

Él se estremeció al oír el tintineo de las argollas cuando abandonaron el cuello. Cerró los ojos y, cuando la sintió apartarse, su mano viajó para prenderla suavemente del cabello y muy, muy despacio, la besó sin dejar de mirarla. Casi se emocionó viendo los temblorosos parpados cerrados, la rojez en la pequeña nariz y el rubor en su cara. Siempre le había parecido preciosa, quizás ahora más. Lenta y agónicamente, liberó el cabello y con él se fue el resto de Ashley al cruzar la puerta.

Nathan se sentó, acariciando la espalda de Natasha. Hundió la nariz en el negro pelo de la niña dormida. Estaba tan concentrado en la respiración de la pequeña que no oyó entrar al abogado. Este, por la pinta que traía y por sus aires, solo podía ser eso, un abogado. Lo miró de reojo, pero no dijo nada. Besó una de las regordetas mejillas de la bebé.

—Sé a lo que viene, sé que estoy libre y todo el resto de la mierda. Deje lo que tengo que firmar sobre la mesa y, como va a ver a la señorita Ferguson, le confío a Natasha para que se la lleve —susurró. Dándose cuenta del cambio, la niña lloriqueó, aún en sueños—. Llévesela.

—No se preocupe —dijo Alexis dejando pasar al abogado con la niña llorando ahora a pleno pulmón entre sus brazos. Cerró la puerta y caminó, acercándose a la mesa donde aquel había dejado un cúmulo de papeles—. ¿Quieres que te traiga agua o café, Mac?

—Quiero que me digas la verdad. —Nathaniel abrió la carpeta y empezó a pasar papeles conforme les echaba un vistazo—. No a medias, la verdad.

—Cuando me hiciste buscar información sobre Rebeca McInri no pude negarme. Lo hice pensando que por fin encontrabas motivos para volver a tu profesión y que ibas a centrarte en un caso. Al venir hasta aquí me di cuenta a la vez que tú mismo que la señorita McInri era en realidad la señorita Ferguson.

—Utilizaste la excusa de que tenías que ausentarte una semana por motivos personales. —McNamara sacudió la cabeza—. Ambos sabemos qué significa eso de los motivos personales. Siempre es para meter las jodidas narices.

—Los motivos personales eran ciertos —precisó Alex, acordándose que se trataba de alguien a quien azotar—. Pero al darme cuenta de la magnitud de todo esto, decidí aplazarlos e irme hasta la central, donde me informaron exhaustivamente. —Al acabar se pasó la lengua por la blancura de los dientes del maxilar superior.

—¿Y qué es todo? A estas alturas no vendrá de más que lo escupas. —Nathan empujó la carpeta con los documentos hacia el final de la mesa, tomó asiento y le ofreció la otra silla—. Ponte cómodo, Alex.

Este se sentó y le explicó toda la trama. Apoyando los codos sobre la mesa con las manos unidas, lo miró.

—Solo se está probando a sí misma, se da tiempo para saber si realmente quiere esto. —Volvió hacia atrás en la silla, adoptando la misma posición que McNamara—. Es lo justo.

—¿Alexis, crees que porque te la he cedido una vez eso te da motivo para hablar sobre nuestra relación?

—No confundas las cosas.

—No las confundo. Se ha largado y no hay más.

—Bueno... sin mala intención, tú la abandonaste. —Movió la cabeza para no romper el contacto ocular cuando McNamara se levantó—. No te va a prohibir ver a la niña durante el tiempo en que ella reflexione sobre lo vuestro.

—¡Claro! Veré a mi hija los fines de semana alternos, también puedo llamar previamente para ir hasta Nueva York, ah, y además conservo mi trabajo. —Nathaniel tenía unas ganas locas de partirle la cara, pero de momento parecía haberse controlado para no hacerlo—. ¿Y cuánto tiempo tengo que esperar? ¿Eso te lo han dicho o no? —El doble cristal oscuro en una de las paredes tembló al colisionar contra él el cuerpo de Alexis. Las manos de McNamara se habían incrustado en su camisa, hecha un ovillo bajo sus palmas—. ¿No? —Antes de soltarlo, Nathan le golpeó en la frente con la suya y gruñó al salir despedido contra la mesa, que no soportó su peso. No había visto venir la patada. Estaba perdiendo facultades. Tosió, ladeándose sobre el piso de hormigón. Alex se le acercó para tenderle la mano.

—Ya basta, Mac. —Pero él le barrió las piernas y lo mandó también al suelo.

—¡No pasa nada! —ladraron al unísono al ver tres guardias irrumpir en la sala.

—Todo controlado, el jefe quería algo de acción, nada más —aseguró Alexis, aunque le sangraba la herida producida por el cabezazo en la frente.

—Ya lo habéis oído, ¿no? —ladró el *sheriff* tras escupir algo de sangre—. Dame uno, vamos.

—¿Tú no habías dejado de fumar? —Alex sacó la cajetilla, se colocó un cigarrillo entre los labios y se la tendió—. Sabes que esto mata, ¿no?

McNamara quitó el filtro al suyo y lo lanzó a un lado. Si iba a volver al tabaco, iba a hacerlo bien. Dejó que la llama del mechero de Alexis prendiera el cigarro y aspiró el denso humo. Cerró los ojos, realmente lo había echado de menos.

—Ashley me dijo algo parecido en su momento. —Nathan se levantó como si no estuviera dolorido, pero sí que lo estaba—. No sé dónde está el jodido bolígrafo para firmar esta mierda de documentación. —Al reunir en la carpeta los papeles esparcidos por toda la mesa, lo encontró. Firmó, recostándose contra una de las paredes, luego caminó hasta Alexis y se los tendió—. Cúbreme, esta semana la necesito para mí.

Era habitual su costumbre de dejar a la gente con la palabra en la boca. Alexis se quedó pues en el suelo con un dolor de cabeza terrible, el cigarro colgando de sus labios y solo.

# Capítulo 21

## EL SIGNIFICADO DE UNA ALIANZA...

Habría quien cerraría todo y se marcharía. ¿Cómo podría vivir Nathaniel en el mismo lugar donde lo habían hecho los tres juntos con todo todavía en su sitio? Las sábanas sin cambiar e incluso las tazas vacías del matutino café esperando en el fregadero para ser enjuagadas. No era el ambiente idóneo para sentirse mejor, dadas las circunstancias. Subió las escaleras con Max marchando tras él. Entró en el dormitorio de Natasha y recogió algún que otro peluche desperdigado por la alfombra. Abrió los armarios y pasó la mano por la ropa colgada de las pequeñas perchas.

—¿Tú también las echas de menos? —preguntó ante el ladrido del perro—. ¿O es qué tienes hambre? —Winnie Pooh parecía levitar agarrado a un globo mientras el resto de sus amigos lo miraban desde el suelo. La imagen quedó en sus ojos al cerrar las puertas del armario donde estaban dibujados—. Va... —McNamara bajó junto al animal hasta la cocina y le entregó el cuenco con su pienso.

Dos días después ya estaba de vuelta al trabajo. En casa las paredes se le caían encima, lo asfixiaban, no sabía cómo iba a soportar aunque fuese una semana tan solo.

Lo ideal era que la gente se creyera eso del pequeño desliz con el ejército y sobre todo que se lo creyera él también. Pero a la gente le interesaba más el motivo por el cual Rebeca se había marchado, eso les parecía un desacato al *sheriff*, al pueblo, vamos, al país y, encima, al más patriótico del mundo. Nathan se sentó en la cama y se masajeó las cervicales. Max se arrastró desde la otra punta, donde solía dormir cerca de los pies de Ashley, para recostar su cabeza sobre la mano que

McNamara tenía encima del colchón. Resopló, mirándolo.

—¿Nos vamos?

Faltaba una buena hora para que Alexis apareciera en su puerta y como cada mañana, incluido ahora la del domingo, salieran a correr. Nathan estaba harto de que aquel le diera conversación. No quería hablar, no quería hacerlo sobre nada. Se levantó, se vistió y descendió las escaleras para salir de la casa. Aún era noche cerrada cuando él y Max empezaron a recorrer las calles. Llegaron hasta la tienda de Ashley. McNamara se había acostumbrado a abrir un par de veces por semana para airear. Entró y encendió las luces. Todo estaba como ella lo había dejado. Le dio agua al perro y, al meterla en su cuenco, en el baño, acarició el lomo de su fiel Max. Le pareció oír la campanilla, pero a esas horas no podía ser.

—Un poco pronto para abrir una tienda de ropa infantil y premamá.

—No está abierto. —A pesar del tiempo transcurrido, al buen doctor Harmon todavía le quedaban evidentes marcas de los golpes. Instintivamente, Nathan apretó los puños a los lados de su cuerpo—. Además, dudo que haya nada que te interese. —Nathaniel lo miró de arriba abajo. Ya se había tenido que bajar los pantalones pidiendo disculpas por haberlo dejado hecho un cromo de béisbol y sobre todo para que no lo demandara. A cambio de eso, él se hizo cargo de todos los costes de los cuidados médicos. Aquel hijo de puta se había sentido feliz viéndolo arrastrarse para pedirle perdón—. Vaya, las mallas no te quedan tan mal —se jactó el *sheriff* al tiempo que se preguntaba desde cuándo ese capullo salía a correr.

—Al final ha sido inteligente y se ha largado —afirmó Harmon, caminando alrededor de las mesas, toqueteando, levantando ropa y volviéndola a dejar—. En definitiva, te ha abandonado.

—¿Has acabado? Tengo que cerrar.

«Nada de partirle la cara de nuevo», se obligó a pensar Nathan.

—Sí, lo que tenía que decir ya lo he dicho. —Las luces rojizas del amanecer ya se filtraban por la cristalera—. Que pase un buen día,

McNamara. —Sonó la campanilla, pero el doctor no salió del todo, volvió la cabeza—. Yo me quitaría la alianza, la gente podría confundir conceptos.

Esta vez sí cerró.

—Soplapollas... —espetó, apoyándose en el mostrador. Se miró el dedo donde brillaba la dorada alianza y decidió quitársela. La metió en un cajón y lo cerró de golpe—. ¡Max! —gritó al pobre perro que, sentado y pegado a su pierna, le estaba mojando los pantalones con el agua que todavía goteaba de su hocico—. Venga, nos vamos. —Apagó las luces, abrió la puerta para que el animal saliera y lo siguió, pero paró en seco antes de bajar la persiana de acero—. Mierda. —Nathaniel se sentía desnudo, su dedo lo estaba y hacía frío allí fuera. Entró a por la alianza, que sacó del cajón, y la devolvió a su sitio—. La esperanza es lo último que se pierde, Max, ¿o no?

# Capítulo 22

## AUSENCIA

Las filas de árboles a cada lado de la avenida antes adornados con hojas de múltiples colores empezaban a oscurecer, otras a palidecer... y caer. El frío matutino le mordía las mejillas, el vaho que salía de su boca casi le empañaba el mismísimo blanco de los ojos. A Max le encantaba ese frío que se te metía en el cuerpo y te pinzaba los huesos, pero Mc-Namara sospechaba que se estaba haciendo demasiado mayor. Con las heladas otoñales le costaba cada día más levantarse para correr.

Gracias a sus gruñidos y malas caras había logrado que Alexis dejara de venir a buscarlos. Nathan resopló, parándose con las manos en las rodillas enfrente de la gran puerta blanca.

—Podríamos acortar de una hora a cuarenta y cinco minutos. —El ladrido del animal que lo urgía a entrar en casa a por agua lo hizo volver a resoplar, erguirse y, al hallar las llaves, girar la adecuada en la cerradura—. Pasa. —Entró tras él, cerró y subió las escaleras haciendo una parada a la mitad. «Carraca...», pensó. Como cada mañana pasó a la ducha, luego se vistió, pero no con el uniforme pues ese día no estaba de servicio. Tenía cinco días libres, así que preparó su maleta en un santiamén. Estaba seguro de que el animal sabía a dónde iban, porque ya estaba ladrando en la puerta—. Max, culo de mal asiento —le susurró, acariciándolo tras las orejas.

Salieron de la casa y subieron al *jeep*; había un gran trecho hasta Nueva York y no tenía tiempo para desayunar. En un par de horas haría la primera parada para tomar un café. Por la noche pararía en algún motel, había calculado que en Tennessee.

Entrar en la Gran Manzana a cualquier hora era un caos, pero no iba directamente al centro, sino que se dirigía a las afueras, donde los VIP. A la mañana siguiente saludó a los miembros de seguridad que custodiaban el acceso a la lujosa urbanización y estos le cedieron el paso al comprobar sus datos, aunque sabían bien quién era. Nathan suspiró, presionando el botón del interfono situado justo antes de pasar el altísimo portal de metal.

—McNamara. —Y el sonido que emergió del altavoz hizo que aquella enormidad corriera sobre el raíl. La rampa lo guio hasta la gran rotonda donde una fantástica fuente disparaba múltiples chorros. Aparcó y, sin dejar que Max bajara del vehículo, entró en la mansión.

—Hola, princesa —saludó él. Natasha iba en brazos de Lupe. La agarró, sosteniéndola en un brazo—. A las seis estará aquí —indicó Nathaniel a la joven chicana que cuando él trabajaba para los Ferguson se encargaba de la cocina. A estas alturas ya no le preparaban una bolsa con las cosas de la niña, llevaba consigo la que preparaba él mismo, no necesitaba ninguna otra—. ¿Quieres ir a ver esos ridículos patos? —preguntó a la niña.

En el mismo complejo había hasta un centro comercial y también un estanque artificial cubierto lleno de aves, tortugas, carpas de colores y nenúfares rosados.

Natasha recorría el césped y de vez en cuando cogía carrerilla para ir tras un grupo de patos que estaban a la orilla del estanque. Al espantarlos, se aplaudía. Ella siempre se aplaudía. Ladeaba su cabecita y lo miraba, riéndose como esperando un «bien hecho», luego de nuevo a correr. Él... él no le quitaba los ojos de encima, muriéndose por ella.

—A mí tampoco me gustan vivos —le dijo Nathaniel a Max, que sentado tranquilamente seguía con la mirada aquella multitud de patos y cisnes—. Siempre los he preferido cocinados, no me parecen nada estúpidos en esas circunstancias—. No me mires así —continuó al notar cómo el animal ponía sus ojos sobre él a la par que se relamía—. En este parque están vetados los perros. Tú estás aquí solo porque yo te he conseguido una acreditación especial como «perro de seguridad». A ella le gustan, así que hay que dejarlos vivos.

McNamara suspiró sin dejar de mirarla. Natasha nunca se aproximaba tanto al borde como para caer dentro, tan solo corría y los asustaba.

En el momento en que la niña se cansó de tanto correr, se sentó sobre el césped. Las pequeñas manitas arrancaban hebras y no, no se las llevaban a la boca porque a cada intento el «no» de papá se lo impedía. Giró en el suelo casi como una croqueta y avanzó a gatas hacia él. Las palabras ya salían con bastante claridad de su boca, así que Nathan ya tenía bien claro que ella sería una cotorra, tanto o más que su madre.

Al sentarse, la recogió entre sus brazos mientras ella soltaba un discurso, mirándose las manitas teñidas de verde oscuro.

—¿Todo eso, segura? —Él alzó las oscuras cejas y luego las frunció—. ¿Sí? —Ella achicaba los ojitos cuando le entraba la carcajada. Los cortos bracitos le rodearon el cuello y él apenas notó el peso del pequeño cuerpo colgándose del suyo. McNamara cerró los ojos y metió la nariz en el cuello de la pequeña—. Hueles a mamá —susurró, aspirando el aroma de la misma entremezclado con el de la piel de la niña.

Alzó la cabeza al oír a Max gruñir y lo miró. Allí estaba, tumbado y gruñéndole a un pato despistado que se le había acercado demasiado y él sin podérselo cargar. A eso sí se le podía llamar vida de perros. Resopló, volviendo a recostar la cabeza sobre sus patas.

Nathan regresó y aparcó ante la casa. Sacó a Natasha medio dormida de su sillita, la pegó a su pecho tras cubrirla con la pequeña manta, la oscura cabecita recostada contra uno de sus hombros. Besó reiteradas veces más el cuello de la niña conforme entraba en la casa.

—Vamos a cambiarla —indicó a Lupe en voz baja.

En Fe tenía media docena de saquitos manta que Ashley le había pintado. Al notar que la niña se adormilaba más, Nathaniel la vistió con aquel gracioso pijama de cuerpo entero con estampado de pingüinos que tanto le gustaba. Dio tres suaves palmaditas al trasero haciendo que el pañal bajo la tela resonara. Un último beso y se la cedió a Lupe. Siguió con la mirada a la mujer que subía las escaleras despacio y con sumo cuidado.

—¿Cómo estás?

—Bien. —McNamara se giró para encontrarse con el señor Ferguson—. Muy bien, gracias.

Sin embargo, no se encontraba bien en absoluto. Él creyó verla allí arriba, justo allí, pero no la vio directamente, sino su sombra. Nathan casi la oía respirar.

—Ha tomado una decisión —le dijo el señor Ferguson al captar su mirada hacia lo alto de las escaleras, justo donde nacía el pasillo. Ashley estaba precisamente allí, recostada y escondida contra una pared—. Pronto tendrás noticias. —Acercó su mano y con ella ejerció presión en uno de los hombros de McNamara. Su mirada y la verde se encontraron—. Me alegro de que estés bien. —Y con un apretón afectuoso se retiró.

Ya estaba, todo quedaba en eso. Nathaniel no volvió a mirar hacia las escaleras. Salió de la casa directo al *jeep* y se metió en él. Max ya esperaba en el amplio asiento trasero. Por la mañana ya había pagado el hotel y sacado su maleta, así que arrancó y... a casa. Tenía unas mil setecientas millas ante sí. Le encantaba conducir de noche, descansaría en Tennessee y dormiría otra vez en algún motel de la zona.

# Capítulo 23

## EL ALCOHOL NO ES UN BUEN AMIGO

Nathan se quitó la chaqueta al entrar en el salón de su casa y la lanzó al sofá. Max pasó rápido a su lado, marchando hacia la cocina. Él echó su pelo hacia atrás y caminó hasta una de las estanterías, donde retiró un par de enciclopedias que escondían la clandestina botella de bourbon; rompió el precinto, desenroscó y dio un trago. Era de esas botellas que conservaba para una ocasión especial y esto lo era. Ella ni siquiera se había dejado ver, cincuenta días de tormento sin el menor rastro de Ashley, ni una maldita llamada telefónica, pero sí su olor en el pelo, ropa y piel de Natasha. McNamara, con la botella en la mano, se acercó al equipo de música y lo encendió para escuchar el CD que estaba puesto, un CD de los de ella y cuya primera canción era *Don't you remember?*[6] Su manta seguía sobre el sofá. No podía pisar sitio donde no hubiera algo perteneciente a Ashley.

Ahora se hacía una idea de lo que ella había sufrido..., pero ya bastaba, ya era suficiente. Otro trago que ardió al bajar por su garganta al recordar lo que el Señor Ferguson le había dicho, que la decisión ya estaba tomada. Nathan sacudió la cabeza y rio, una risa forzada para no sollozar como un bebé. Pensó que, mirándolo desde un punto de vista positivo, no tendría que contratar a ningún abogado para que lo ayudara con los trámites de divorcio.

Se relamió y elevó el volumen de la música. Nathaniel subió al piso superior y sin soltar la botella se las ingenió para desvestirse y me-

---

6 ♫ Canción *Don't you remember?* de Adele. Letra y música de Dan Wilson y Adkins. Productor Rick Rubin.

terse en la ducha. Se recostó contra una de las paredes de baldosas blancas y bebió de nuevo. Entrecerró los ojos. El alcohol del cuarto de botella en su estómago estaba empezando a hacerle efecto. Habría subido aquellas escaleras de dos en dos mientras papaíto soltaba su discurso, la habría prendido del cabello y allí abofeteado... o no. Bebió... o besado, eso, besarla hasta que se le quitaran todas las estupideces de su pequeña y testaruda cabecita.

Llorar la muerte de una persona amada era una cosa, pero esto era muy distinto. La persona querida que moría no te dejaba por voluntad propia, la de la guadaña se la llevaba, pero esto, esto era voluntario. Nathaniel abrió los ojos tambaleándose ligeramente y para compensar pegó un largo y ruidoso lingotazo a la botella, dejándola medio vacía. ¡Llorarla creyéndola muerta había dolido menos que esto!

McNamara estaba abandonado como un pulgoso y viejo chucho, con la diferencia de que a él lo habían dejado en casa. La zorra había aprendido del Maestro a la hora de torturar. Necesitaba tiempo para saber si quería esto por sí misma, por su propia voluntad. Nathan echó la mano libre hacia atrás y giró la rosca hasta que el agua empezó a caer sobre él fría y caliente, fría y caliente.

Ni siquiera había cerrado la mampara, así que parte del agua salía fuera, empapando el suelo. Con un poco de suerte, al salir se resbalaría y se daría un buen porrazo. La humedad hizo que el aroma del champú en uno de los estantes fluyera. Ashley tenía la manía de no cerrar las tapas de... nada. Él bebió a la par que movía la cabeza para mirar el bote con la tapa abierta. Con él, un desfile de pequeños frascos, mascarillas, acondicionadores, otros champús y jabones.

«¡Ashley, Ashley, Ashley!».

Lanzó todo lo que se amontonaba en la estantería, que cayó ruidosamente a lo largo y ancho plato de ducha.

—¿Por qué mierda se les ocurrirá fabricar duchas tan amplias? —barboteó a media voz.

El vapor que empañaba los cristales no era el mismo que empañaba su cerebro. Percibía el golpeteo del agua al descolgarse de la ducha y del cuerpo de ambos apoyados contra la pared del fondo. Las gotas se entrometían en la unión de las bocas donde ambas lenguas se fusionaban. Sentía las finas manos agarradas a la complexión de los recios omóplatos y las dulces piernas enlazadas alrededor de sus caderas. Nathaniel le colocó una mano sobre la mejilla, acariciando con las yemas la ruborizada y empapada piel de Ashley. La otra estaba como empotrada en la pared para poder sostenerse mientras pujaba dentro de ella con aquel vaivén suave y acompasado...

«Puta ensoñación, jodidos recuerdos...». Tragó, ignorando la arcada. McNamara iba a salir y reunir todos los lápices, rotuladores,... todas las pinturas y los quemaría... no... mejor aún, agarraría toda la ropa de Ashley, y sobre todo sus zapatos, y haría con todo ello una monumental hoguera en el jardín. El bourbon le ardía en el estómago y no había nada mejor que beber, más bourbon para contrarrestar o más bien aumentar el ardor. De esa forma la obligaría a volver a quererlo, volver a amarlo.

Ya no controlaba bien sus pensamientos. Creía que se podía obligar a alguien a amar o quizás no. Tal vez fuera este su pecado, su gran fallo, obligarla a amarlo. Pateó el bote de champú que había caído soltando su aromático y viscoso contenido e impregnando la planta del pie de McNamara. Al moverse para patear otro recipiente, resbaló, cayó boca arriba y por suerte la botella quedó sobre su pecho y no estalló.

Poco después, Nathan consiguió sentarse y arrastrarse hasta una esquina. Empinó la botella y dio un trago, con la vista completamente borrosa. La combinación de golpe, alcohol y lágrimas le impedía ver nada; retiró su goteante cabello hacia atrás y bebió, quedaba apenas un sorbo. No había nada que hacer, ella había tomado su decisión, como su querido papaíto bien le dijo... y no le extrañaría nada llegar un día a casa y descubrir que todas las cosas de Ashley se habían esfumado.

—Joder. —Con las llaves en la mano y asomado, incluso con un pie dentro de la ducha, estaba Alexis—. He llamado un millón de veces y al final he entrado. —Le mostró el juego de llaves, aunque el otro no tenía pinta de poder ver gran cosa. Suspiró, apartando con el pie algún que otro bote—. Se oía la música hasta en el final de la calle y son las tres de la mañana. ¿Bourbon? —Si quería un trago ya podía darse prisa—. Déjame un poco —dijo Alex, cerrando la ducha y quitándole la botella. No le importaba mojarse, así que se sentó a su lado y bebió—.

A las siete no podrás ni abrir los ojos, Mac. —Nunca lo había visto tan hecho polvo salvo en la época en que creían que ella estaba muerta—. ¿La has visto?

—No. —Nathaniel trató de enfocarlo, pero nada, se mareaba. Pegó la nuca contra las baldosas—. La muy zorra estaba donde las escaleras... pegadita a una pared mientras su papaíto me decía que ella había tomado su decisión —rio sin ganas—. Se tira casi dos jodidos meses para decidir que no soy bueno para ella.

Otro, si no fuera por su tamaño, con la mitad de esa botella habría caído en un coma etílico y más a la velocidad a la que McNamara bebía.

—¿Te ha dicho su padre exactamente eso, que ella quiere acabar con todo?

Alexis acabó la bebida y la dejó a un lado.

—No hace falta... —Le costaba enlazar las palabras y que no rodaran por su lengua—. Ha quedado muy claro.

Alex suspiró, recostando él también su cabeza contra la pared.

—Tienes a tu hija, aunque no sé si es algo muy positivo, porque tiene pinta de ser del tipo que van con faldita cortita y... —Alzó las manos en son de paz al oírlo gruñir y eso que estaba borracho como una cuba—. Solo digo que si hereda el culo materno, pues... vale, vale, me callo.

—Eres un cerdo —espetó Nathan.

—¿Por qué? No soy el único al que le gustan las falditas a cuadros y las trenzas largas.

—Si hubieras visto a Ashley por aquel entonces... comprenderías perfectamente por qué me gustaban la faldita y las trencitas.

Alzó un dedo y enfocó durante unos segundos, después todo dio vueltas y volvió a recostar la cabeza contra las baldosas.

Alex rio con él, estaba justificado, después de todo.

—Espera, espera, ¿y el cerdo soy yo? —Tendría que ayudarlo a salir de la ducha porque si no, él solo se abriría la cabeza—. Bueno, Mac... puede que hayas entendido mal y, sí, tenga la decisión tomada y mañana aparezca en la puerta con un millón de maletas.

—Si esa fuera su respuesta bajaría corriendo las escaleras y...

coño, ¿para qué seguir?

—Vamos, Mac, para soportarte hay que quererte mucho y ella lo hace mucho, mucho.

—¿Qué sabrás tú de querer, Alex? —No le faltaba más que oír eso—. Si eres incapaz de querer a nadie. Eres demasiado sádico para eso. —Las plantas de sus pies volvieron a estar sobre el plato de la ducha—. Quita, que yo puedo. —Nathan quiso hacerse el valiente, no obstante, acabó aferrándose a Alexis, que lo ayudó a salir de la ducha, y sin secarse acabó sobre la cama. Todo le daba vueltas, tanto con los ojos abiertos como cerrados. Nathaniel logró agarrarlo por un brazo cuando Alex iba a retirarse y apretó—. Quería decirte... —Pero no sabía pedir perdón de la forma más común, tan solo a su manera... y tras notar el apretón sobre uno de sus hombros asintió.

—Iré a hacerte café, mucho café —dijo Alexis. McNamara había empapado la cama y aun así lo cubrió con una sábana. Lo suyo no era cuidar a alguien ligeramente pasado de alcohol, lo suyo... lo suyo eran otras cosas—. No tardo.

Para Nathan todo debió dejar de dar vueltas en algún momento porque al regresar Alex lo encontró profundamente dormido.

# Capítulo 24

## AROMA A VAINILLA

*Semanas más tarde en la oficina del **sheriff**.*

Pilas de carpetas y documentación se amontonaban sobre la mesa de McNamara y el ruido del personal de la comisaría hacía temblar los cristales de su oficina mientras él jugueteaba con el bolígrafo entre los dedos. Los años de muy poca y deficiente supervisión los estaba pagando él con rellenar documentación atrasada, archivarla…, en definitiva, poner orden para ponerse al día.

Un alboroto aún mayor lo hizo alzar la cabeza y levantarse para salir de su despacho.

En el largo pasillo, Natasha reía como loca, pasando de unos brazos a otros de oficiales y secretarias.

Nathan avanzó, entre sorprendido y feliz. No le tocaba quedarse con ella, lo había hecho la semana anterior.

—¿Qué haces aquí, princesa? —exclamó, robándosela a un suboficial. La pegó a su pecho para recibir el anhelado besito en una de sus mejillas. Le adecentó el vuelo del vestido. No era un juguete y no le gustaba nada que la tratasen así, aunque obviamente a ella le encantaba ser el centro de atención. «Genes maternos», dictaminó él para sus adentros—. A trabajar todo el mundo —soltó McNamara. Ni que nunca hubieran visto un niño. «A decir verdad, como la mía, no», se dijo Nathan mirando a Jasper, quien solía traer y recoger a la pequeña—. ¿Pasa algo?

—La señorita Ferguson me ha pedido que la trajera porque el sábado de la semana próxima es Halloween y a la niña le tocará quedarse con usted. —Jasper encogió los hombros—. Ah, y me ha dicho que usted no debía olvidarse de comprarle un disfraz para la fiesta en casa de los Thompson.

—¿Qué le ha dicho qué? —McNamara empezó a cabrearse. No como otras veces en que lo avisaba con media hora de margen, por lo menos en esta ocasión Ashley le había dicho con tiempo lo de la fiesta. Pero ahora, al parecer, no le venía bien quedarse con la niña, así que se la enviaba a él con diez días de antelación. Encima él tendría que comprarle algo a Natasha con lo cual la niña iba a hacer el ridículo—. Quedamos en que iríamos los tres, si ella no asiste nosotros tampoco iremos. ¿Lo ha entendido bien? ¡Dígaselo!

Tendría que devolver la niña, pero ya que se la habían traído, iba a quedarse con ella.

—Supongo que no tendrás ni la menor idea de qué disfraz comprarle a tu hija —dijo Alexis, cruzando el pasillo. Se despidió de Jasper con un movimiento de cabeza al pasar junto a él y siguió al jefe con su «sobrina» en brazos hasta el despacho. Cerró la puerta y dejó un grueso sobre de papel burbuja encima de la abarrotada mesa—. Es para ti, acaba de llegar —apuntó Alex.

—¿Qué es? —increpó el *sheriff* más que preguntó—. Yo no voy a comprarle nada. No tiene por qué ir haciendo el ridículo. —Se sentó y la colocó sobre una de sus piernas.

—No va a hacer el ridículo, va a ir disfrazada como el resto de niños. No pretendas hacer ver que no te hace ilusión tenerla más días. —Alexis movió una de las sillas que había al otro lado de la mesa y se dejó caer en ella.

—No es eso.

—¿Entonces?

—Me la ha encasquetado... —Nathaniel la observó, sentadita en su muslo, estirándose para tirarle de la estrella en su uniforme—. Fiestas, cenas, compras... El pececito ha vuelto a su estanque y encuentra que la niña se le hace molesta según para que cosas, así que se la encasqueta al imbécil de su padre y se acabó.

—No me gustaría tenerte como suegro —confesó Alexis. Al ver que iba a empezar a quitarle el abrigo, el gorrito y el resto de cosas con las que la niña iba bien envuelta masculló—: ¿Qué te parece si la llevo yo a comprar el disfraz? No debes de tener nada preparado, así que ella se viene con el tío Alex mientras tú te marchas a casa, te das una ducha y le preparas todo lo que tengas que prepararle.

—¿A qué viene la amabilidad? —increpó Nathan sin fiarse.

—Necesito librar la semana que viene, tengo asuntos personales que atender y no me gustaría que mi sobrina putativa se quedara sin disfraz porque su padre es un aburrido y un carcamal. —Se levantó y extendió los brazos—. No voy a canjearla por ninguna botella de bourbon y no lo digo con segundas. No es la primera vez que me la dejas y nunca le ha pasado nada malo.

McNamara se levantó, se la entregó y lo amenazó con un dedo.

—Nada de ir de calabaza, no quiero verla con nada raro, ¿oyes?

—*Okey*, nada raro. —Alexis dejó a Natty en el suelo y mientras ella se despedía de su padre abriendo y cerrando la pequeña manita, añadió—: No te olvides del sobre, venía por correo urgente. —Abrió la puerta y dejó que ella pasara antes de cerrar—. ¿Y de pequeño monito? —Alex cerró antes de... cerró.

Pobre de él si le compraba semejante disfraz a Natasha. McNamara resopló, mirando la pila de papeles, y decidió seguir la recomendación de Alexis. Se levantó enfilándose la chaqueta y sacó las llaves. Al caminar hacia la puerta giró para recoger el sobre y salió de su despacho. Después de despedirse escuetamente, como de costumbre, se subió al *jeep*. Al llegar a casa saludó a Max para después subir hasta el piso superior, donde empezó a quitarse la chaqueta, la camisa y... se acordó del dichoso sobre. Pensó en abrirlo ya para quitárselo de encima. Lo había tirado a la cama junto a las piezas de ropa que acababa de quitarse. Nathaniel movió el sobre, lo sacudió ligeramente y lo abrió. El rosa y plata del collar brillaron aun en la penumbra del envoltorio. Dentro había también un post-it con la dirección de Alex.

Nathan agarró la camisa y volvió a ponérsela, olvidándose de la chaqueta pero no de las llaves. Fue abotonándola conforme bajaba las escaleras, sin soltar el sobre. Entró en la cocina para sacar de una cajita la copia de llaves de la casa de Alexis. Ya en el coche, arrancó como para ganar una carrera de la Nascar y condujo hasta allí sin respetar los límites de velocidad.

Al llegar voló por encima del tramo de baldosas rojas. Cuando abrió la puerta, el aroma a vainilla de la piel de Ashley lo atrapó. Los pequeños pilotos rojos instalados a ras de suelo estaban encendidos, solo tenía que seguir ese caminito luminoso hasta la puerta del sótano, hacia el piso de abajo.

Al bajar el último escalón extrajo el collar del sobre, que tiró al suelo, y entró sosteniendo plata y rosa en su mano. *Love the way you lie*[7] sonaba para él.

—Medias de seda y traje rosado con falda... ya veo —dijo a la mujer. —Se aproximó, mirándola, oliéndola, y al llegar ante ella comenzó a girar a su alrededor como un depredador implacable—. Apuesto que vuelves a usar esa ropa interior francesa. —La sonrisa torció su boca—. Sí, hueles a zorra millonaria.

Se detuvo ante Ashley y chasqueó dos dedos, ordenándole que alzara la vista y lo mirara.

—No sé vivir con mi libertad. —A otros podría sonarles rara esa declaración pero no a él, no a Nathaniel McNamara, su Amo y Señor.

—¿Qué no sabes vivir en libertad? —Él frunció las oscuras cejas—. Sesenta y un putos días lo has hecho.

—Necesitaba tiempo, Señor —susurró ella, encontrándose con la mirada verde.

Él había contado días, semanas, meses, horas, minutos y segundos.

—¿Sabes? Lo malo de esto es que tengo que volver a enseñarte quién pone aquí las normas y quién, por encima de todo lo demás, castiga. —McNamara la prendió por el cuello y apretó—. ¿Quién coño te has creído que eres para abandonarme? —Presionó—. Como a un jodido perro, ¿no? —Más... y más presión—. ¿Querías hacerme sufrir por equivocarme aquella vez? —Ella asintió—. Pues lo has hecho, he pagado por todo el dolor que te hice sentir en su día. He sido tu maldito condenado. —Y apretó un poco más—. No voy a tolerar ni una sola

---

desobediencia más y mucho menos que vuelvas a huir de mí. —Pegó su nariz a la de ella cuando su boca estaba completamente abierta a causa de la dolorosa falta de aire y susurró—: Huir del diablo sería mejor que de mí, porque yo, si me lo propongo, puedo ser mucho, pero muchísimo peor que él. —Nathan abrió los dedos que habían marcado la delicada piel del gaznate y apartó la palma, liberando el cuello—. ¡Desnúdate! —En el esmalte rojo de las uñas brillaban ligeros destellos dorados mientras ella rasgaba la ropa debido al nerviosismo de los dedos para desabrochar los botones de su chaqueta, bajarse la falda, quitarse camisa y sujetador. Ashley deslizó las húmedas bragas fuera de su sexo y al ir a deshacerse de las medias se oyó un claro «no». Las dejó donde estaban—. ¡Al suelo!

Ashley había ganado algo de peso. Se notaba sobre todo en muslos, pechos y caderas, más rellenos...

«Nada como la vida de los *millonetis*», pensó para sí. Ella se arrodilló a sus pies, agachó la cabeza y enlazó las manos a la espalda. McNamara la prendió del cabello que nacía justo en la frente, tiró hacia atrás hasta que sus miradas se encontraron.

—Vas a pagar por estos sesenta y un días. —«¿Amenaza? Sí, por supuesto, amenaza en toda regla»—. Yo de ti empezaba a disculparme, así tal vez logres que sea un poco benevolente contigo.

La mujer besó y volvió a besar el material de las botas negras y relucientes. Se apoyaba en el suelo con sus manos y rodillas, manteniendo los ojos cerrados mientras depositaba más y más besos. Sus pechos iban rozando el piso conforme estiraba el cuello para subir primero por una bota y volver a bajar para pasar a la otra y atenderla de la misma manera.

A Nathaniel le fascinaba el diseño de la espalda, ver cómo hombros y caderas ensanchaban su forma, pero sobre todo la altura y anchura de aquel relleno trasero. Retiró la bota que ella atendía con los labios.

—Basta. —Se acuclilló cuando Ashley se levantó, aun manteniendo la cabeza baja en todo momento, preparada para levantarla solo cuando él se lo permitiera. McNamara le empujó el mentón hacia arriba y los ojos chocolate se abrieron—. Ahora vas a esperar hasta que a mí me plazca. —Se aproximó a su cara, a esos labios sobresaliendo para ser besados y... bofetón, la zurda impactó contra su bonito semblante—. Paciencia, tesoro. —Se acercó, lamió la trémula carne y cuando Ashley abrió la boca, volvió a atizarla haciendo que ella gimiera—. Paciencia.

Le apartó la cara al levantarse.

Ella lo conocía, sabía que iba a hacérselo pagar y que solo había empezado. Se quedó allí, de rodillas mirando de nuevo al suelo. Lo oyó moverse, trastear en cajones, sacar cosas de ellos y, tras eso, caminar muy cerca, rozarla incluso con una pierna al pasar y finalmente subir las escaleras. Pasó largo rato oyéndolo respirar. Posiblemente debía estar sentado en un escalón, mirándola. Temblaba, pero no de frío, sino de deseo, de ese ardiente y doloroso deseo que él le provocaba.

La observó largo y tendido. No tenía prisa y si él no la tenía, ella mucho menos. Admiraba los grandes globos alzarse y descender por la inestable respiración de la mujer, los pequeños y sonrosados pezones ahora dilatados y completamente tiesos. Lo fascinaba el movimiento de las caderas, que se balanceaban ligeramente para ir equilibrando el peso del cuerpo sobre ambas piernas recubiertas de las sedosas medias. Al día siguiente iba a estar dolorida y al otro y... al otro.

Ella gimió al oír cómo se acercaba y al notar la caricia en su cabeza para que la alzara. El gemido se alargó cuando una sedosa oscuridad se apoderó de sus ojos provocada por la venda que él utilizó para cubrírselos. Su aliento cercano le calentaba el rostro.

McNamara acunó con la mano uno de los pechos, apretándolo en su palma, duro, hirviente.

—Escandalosa, escandalosa —tarareó él. Decirle aquello era una constante que le encantaba. Pellizcó el pezón con saña, lo retorció y volvió a tirar de él—. Cariño, no es el suelo de nuestra casa, así que si lo pones perdido tendrás que limpiarlo. —Con la mano libre y esta vez abierta Nathaniel soltó un duro manotazo al globo, que se bamboleó—. ¿Entendido? —El coro de «sí, Señor» lo hizo reír. Su cara reptó por el vientre, descansó en el rasurado monte de Venus y, siguiendo hacia abajo, llegó a los muslos entreabiertos—. Oh, sí, vas a tener que limpiarlo.

Un pequeño charco de jugos cristalinos iba creciendo en el suelo.

Ashley se contrajo al recibir un dedo en su interior, su sexo corcoveó, otro... y... otro más, ya eran tres abriéndola, extendiendo su canal, dilatándola.

—Y va a haber mucho que limpiar. —Él se zambulló un poco en ella, arremetió con los tres dedos y los sacó, llevándose en ellos una gran cantidad de crema que si no caía al suelo iba a parar directamente a su boca. Pellizcó el interior de un muslo y después el otro haciendo que Ashley brincara sobre sus rodillas—. ¿Vas a lloriquear un poquito para mí? —Nathan había dejado el collar en el suelo y acababa de extraer de su bolsillo un par de pinzas que engarzó en ambos pezones—. Un poquito... ¿más? —Presionó el metal que mordía los picos—. Eso está bien, muy bien —susurró McNamara, moviendo las pinzas para pellizcar un tanto más—. ¡Eh, eh, eh! —Una mano se quedó apretando y la otra atizó una ruborizada mejilla—. Lloriquear, no gritar. —No era lo mismo. La presión se fue quedando solo en la que proporcionaban las pinzas. La miró temblar y giró en torno a Ashley tras recoger el collar del suelo. Se irguió tras ella y le rodeó el cuello con el metal—. Ahora vas a tener que luchar para conservarlo.

Iba a conservarlo y hacerlo para siempre. No más dudas, ya no existían. Ashley apenas tuvo tiempo para acabar el «Sí, Señor», pues él volvió a marcharse y a dejarla allí. Arrodillada y con los pezones llorando bajo las pinzas. La venda sobre sus ojos estaba empapada de lágrimas, completamente mojada, pero menos que el suelo.

Esta vez Nathaniel no se quedó sentado en la escalera, sino que la subió toda y cerró la puerta. Se marchó.

Media hora sería excesiva, quince minutos, suficientes. McNamara bebió agua y con los pies descalzos caminó por la casa, mirando el reloj colgado en una de las paredes de la cocina cada vez que volvía a ella. A los quince minutos exactos se deshizo de la ropa, dejándola sobre un taburete, y se movió hasta la puerta del sótano. Giró el pomo despacio y muy, muy suavemente. Entró y cerró, con cuidado de no hacer el menor ruido.

Bajó las escaleras sin dejar de observarla y supo que no lo había oído. Nathan acabó de bajar y acercándose a Ashley, todavía ajena a su presencia, carraspeó para hacerse notar de esa manera. Sonrió al oírla gemir. Una vez más abrió cajones y rebuscó en ellos hasta encontrar lo necesario.

Ashley odiaba tanto como amaba esa forma de aparecer que tenía él. Un elefante sigiloso como un ratón cuando quería. Si no llevara la venda le hubiera sido más fácil controlar sus sensaciones. Al tener los ojos cubiertos, el resto de sus sentidos se agudizaban. Le daba la sensación que sus pezones estaban tan hinchados que harían saltar por los aires las dos pinzas y que de un instante a otro iba a tener sus rodillas flotando en su propia y cremosa excitación.

—Quiero que veas bien lo que haces. —Nathan desanudó la venda y la dejó sobre el mueble más cercano, el potro—. El suelo tiene que quedar reluciente, empieza. —Aguardó hasta que ella, a cuatro patas, comenzó a lamer el suelo. Con giros de muñeca, Nathaniel hizo que el rojo *flogger* empezara a revolotear por el aire hasta que las tiras impactaron contra el blanco trasero—. Por tu bien, Ashley, no pares.

El sabor de su misma excitación le llenó la boca, instalándose en sus papilas gustativas. De vez en cuando, ella soltaba algún que otro gritito, cerraba fuertemente los ojos y seguía lamiendo. Sus nalgas ardían, quemaban... Ashley resopló, sujetando el orgasmo en su matriz.

—No, Señor —sollozó.

Las largas tiras de cuero se metían entre sus muslos y azotaban su sexo, haciendo que quisiera morir. El doloroso placer la electrificaba.

McNamara no llegó a marcarle la espalda, quería que el bermellón brillara cual luces de neón en las orondas pompas y de vez en cuando dirigía las tiras a los muslos y su interior. Detuvo el *flogger* y lo mandó junto a la venda. Anduvo hasta asegurarse que ella, a pesar de continuar lamiendo, viera sus pies.

—¿Cansada?

—No, Señor.

—Me alegra oír eso, aunque si estuvieras cansada, lo cierto es que me importaría bien poco.

Chasqueó los dedos para que ella se parase sobre sus rodillas y lo mirase. El pobre llevaba sin poder vaciarse en cualquiera de los acogedores orificios sesenta y un condenados días. Tenía mucho que drenar.

El mantenerse quieta con las manos en el suelo era ahora una tortura peor que las tiras del *flogger* chasqueando en sus nalgas. Se relamió con su mismo sabor palpitándole en la boca, se mordisqueó los labios, llevándose por ello una buena palmada en cada mejilla. Anhelaba su permiso para lamerlo, sin besar o pasar los dientes, tan solo lamerlo. Pero, con la mirada, los grandes y salvajes ojos verdes fijos en los suyos la mantenían a raya mientras su dueño se entretenía masturbándose con la zurda.

—No. —Nuevo golpe en la mejilla—. Te he dicho que no —insistió Nathan, jalándola por la cabellera cuando ella forzó la cabeza hacia delante hasta rozarle con su lengua—. Si digo no, es... no.

Él se inclinó y enrolló el cabello rubio en torno a su mano para forzar un lado de la cara contra su muslo.

El calor de la pierna pasaba a la cara de Ashley. El temblor que a él lo recorría vibraba en la mejilla. Gotitas de semen cual perlas salían atropelladamente por la uretra y se estrellaban en el suelo. Ashley gimió al ser apartada del muslo. Su pecho erguido subía y bajaba, haciendo que la cadena que conectaba un pezón con el otro se tensara. Tenía las mejillas completamente enrojecidas, una más que la otra, y los ojos muy brillantes.

Nathaniel presionó el índice sobre los carnosos labios y empujó el de abajo hasta ver los blancos dientes de la mujer. Empujó un poquito más hasta abrirle la boca y entonces se inclinó sobre ella para besarla. El contacto con su lengua supuso que necesitara aumentar la fricción, la tensión en sus testículos iba a reventarle el mismísimo cerebro. Rompió el beso y se enderezó, volviendo a colocar el pulgar sobre el labio inferior de Ashley.

El esperma era bombeado y salía a fuertes borbotones que impactaban contra su cara, y ella sacó la lengua atrapando varios chorros. La mano que estaba en su labio pasó detrás de la cabeza para aproximarla y permitirle beber de él.

McNamara la apretó con fuerza. Por un momento se sintió mareado, como si toda su energía se fuera a cada movimiento de cadera conforme drenaba, se vaciaba... sí, del todo se vaciaba. Se relamió, sintiendo los labios secos, y sus ojos giraron en sus cuencas. Luego vio cómo ella aproximaba los labios, que tan solo lo rozaron. Oía sus sonidos de succión con la lengua moviéndose para recolectar golosamente. La mano volvió a moverse, pasó de la nuca al rostro y tiró de la barbilla hacia él. Apartó la mano de su erección, que aún palpitaba y se mantenía dolorosamente dura. Nathan acarició las mejillas de Ashley cuando su cálida boca lo envolvió.

Ella lo llevó atrás, bien atrás, al fondo de su garganta y enterró la nariz en el oscuro pubis. Cerró los ojos mientras la verga le daba un latigazo y se drenaba algo más, acabando de calentar su estómago. Diez grandes y maravillosos dedos la acariciaban, masajeándole el cuero cabelludo. Abrió los ojos, retiró la cabeza y empezó a sacar la largura, la cual lamió, y al llegar a la altura del glande paseó sus dientes suavemente.

La mirada chocolate estaba fija en los ojos verdes y la mirada verde en los ojos chocolate. La lengua no paraba de salir de entre los labios para poder lamerlo, lamerlo y relamerlo. Era imposible que su erección bajara teniéndola en semejantes condiciones. Él debería detenerla, pero quería un poco más. Se envió de nuevo al fondo de la garganta y luego retrocedió, se marchó.

Nathaniel volvió a desaparecer de su campo de visión, caminó hacia los estantes y las altas columnas de cajoneras. Sabía perfectamente lo que buscaba y no iba a cambiar de parecer. Detuvo el abrir y cerrar al encontrar justo lo que buscaba.

—¡Cama! —ordenó. La observó desplazarse hasta la misma marchando a gatas—. Súbete.

Se paró tras ella y lamió las líneas producidas por el *flogger* en sus nalgas. La saliva y la calidez de la lengua hicieron que las marcas escocieran. La roja piel de las pompas brilló por los lametones que descendían hacia el centro. Pulgar e índice de la zurda empujaron los cachetes para tenerlos separados y que la lengua pudiera seguir descendiendo.

La sin hueso tomó posesión de su sexo, acompañada de los reglones de dientes que mordían sus labios y tiraban de su clítoris para después, junto a la lengua, succionarlo con fuerza. Su propia boca clamó, las uñas se hincaron en las negras sábanas e incluso abrieron algún agujero. Debido a la subida de excitación, sus pezones se inflamaron un tanto más, desencadenando un fuerte temblor en sus pechos, que miraban hacia el colchón.

No le había dado permiso para acabar y, con conocimiento de causa, su lengua reptó del clítoris hasta el perineo y allí subió hasta el minúsculo agujero situado entre las nalgas. Nathan, antes de aproximarse a la cama, se había traído algo consigo, dejando el resto sobre el potro. Cambió la zurda por la diestra, impidiendo que las pompas se cerraran y permitiendo que el ano continuara descubierto al completo. Giró el **butt plug** y una vez tuvo la punta dentro lo introdujo dándole vueltas para aumentar la sensación. A la mitad fue cuando lo metió de un solo golpe.

La mujer gritó con la embestida en su musculoso canal. El tapón se ajustó perfectamente a su entrada. Deglutió dolorosamente y hubiera seguido haciéndolo si la bola roja no se hubiera colado entre sus dientes, impidiéndole que cerrara la boca. Ashley se giró y tumbó en la cama, donde quedó bocarriba, obedeciendo la orden del Amo.

Desde donde se encontraba él, frente al potro, apenas podía distinguir algo de la culata plateada del *butt plug*, que poco contrastaba con el tono níveo de la piel. Los rellenos y redondeados pechos iban arriba y abajo sobre el tórax... McNamara sonrió, burlón. Lo que venía ahora la haría llorar de verdad y gritar, si no le hubiera amordazado la boca con la *ball gag*.

Era como si todo, pulso y calor, se hubiera concentrado en su recto y quisiera arder. Pestañeó, mirándolo y viendo la sonrisa torcida y burlona, el brillo de los dientes. En cambio, ella estaba amordazada por el rojo de la bola metida entre sus labios.

—Siempre te han encantado las pinzas. —Bueno, ese par había sido pensado para chicas revoltosas y a fin de cuentas ella lo había sido, pero no, McNamara no iba a utilizar esas en ese momento. Las dejó a un lado del colchón. Engarzó la cadena que colgaba de sus dedos con la larga que ya tenía ella sobre su piel—. ¿No dices nada? —Él enarcó una de sus cejas—. Vaya... con lo que llegas a hablar siempre.

La bola le impedía hablar, pero no podría acallarla del todo y esa tampoco era la pretensión.

Ashley trató de articular, no obstante, le era imposible, solo ruiditos ahogados salían de su obstruida boca mientras la de Nathan cargaba contra ella de nuevo. Esta vez se amamantaba del vibrante e inflamado clítoris, haciendo que se hinchara un poco más todavía. Abrió la pinza entre sus dedos y, apartando la boca, la cerró en torno al saliente. Las lágrimas manaban de los ojos de Ashley incluso estando cerrados. Su cuerpo se tensó y las bonitas facciones se crisparon.

Si no hubiera estado la rojiza bola en su boca, ella habría gritado. Se removió sin poder evitarlo y eso fue aún peor, el okupa en su ano vibró con el movimiento, causando dolor, placer y más tensión. Abrió los ojos al sentir una de las manos de McNamara arrastrando sus lágrimas fuera de su cara.

—No he acabado.

El gesto tierno de apartar las lágrimas de su semblante contrastó con la dureza de sus palabras. Al oír el sonido de nuevas pinzas, Ashley siguió con la mirada la mano que las llevaba. El llanto se desatascó de sus cuerdas vocales y logró salir incluso con la bola tras sus dientes.

Nathaniel pinzó primero uno y luego el otro grueso labio despejando completamente la entrada al sexo. Empujó hacia arriba la cadena que acababa de colocar para de esa forma tirar de los pliegues de carne. Ella se retorció y los soniditos ahogados que emitía le martilleaban los oídos.

—Aún amordazada eres una escandalosa —se mofó.

Con la otra mano empujó también hacia arriba la pinza que pellizcaba el enrojecido clítoris y así, estando las cadenas entrelazadas, todo lo que estaba bajo el beso de las pinzas se estiró hacia arriba.

Ashley se quedó quieta, no se movió ni un ápice. Toda ella era sensibilidad. Toda ella era un foco de placer doloroso. Lágrimas, saliva y sudor le brillaban en la cara. La luz de los fluorescentes en la pared se clavaba en sus pupilas.

Estaba al borde de sumirse en aquella especie de trance que proporcionaba el cúmulo de sensaciones intensas. Nathan aflojó la sujeción en las cadenas, mas no tardó en volver a tirar de ellas. No chistó, no ordenó, no dijo nada. Los ojos de Ashley voltearon, mostrando el blanco. ¡Allí estaba!

Convulsionó, lo hizo, lo estaba haciendo. El clímax más intenso y estremecedor que su cuerpo había experimentado jamás la sacudía ahora, la golpeaba, la empujaba y finalmente la arrojaba al éxtasis total.

McNamara aflojó y finalmente dejó caer las cadenas. Se movió para poder agachar la cabeza e introducirla entre los muslos para besarlos. El fuerte aroma le picaba la nariz, haciéndole la boca agua, boca que se pegó al sexo que aún palpitaba y rezumaba los jugos de la liberación.

Ashley gimió, todavía planeando en aquella nube orgásmica. Un hormigueo que nacía en las yemas de los dedos de sus pies y acababa en el último cabello de su cabeza la mantenía sobre la cama sin moverse mientras él lengüeteaba su sexo, que aún se encogía y distendía.

Él dejaba que la crema se acumulara sobre su lengua hasta que no podía retener más si no quería que acabara saliendo de su boca, y entonces tragaba para volver a lamer, hondear con la lengua bien dentro de ella. La cálida musculatura de Ashley apretaba la lengua que entraba girando en su goteante interior.

Nathan le levantó la cabeza para desabrocharle la *ball gag*.

—Ahora quiero oírte.

Fue tan fácil deslizarse dentro de ella y eso que su lengua se había llevado gran parte de su liberación, pero aun así seguía condenadamente húmeda. Él apoyó un brazo al lado de la melena rubia mientras la mano izquierda tiraba de nuevo hacia arriba, aunque esta vez solo la cadena de la pinza que apretaba el nervudo botón.

Sus tejidos lo acogieron y lo abrigaron. Ashley abrió la boca para emitir un largo y hondo gemido. Estaba extremadamente sensible... con los labios hinchados y mojados por su propia saliva, que había llegado a abrillantarle las enrojecidas mejillas.

—Levanta las caderas —demandó el Amo. Se colocó de rodillas, con su verga alojada en la mitad del canal. Prendiéndola por el mentón y con su otra mano tirando de la cadena, Nathaniel comenzó a embestir—. Buena chica —apremió y los pequeños pies de ella se clavaron cada vez más en el colchón conforme él pujaba.

Ella mantenía la postura con la ayuda de las palmas de sus manos sobre la cama y las caderas completamente alzadas. El glande de él golpeaba su cérvix a cada embestida avisando de que pronto otro orgasmo rasgaría dentro de ella. Ashley se preguntó si sobreviviría a ello. Como poco, perdería el sentido.

McNamara la forzó a acercar la cabeza, sus labios se fundieron con los de ella. La besó como si hiciera meses que no lo hacía.

Le correspondió y su cuerpo agradeció que la manaza de él se apartase de su cara y con el brazo le envolviera la cadera para que ella dejara de hacer fuerza con palmas de manos y pies para mantener la postura.

Nathan abrió los ojos, dándose cuenta de que aquella mujer lo había vuelto un blando de cojones, según su propio léxico. Paró de besarla y la dejó recostarse en el colchón. Bajó la verdosa mirada para observar su sexo entrando en el que lo esperaba, completamente abierto. El metal de las pinzas seguía manteniendo los rechonchos labios a los lados y el rojizo clítoris erguido.

También Ashley miró hacia abajo cuando el ritmo aumentó. Luego elevó la mirada de nuevo hasta encontrarse con los ojos verdes. Toda la sensibilidad y el agotamiento ya dolían tanto en su cuerpo que no se veía capaz de soportar la cabalgada por mucho tiempo sin acabar.

—Señor... —musitó con aquel tono de súplica.

Al Señor tampoco le quedaba mucho tramo por recorrer. Se retiró para que ella se girara y de nuevo ya estaba disfrutando de cómo la ardiente musculatura se contraía, presionando y haciendo que él apretara las mandíbulas.

El oscuro vello del torso cosquilleaba la espalda sudada de Ashley. Ella percibía algo parecido al mismísimo diablo soplando en su nuca. No tuvo fuerza para retener un gemido cuando él volvió a retirarse. Desilusionada, se giró y abrió los muslos al tiempo que McNamara le alzaba una pierna llevándola lo más arriba posible mientras la otra le envolvía la cadera.

Nathaniel, con su boca encima de las argollas del collar, volvió a embestir, clavándole los dedos en el muslo de la pierna que le había alzado para de ese modo tenerla lo más abierta posible y así favorecer el trabajo de las pinzas en los labios.

Los excitados senos blanquecinos percutían, siguiendo el ritmo del Maestro, el cabello estaba pegado a las sienes y a la nuca a causa del sudor. Cerró los ojos al sentir el apretón de los dedos, que no quedó solo en eso ya que se unieron las uñas.

Con otro nuevo cambio de postura, ahora la embestía desde atrás. El *butt plug* en su recto se veía también empujado a cada movimiento de McNamara, así que martilleaba tanto un orificio como el otro al mismo tiempo.

Él aspiraba todo el aroma de mujer, el aroma del pelo y el del sudor que acrecentaba el olor del metal en cuello, pezones, clítoris y labios mayores. Sorbía la sal de las lágrimas y el dulzor del sexo caliente. Por fin Nathaniel podía volver a olerla y a recrearse con su aroma. Abrió los ojos. Ella le había arrebatado todo eso durante mucho tiempo, demasiado tiempo, ella que no era quien para hacerle semejante cosa. Clavó más las uñas con la intención de que el muslo se amoratara. Su otro brazo se deslizó hasta la unión de los senos y de allí la mano logró agarrarla del pelo. Le giró la cara, tirando dolorosamente de él.

—Ten el valor de volver a hacerlo —amenazó Nathan en la mejilla de la mujer—. Ten el coraje de intentar abandonarme... Antes que eso, antes que eso...

En su mente, en la mente de aquel hombre, se apelotonaban furia, amor, deseo y rabia.

Retrocedió hasta casi salir del sexo y, reuniendo fuerza, pujó. No contento con el grito que ella profirió, soltó la cadena y con toda la palma de su mano se dedicó a golpear seguidamente las pinzas concentradas entre las piernas de Ashley.

—No, Señor, nunca más, Señor —ululó ella al recibir los golpes que hicieron doler su sexo, doler de tal forma que creyó desmayarse, pero no, aún no.

A cada embestida de McNamara, ella creía perder el conocimiento. Resopló, pues su orgasmo urgía, estaba llamándola imperativamente.

A él no le quedaba fuerza y la voluntad la había puesto toda para lograr que ella sucumbiera. Mordió la mejilla a su alcance, consciente de que la marca de sus incisivos permanecería en Ashley por unos días, pero precisaba marcarla, señalarla. El *flogger* lo había hecho en las nalgas, las uñas seguían clavadas en el blanco muslo y sus dientes dentelleaban la mejilla. Sin embargo, no solo eso la marcaba, cada embate de sus caderas lo estaba haciendo. Levantó la boca para lanzar una orden.

—¡Acaba!

A la primera convulsión, McNamara también se dejó llevar, y el clímax de ambos emergió a la vez.

El esperma quemó y, junto con su clímax, bombardeó el interior de Ashley. Todo quedó líquido, líquido y cálido, sumamente cálido. Los empellones en su sexo continuaban, al igual que entre sus nalgas, todas las pinzas seguían mordiéndola, los dientes de él ya no, pues lo oyó gritar. Aún sumida en aquel trance al que la lanzaba el orgasmo, lo escuchó gritar, gritar al tiempo que le inyectaba todo su deseo bien al fondo de su matriz.

Nathaniel besó la mejilla, bajó al cuello, subió de nuevo a la mejilla, murmurando y repitiendo el nombre de la mujer aplastada contra su cuerpo. Se calmó transcurrido un tiempo considerable. Ashley respiraba entrecortadamente, con los ojos cerrados. Él, sin moverla de donde estaba, le quitó todas las pinzas y pasó la palma por las doloridas e inflamadas zonas. Chistó a cada gemido, entonces sí salió de su interior y también le sacó el *plug*. La tumbó boca arriba. Él se quedó ladeado y apoyado sobre un codo para acariciar las ruborizadas facciones de Ashley.

—Cuando supe que el «bollito» estaba en el horno, no fui capaz de pensar en otra cosa que no fuera esperar y cuidar de que acabara toda la cocción. —Ella lo miró—... Porque lo único que iba a quedarme de ti era eso. Y a pesar de haber sido un cabrón, por lo menos me habías dejado algo que compensara el dolor. —La mano de McNamara se detuvo dejando de acariciarla—. Y pusiste la dosis adecuada de menta verde. —Ella alzó una mano y pasó la yema de un dedo por la comisura de los ojos verdes de él—. Por eso los de Natty tienen ese color. —Ashley bajó la mano dejándola a un lado de su cuerpo—. Pero me pregunto si hace tres meses pusiste la misma cantidad de menta. —Ella sacudió la cabeza, negando—. A mí no me gusta mi chocolate. —Natasha era como un bollito de After Eight, el gen de los ojos verdes era el azúcar y el de los marrones el chocolate. Nathaniel miró Ashley de arriba abajo y de abajo arriba, desde los pies hasta la coronilla—. Dijiste que la naturaleza siguiera su curso. —Eso mismo había dicho, por lo que él puso su cabeza donde antes ella tenía la mano. Nathan quedó con el lado derecho de la cara sobre la casi imperceptible curvatura del cálido vientre y una mano de Ashley le acarició las hebras cada vez más plata que azabache. McNamara se incorporó y le rodeó las caderas con ambos brazos—. Recuerdo tu explicación: B de *Bondage*, D de Dominación y disciplina, S de Sumisión y sadismo y M de Masoquismo —empezó a decir ella—. Pero nunca me dijiste que eso me ataría tantísimo a ti. Tanto que ya no quiero ni entiendo la libertad como otros la conocen. ¿Qué soy yo sin ti?

El índice de Nathaniel se colgó de la argolla central del collar y tiró de ella. Con la otra mano acariciándole la cara unió sus labios con los de Ashley, suavemente, sin besar y cuando ella sí lo besó, respondió.

—Lo mismo que yo sin ti: nada.

# Epílogo



*Meses después...*

Alexis recorría el blanco pasillo contiguo al paritorio llevando en brazos a Natty, la cual roía una galleta de chispitas de chocolate.

—Oye, ratón, si no vas a comértela, te la quito —dijo, deteniendo el ir y venir para mirarla. La niña claramente no tenía más hambre, solo estaba jugueteando con la comida y de paso llenándose de miguitas.

Natty, ante el ademán de él por quitarle la galleta, protestó pronunciando un claro «No». Sostuvo con la boca lo que le quedaba de esta y haciendo uso de ambas manos la mar de pegajosas de babillas y chocolate, apartó la zarpa de Alexis. La galleta era suya y solo suya e iba a seguir marraneándola... Ataviada con un mono tejano y una blusa azulada, iba mucho más a gusto que cuando su madre se emperraba en ponerle un molesto vestidito. Por supuesto, aquella mañana no había sido así gracias a que quien le había puesto la ropa había sido su padre. Eso sí, los dos *quiquis* en la cabeza fueron cosa de mamá, su progenitor aún no tenía dominada la técnica.

—Cabezona —protestó Alex—. Como tu hermana sea como tú, tu padre acabará haciéndose sacerdote —bromeó, convencido de que McNamara sería el peor suegro que un pobre desgraciado pudiera tener. El típico que recordaría continuamente que poseía licencia de armas y sabía cómo deshacerse de un cuerpo de manera limpia y sin dejar rastro. Ante todo, estaría bien que él mismo admitiera que lo ayudaría a amedrentar, extorsionar, asesinar y hasta a enterrar a quien hiciera falta.

Nathan sin apenas sentir el riego sanguíneo fluyendo por su mano diestra ladeó la cabeza para besar la femenina sien. La respiración desigual de Ashley le abanicaba la piel, humedeciéndole el cuello de la camisa del uniforme. Antes de que esta lo llamara a comisaria desde la tienda para decirle muy, pero que muy pausadamente que había roto aguas, él estaba discutiendo con el alcalde. ¿Por qué? Porque el muy descerebrado pretendía llevar a cabo un evento de rodeo sin las pertinentes licencias. Nada más colgar el teléfono se despidió del alcalde, dejándolo con la palabra en la boca, y salió escopeteado de su despacho. Avisó a Paulie, su secretaria, que notificara al hospital que se dirigían hacia allá y le pidió a Alexis que se ocupara de la niña, que en aquellos momentos se encontraba en la guardería. Y transcurrido todo lo mencionado, hasta ahora ya habían pasado casi tres horas y la última en el paritorio. Lo certificaba el antiguo reloj en la pared de enfrente, encima de las puertas verdes y abatibles.

En su lista negra había dos nombres: el primero el de Nathan, por supuesto, pues él era el culpable de que se encontrara en semejante tesitura, y cada condenada contracción aumentaba sus ganas de darle muerte de la forma más siniestra que pudiera imaginar. El siguiente y último nombre era el del obstetra, pues le había asegurado que al tratarse del segundo embarazo tendría como desencadenante un parto rápido y fácil. Ashley, vestida con aquel engorroso camisón hospitalario y en posición de decúbito supino con las piernas colgadas sobre los estribos, no controlaba los temblores que rampaban por sus muslos, que en respuesta se agitaban como si fueran de gelatina. La epidural había mitigado parte del intenso dolor de las contracciones, preservando la sensación constante e imperiosa de pujar.

McNamara estaba sufriendo mucho —vale, sí, ni la mitad que ella—, pero nadie podía decirle que no estuviera pasando las de Caín. No paraba de sudar y su piel se veía pálida comparada con la tonalidad morena que de por sí poseía. Sus ojos reflejaban la impotencia que sentía, que lo carcomía por no ser capaz de hacer nada para mitigar el dolor de Ashley. Si le hablaba, ella le chistaba. De hecho, le había llamado cabrón, dos veces, para diversión de la matrona y la asistente porque, claro está, el obstetra se había dado el piro ya que el parto seguía un curso normal y no precisaba de ayuda.

Debido a las propias necesidades instintivas y fisiológicas, Ashley pujó con fuerza y constancia hasta que la sensación de la pequeña cabeza asomó entre sus muslos como quien descorcha una botella. La transpiración que perlaba todo su rostro y le mojaba el pelo peinado hacia atrás también traspasó la camisa de Nathan. La tela de esta se le pegó al moflete y ella sacudió la cabeza para izarla, sus ojos se encontraron con los verdes de él, esos enormes y preciosos ojos... Resolló, percibiendo que una nueva oleada de espasmos la forzaban a empujar, por tanto buscó de nuevo el refugio contra el estoico pecho de este y le espachurró la mano hasta que se le blanquearon los nudillos.

Con la reducida movilidad que tenía, ya que Ashley le usaba de apoyo físico y a la vez le agarraba la mano, McNamara se las ingenió para elevarse un poco por encima de las puntas de sus zapatos e inclinando la cabeza pudo vislumbrar mínimamente cómo la pequeña testa, sembrada de una mata de pelo negro tizón, salía del todo de entre los femeninos pliegues y le seguía el fino cuello, un hombro, el otro...

Ashley no quiso y tampoco pudo contener el grito que fue algo amortizado por el pecho de Nathan. La completa salida del cuerpecito cálido y empapado de la niña disparó un nuevo chorretón hormonal que le bombardeó el cerebro e hizo que apartara la cara del pecho de él para buscar con la mirada al bebé, que inmediatamente le colocaron sobre el pecho, aún conectado a ella por la placenta en su interior.

McNamara parpadeó para asegurarse que veía con completa claridad. Gabi, arrugadita y obviamente sucia por el líquido amniótico y la sangre, berreaba entre las manos de la matrona antes de que la depositara sobre Ashley. Sin él mediar palabra la vio despejar los diminutos orificios nasales, la boca rosada y desdentada y también frotarla ligeramente para lavarla un poco, como por encima. El olor que la pequeña desprendía era peculiar, especial, no desagradable. Sus ojos se toparon con los de esta, que se hallaban solo un poquito abiertos empero lo suficiente para mostrar el verdor que también nadaba en ellos. Puede que por cosa de un automatismo ancestral, Nathan aproximó la mano no machacada por la de Ashley y acarició con un par de nudillos el diminuto semblante. Y quizás también como respuesta a ese instinto, Gabriela dejó de llorar para solo temblequear acurrucada entre los maternos brazos.

Alexis observaba a Natty correteando por el pasillo.

—Te vas a dar un guarrazo, culo de mal asiento —advirtió, quieto y con las manos metidas en los bolsillos del pantalón—. Sí, sí, adiós, adiós —asintió a la niña que en plena carrera se giró y agitó la manita, gesto al que él correspondió ondeando la zurda.

Pareciendo que llevaba un petardo en el regordete culete, Natasha aumentó la velocidad; sus piececitos metidos en deportivas repiqueteaban en el blanco y resbaladizo suelo. De pronto, tropezó, no obstante, no cayó hacia delante, sino hacia atrás, y tuvo la suerte de que lo que amortizó el golpe fue su trasero. Natty se quedó quieta en el piso y, con los ojos abiertos como platos, echó la vista hacia atrás, hacia el tío Alex.

—¿Le has hecho un agujero al suelo? —preguntó, acercándose y tomando a la niña por debajo de los hombros para ponerla en pie. Alexis le sacudió el pantalón y sonrió, mirándola. Otra se habría echado a llorar como una magdalena después del golpe, pero Natty no era así. Bueno, tenía a quien parecerse. El sonido sibilante de las puertas abatibles abriéndose lo hizo volver la cabeza hacia ellas.

McNamara exhaló, sintiendo ahora todo el peso de la tensión que había experimentado y que lo había dejado bastante cansado, y eso que él no había parido. Entrecerró los ojos unos segundos y los abrió viendo a Alex y a la niña casi al final del pasadizo. El sudor todavía perlaba su cuello y se sentía helado en su piel.

—Anda, mira quién está ahí —advirtió Alexis, rodeando con un brazo a Natty para cargarla contra su cuerpo al auparla. Señaló con una mano a Nathan y caminó hacia él. Ambos se encontraron en mitad del corredor—. ¿Todo bien? —Parecía que a este le hubiese pasado un tráiler por encima. Tres veces.

—Sí —respondió como la mayoría de las veces, escueto. McNamara accedió a la petición de la niña y la tomó en brazos. Sus ojos hicieron pleno contacto con los tormentosos de Alex y no le quedó otro remedio que admitir—: Te aseguro que ellas dos están mejor que yo.

—Antes de desmayarte, deja que avise a una enfermera para que sostenga al petardo —se guaseó Alexis.

—¿Y cargas tú conmigo mientras traen una camilla? —dudó Nathan, frotando cariñosamente la espalda de la niña mientras esta buscaba la conocida y ausente estrella de *sheriff* de su uniforme. Estrella que había tenido que quitarse en el paritorio, ya que cada vez que Ashley se apoyaba contra su cuerpo se la hincaba y resultaba molesta.

Alexis balanceó la cabeza, divertido, y con ambas manos se peinó el rubio cabello que llevaba meses dejándose crecer.

—Se da la enhorabuena en estos casos, ¿no? —preguntó al no estar acostumbrado a situaciones parecidas.

—Suele ser lo habitual —alegó McNamara, pendiente de si la enfermera se asomaba por las mismas puertas por las que él había salido para indicarle que Ashley ya estaba instalada en la habitación. Le habían dicho que la trasladarían por los pasillos interiores para que él pudiera avisar a Alex e ir a por la niña.

—Entonces te daré el pésame —soltó Alexis, encogiéndose de hombros con una gran y divertida sonrisa llenándole la boca—. He dejado la bolsa en recepción nada más llegar, supongo que ya estará en la habitación —comentó antes de añadir, refiriéndose a la peque—: Y esta cosa ha comido hace un rato.

—Gracias. —Alex era más que un amigo, podía catalogarlo ya de hermano sin vínculo de sangre. Sabía que este no iba a quedarse a ver a la niña, posiblemente aparecería mañana o pasado, mas ya había hecho mucho más de lo que de cualquiera podría esperarse, aunque el amor que sentía por la niña, y tanto por Ashley como por él mismo, era evidente. El sonido de las puertas y la voz de la enfermera asomándose por ellas para avisarlo enmudeció las palabras que quiso decirle y hasta se le olvidaron al saber que ya podían ir a la habitación.

—Tendré el teléfono activo. —Y con esas palabras Alexis se despidió, no dando pie a que Nathan entonara ni un «hasta mañana» o un «adiós».

McNamara asintió a la enfermera y le agradeció las indicaciones que le brindó para que pudieran acudir a la habitación. Seguidamente, y al ir a despedir a Alex, este ya estaba saliendo del pasillo, marchándose. Él, sin perder tiempo, tomó el caminoseñalado por la enfermera, subió un piso y buscó la puerta número trece. La abrió y una vez dentro de la habitación empujó la puerta para cerrarla. Sosteniendo a Natty a pesar de que ella quería ir al suelo, caminó hasta situarse al lado de la cama en la que Ashley estaba sentada, y con Gabriela mecida por el calor de los henchidos senos.

—Esa cosa arrugadita y enrojecida es tu hermana —declaró, usando un tono bajo que no llegaba a susurro. No obstante, sí difería de la gravedad y potencia habitual de su voz.

Ashley aún estaba totalmente encandilada por la visión de aquel par de ojitos verdes, chiquititos y brillantes. Teniendo el cuerpo rebosante de hormonas y sin un ápice del dolor que había padecido a lo largo de casi cuatro horas, se obligó a dejar de mirar a Gabriela y ladeó la testa ante la llegaba de Nathan y Natty. La sonrisa en su boca había horadado dos hoyitos en sus mejillas que continuaban coloreadas de rubor.

—Esta cosa arrugadita y enrojecida —canturreó haciendo suyas las palabras de Nathan y retirando un poco la doblez del gorrito en la frente de Gaby para que su hermana pudiera verla bien.

Natty frunció el ceño y de paso los labios, igual de regordetes que los de su madre y que Gabriela también había heredado. No muy convencida con el asunto, alternó la mirada entre su hermana, su padre, su madre y de nuevo en Gaby. Bien era cierto que llevaban mucho tiempo preparándola, explicándole que iba a tener una hermana y que era esta la que crecía en la barriga de mamá. Incluso ella misma le había dado «discursos» y masajes a través de la revoltosa y abultada tripa y hasta había intentado verla por el ombligo, como si este fuera una ventanita. Por supuesto, Natty no dejaba de ser aún bastante pequeña como para comprender lo que pasaba, y la visión de Gabriela tampoco ayudaba. Estaba enrojecida y sus facciones no eran del todo claras y también se le antojaba muy pequeña... Buscando el calor y el cariño paterno, Natasha se recogió contra la dureza de los masculinos pectorales pinzando los deditos en la camisa.

—Sí, bueno, princesa... —empezó a decir Nathan, apoyando su mentón encima de la cabeza de la niña acurrucada contra sí—. Tu hermana se arreglará en unos días, ya no se verá tan rojita y arrugadita y también crecerá —prometió. Lo que no quería hacer era obligar a que Natty entablara contacto sin quererlo, empujarla a que la tocara o la besara, pues posiblemente eso podría ocasionar un rechazo o que la niña se encelara—. ¿Cómo se llama? —preguntó, moviendo la cabeza para retirar el mentón de la oscura coronilla y besársela.

—Gabi... —murmulló Natty, frotando la puntita de la nariz por la abertura de la camisa de este. El oscuro vello negro que salpicaba el torso paterno y se colaba por ahí le cosquilleó, haciéndola reír. Su madre extendió el brazo y le acarició una piernecita de arriba abajo; todo ello propició que ahora mirara a su hermana con algo más de curiosidad.

—Gabi —ratificó McNamara. Ahora tres mujeres colmaban su vida, tres a las que no podía hacer menos que adorar. Observó a Natasha, tan semejante a sí mismo ya no solo en carácter sino en rasgos, pese a que gracias a Dios estos estaban combinados con los de su madre, a la que a continuación miró. Enamorarse de Ashley era lo peor y lo mejor que había hecho en la vida. La perfección no existía, tampoco el «vivieron felices y comieron perdices para siempre». Ambos pasaban por momentos buenos, malos, pero lo hacían juntos. Ahí residía la importancia, el sentido de su existencia. Estaban hechos el uno para el otro. Sosteniendo a Natty de manera que no pudiera caerse, se inclinó un tanto sobre Ashley y la besó. Al terminar el beso y sin poder olvidarse de la tercera fémina, se irguió un tanto e inclinó la cabeza hacia ella—. Gabriela —susurró entonces, acariciando con la yema del dedo medio el rechoncho moflete del bebé.

Ashley suspiró ante el contacto de sus labios con los de él y cerró los ojos, recordando lo que Nathan le había explicado acerca de cómo había llegado a Fe y por ende, cómo las había encontrado a ella y a Natty...

El culpable de todo fue un sobre, el sobre vacío que Sabana le entregó. Vacío de documentos, vacío de cualquier cosa material, sí, material, pues estaba rebosante de esperanza, lleno de una nueva vida...

**FIN**

# Glosario

**Amo:** Suele ser el "nombre" que designa al dominante en una relación de dominio/sumisión.

***Ball gag:*** Mordaza de bola. En BDSM, bola de silicona o similar, insertada en una banda elástica de goma o cuero. Se usa introducida en la boca del sumiso y atada a su nuca para provocar sensación de indefensión y ansiedad, naturalmente de forma consensuada, como todo lo demás en BDSM.

**Banco de *spanking*:** Instrumento de juego sexual usado en el sadomasoquismo y en otras subculturas del BDSM, como la disciplina inglesa y las relaciones dominio/sumisión.

**BDSM:** Término que define prácticas sexuales basadas en el consenso total de los implicados. Las siglas se desglosan en: *Bondage* y Disciplina; Dominación y Sumisión; Sadismo y Masoquismo.

***Bear:*** La comunidad de osos es una subcultura dentro de la comunidad gay. Se considera osos a los hombres gays de cuerpo fornido, con mucho vello facial y corporal. Exhiben una actitud masculina, rehuyendo del estereotipo de homosexual afeminado.

**Beso negro:** La práctica sexual del anilingus es el contacto entre boca y ano.

***Bondage:*** En BDSM, juego de ataduras o inmovilizaciones que pueden hacerse con cuerdas, cintas de cuero, seda, cadenas, etc. con propósito estético o para inmovilizar al sumiso durante una sesión o para su uso sexual.

***Butt plug:*** Juguete sexual que se introduce en el ano.

**Cera:** En BDSM, se vierte sobre el cuerpo del sumiso.

**Cesión de sumisa/esclava:** En BDSM, cuando un dominante cede su sumiso/a o esclava/o otro dominante para prácticas sexuales.

**Cuna de Judas:** En BDSM, consiste en una pirámide puntiaguda donde se coloca un consolador, sobre el cual se alza al sumiso para después dejarlo caer una o varias veces así, penetrándole el ano o la vagina.

**Dildo:** Sinónimo de consolador, es un complemento sexual. Existe documentación que prueba su utilización para la masturbación desde el Antiguo Egipto. Las piezas escultóricas de forma fálica halladas en yacimientos podrían haber sido utilizadas para ese uso hace ya 30.000 años. Suele usarse en algunas relaciones sexuales también como parte del juego sexual.

***Fisting*** (o ***fistfucking***): Consiste en la penetración con la mano o el puño, tanto por vía vaginal como anal.

***Flogger:*** Término inglés. En BDSM, gato, látigo o fusta de varias colas para azotar.

**Fusta:** En BDSM, vara flexible o látigo largo y delgado que por el extremo superior tiene una trencilla de correa usada en equitación. Su empleo está muy difundido tanto en el Sado-Maso como en la dominio/sumisión, como instrumento de azote erótico por el dominante por su valor simbólico.

**La *petite mort*:** En francés, se refiere al orgasmo.

**Látigo:** Instrumento de juego sexual usado en el sadomasoquismo y otras subculturas del BDSM, como la disciplina inglesa y las relaciones dominio/sumisión.

**Lluvia dorada:** En BDSM, acción del dominante que orina sobre la persona que asume el rol pasivo.

**Maestro:** Aquel que controla un juego sexual de dominación y sumisión, que dirige un *bondage* o que es un afamado experto en alguna técnica BDSM. También se emplea como sinónimo de tutor, o como muestra de respeto hacía un reconocido y afamado dominante.

**Pinzas:** Juguete sexual muy usado en el BDSM y con un abanico inmenso de tipos: regulables, con pesos, con pequeñas y afiladas agujas....

# Agradecimientos

A mi madre por ser eso mismo, mi madre. A mi hermana Alicia, a mi mediobollo, Lulú, por siempre estar ahí y a mi puticornia, Raquel Cabañas, por, a la par que Lou Glez , tener fe en mí.

A Silvia Barbeito por su paciencia y por haber aparecido en nuestras vidas y a Nune Marínez por su creatividad y su manera de ser.

Las grandes cosas siempre empiezan siendo pequeñas...

Si te has quedado con ganas de más MONSTER puedes disfrutar de dos relatos en la antología Una Navidad con ACOSTA ars.

¡Escanéame!

# Otros títulos de la autora

NO ME DEJES SER TU HÉROE

PANNA COTTA

## COLABORACIONES

UNA NAVIDAD CON
ACOSTA ARS

ES TIEMPO DE HALLOWEEN

ACOSTA ars

acostaars@outlook.es
www.tiendaoficialacostaars.esy.es

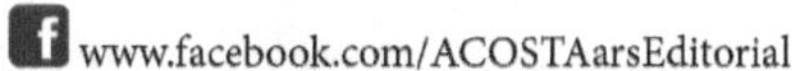 www.facebook.com/ACOSTAarsEditorial

 @AcostaArs

 @acostaarseditorial

 Canal ACOSTA ars

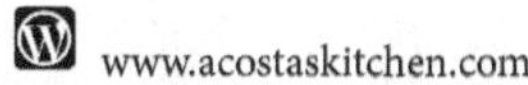 www.acostaskitchen.com

www.ingramcontent.com/pod-product-compliance
Lightning Source LLC
La Vergne TN
LVHW092346170726
843489LV00001B/51